센고쿠戰國 시대의 군웅할거도

에이로쿠永祿 3년 (1560)경

오키

쓰시마

소 요시시게

이즈모

호키

이와미

아마코 하루히사

이나바 · 다지마

이키

미마사카

단바

하타노 치카사

야마나 우지마사

나가토

오우치 요시타카

모리 모토나리

스오

빙고

빗추

우키타 나오이에

비젠

하리마

호소카

부젠

셋쓰

류조지 다카노부

지쿠고

고노 미치나오

사누키

아와지

미요시

이즈미

히젠

오무라 스미타다

아소 고레마사

오토모 요시시게

우쓰노미야 사다쓰나

미요시 나가하루

이즈미

이요

조소카베 모토치카

아와

분고

히고

사가라 요시아키

도사

기이

이토 요시스케

마쓰나가 히

시마즈 다카히사

휴가

사쓰마

오스미

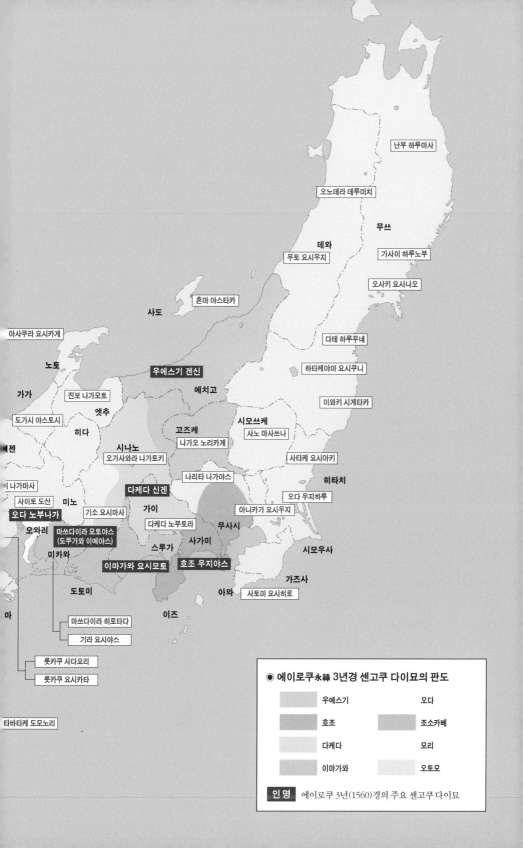

난부 하루마사

오노데라 데루미치

무쓰

데와
무토 요시우지

가사이 하루노부

오사키 요시나오

혼마 야스타카

사도

다테 하루무네

아사쿠라 요시카게

노토

하타케야마 요시쿠니

우에스기 겐신

이와키 시게타카

가가

진보 나가모토

에치고

도가시 야스토시

엣추

시모쓰케

고즈케

사노 마사쓰나

나가오 노리카게

히다

시나노

오가사와라 나가토키

사타케 요시아키

젠

나리타 나가야스

I 나가마사

히타치

사이토 도산

가이

다케다 신겐

오다 우지하루

미노

오다 노부나가

기소 요시마사

다케다 노부토라

아니카가 요시우지

오와리

무사시

마쓰다이라 모토야스
(도쿠가와 이에야스)

사가미

스루가

미카와

이마가와 요시모토

호조 우지야스

시모우사

마

도토미

아와

가즈사

이즈

사토미 요시히로

마쓰다이라 히로타다

기라 요시야스

롯카쿠 사다요리

롯카쿠 요시카타

타바타케 도모노리

◉ 에이로쿠永祿 3년경 센고쿠 다이묘의 판도

우에스기 / 오다

호조 / 조소카베

다케다 / 모리

이마가와 / 오토모

인명 에이로쿠 3년(1560)경의 주요 센고쿠 다이묘

織田信長

아버지와 아들

①

오다 노부나가

야마오카 소하치

장편소설

이길진 옮김

織田信長

아버지와 아들

①

오다 노부나가

솔

『오다 노부나가』를 바로 읽기 위해

1. 본문 중 ○ 표시를 한 용어는 책 뒤에 풀이를 실었다.
2. 인명과 지명은 외래어 표기법에 따랐고, 장음은 생략하였다. 단, 킷포시(오다 노부나가)는
   원음에 가깝게 표기하였다. 인·지명 및 고유명사는 처음 나올 때 원어 병기를 원칙으로
   하였고 강과 산, 고개, 골짜기 등과 같은 지명 역시 현지 음대로 카와(가와), 야마(잔, 산),
   사카(자카), 타니(다니) 등으로 표기하였다.
3. 성과 이름 중간에 나오는 것은 대부분 그 관직명을 나타내는 것인데, 그 당시의 관습에
   따라 이름 대신 쓰이는 경우도 있다.
   보기) 히라테 나카쓰카사노타유 마사히데 → 원 이름: 히라테 마사히데 + 나카쓰카사노타유(나
       카쓰카사의 장관)
4. 시간과 도량형은 센고쿠 시대에 쓰던 것을 그대로 따랐으며, 역시 부록에서 설명하였다.

천하포무 天下布武

오다 노부나가가 사용한 도장

차례

나그네 무사

솔개가 춤을 추는 높고 맑은 하늘 아래로 나고야 성那古野城의 지붕이 보였다. 오른쪽에는 아라카미荒神 숲, 왼쪽에는 하치오지八王寺 숲과 덴노天王 숲이 이어지고, 인가는 가로변에 점점이 자리잡고 있을 뿐이었다. 산다운 산은 거의 없고 멀리 보이는 히라마쓰야마平松山도 눈앞의 고마쓰야마小松山도 언덕이나 다름없었다. 따라서 동서로 이어진 경작지는 한없이 넓기만 했다.

"여보게, 말 좀 묻겠네……"

성 남쪽을 똑바로 가로지른 허옇고 메마른 길에서 나그네 차림의 한 무사가 밭에서 일하는 농부에게 말을 걸었다.

"이 부근에서 킷포시吉法師 님을 보지 못했나?"

질문을 받은 농부는 괭이를 지팡이처럼 짚고 서서 대답은 않고 엉뚱하게 되물었다.

"무사님은 성에 계시는 분입니까?"

"아니, 길을 가는 나그네일세."

"그럼, 나그네가 어째서 성에 있는 멍청이에 대해 묻는 겁니까?"

"이봐 농부, 킷포시 님은 나고야 성의 성주 오다 단조노추 노부히데織田彈正忠信秀 님의 아드님일세."

"그러기에 그 멍청이에 대해 왜 묻느냐고 한 겁니다."

나그네 차림의 무사는 삿갓을 잡고 쓸쓸히 웃었다.

"성주님의 아들인 줄 알면서도 멍청이라고 하다니, 자네는 킷포시 님에게 원한을 품은 모양이군."

"그 멍청이에게 원한을 품지 않은 농부는 단 한 명도 없지요. 조금 전에도 우리 참외밭에 아이들을 잔뜩 데리고 와서 참외를 오륙십 개나 따먹고 갔습니다."

"허어, 성주의 아들이 밭을 어질러놓았다는 말인가?"

"여행 중인 무사라기에 말씀드립니다마는, 그 멍청이가 성주가 된다고 생각하면 일할 마음이 나지 않습니다…… 저만 그런 게 아니라 마을 사람들 모두 그런 불만을 품고 있어요."

"으음. 킷포시 님이 그렇게까지 멍청하다는 말인가?"

"물론이죠. 지금쯤 잔뜩 배가 불러 강에 헤엄을 치러 갔거나, 아니면 와카미야若宮 숲 어딘가에서 낮잠을 자고 있을 겁니다."

"와카미야 숲이라니?"

"성의 이소磯 골짜기 사이로 보이는 숲이죠."

"알겠네. 일을 방해해서 미안하네."

이렇게 말하고 무사는 삿갓에서 손을 떼고 농부가 가리킨 숲을 향해 걷기 시작했다.

나이는 그럭저럭 마흔은 되어 보였다. 허리에 찬 크고 작은 칼 두 자루도 훌륭하고 옷차림과 풍채도 예사 사람과 달랐다.

"묘한 아이가 태어났군. 노부히데 님은 뛰어난 기량을 지니신 분이고, 어머니도 도다土田 가문 출신으로 지혜롭기로 유명한 분인데……"

이윽고 무사는 실눈을 뜨고 머리 위에서 울어대는 솔개를 쳐다보며 녹음이 우거진 숲 속으로 들어갔다.

한낮의 숲은 쥐 죽은 듯이 고요하기만 하다.

"여기에는 오지 않았을 테지."

중얼거리면서 숲에서 나오려다가 무사는 걸음을 멈췄다.

"아니?"

건너편 숲 그늘 속에서 무언가 흰 것이 퍼뜩 움직이는 모습이 눈에 들어왔다.

"어린아이인 것 같다."

그 부근에서부터 더욱 크게 자란 풀을 헤치고 다가가던 무사는 깜짝 놀라 모밀잣밤나무 고목 그늘에 몸을 숨겼다.

이 얼마나 진기한 광경인가…… 숲 속의 작은 공터에 원을 그려놓고, 두 아이가 그 안에서 두 팔을 밑으로 내려뜨리고 씨름하는 자세를 취하고 있었던 것이다.

아니, 여느 소년들이었다면 그렇게까지 놀라지 않았을 것이다. 그런데 모두 열서너 살로 보이는, 가슴이 막 부풀기 시작한 소녀들이다. 피부가 유달리 희어 보이는 건 소녀들이 이미 사춘기를 맞이했다는 증거였다.

두 소녀는 더러워진 띠로 남자들이 하듯 샅바를 매고 진지한 표정으로 상대를 노려보며 엉덩이를 뒤로 빼고 있다. 물론 이들 한 쌍만이 아니라 원을 그린 씨름판 주위에도 같은 또래의 소녀들이 늘어서서 어깨에 힘을 주고 씨름판을 바라보고 있었다.

"아직, 아직 맞붙지 마라."

어딘가에서 목소리가 들렸다.

무사는 일단 숨겼던 상반신을 천천히 내밀고 그 목소리의 임자를 찾았다.

"아니?"

그 목소리의 주인공만이 소년이었다. 소년 역시 벌거벗은 채 넷으로 접은 멍석 위에 당당하게 앉아 씨름판을 바라보고 있었다.

나이는 열네댓쯤 되어 보였다. 머리카락을 정수리 한가운데에서 묶어 하늘로 뻗치게 하고, 때때로 손가락으로 콧구멍을 후벼 코딱지를 튀겨내고 있었다. 본인은 열중한 나머지 무의식적으로 하는 동작이겠으나, 어쨌든 머리 모양부터 동작에 이르기까지 그야말로 기괴하고 야릇한 조화를 느끼게 하는 소년이었다.

이윽고 소년은 두 사람의 호흡이 맞았다는 판단을 내린 듯 크게 소리질렀다.

"좋아, 일어섯!"

그러자 두 소녀는 동시에 벌떡 일어나 몸을 부딪쳤다.

여기 킷포시가 있다

무사는 저도 모르게 애처롭다는 듯 양미간을 모으고 있었다.

여자답지 않은 두 소녀의 대결은 서쪽의 승리로 끝났다.

"갓파 쪽의 승리!"

묘한 모습을 한 소년은 큰 소리로 말하고 승리한 소녀를 불러 옆에 놓아둔 큼직한 주먹밥 하나를 상으로 주었다.

소녀는 거칠게 숨을 몰아쉬면서 소년 곁에 책상다리를 하고 앉아 허기진 듯 주먹밥을 먹기 시작했다.

이미 서로 샅바를 붙들고 싸운 뒤였기 때문에 샅바가 느슨해져 있었다. 그런 모습으로 책상다리를 하고 앉았으니 보고 있는 무사 쪽이 민망하여 시선을 돌리고 싶은 것은 당연했다.

씨름에 진 소녀는 동쪽으로 내려가 맥없이 어깨를 늘어뜨리고 가만히 있었다.

"다음은 오토미의 네코가타케猫ヶ岳와 만의 사쿠라모치 차례다."

소년의 말에 다시 두 소녀가 씨름판에 올라갔다.

네코가타케라 불린 소녀는 그 이름처럼, 양지에 있던 고양이가 쥐를 발견했을 때의 무서운 눈빛을 번뜩이고 있었다. 사쿠라모치는 떡에서 팥소가 비어져 나온 듯 가슴이 봉긋했다.

승부는 싱거울 정도로 쉽게 끝났다.

네코가타케의 머리가 유방에 부딪친 순간 사쿠라모치는 소년의 무릎 위에까지 나가자빠졌다.

"네코가타케의 승리!"

소년은 이렇게 소리치고 자신의 무릎에 쓰러진 사쿠라모치의 배꼽을 손끝으로 한 번 찌른 뒤 난폭하게 오른쪽 풀숲으로 던져버렸다.

승리한 네코가타케 역시 큰 주먹밥을 상으로 받고 앞서 이긴 소녀 곁에 똑같은 모습으로 앉았다.

무사는 무언가 말을 하려 했으나 끝내 이 기괴한 씨름이 끝날 때까지 말을 걸 기회를 잡지 못했다. 그러나저러나 승리한 소녀와 패한 소녀를 대하는 소년의 호의와 증오의 감정은 왜 이렇게까지 차이가 나는 걸까.

원래 소녀들한테는 적합하지 않은 힘겨루기였기 때문에 이긴 쪽에 추한 면이 많고 진 쪽이 훨씬 더 단아한 아름다움을 지니고 있다는 것도 얄궂은 점이었다.

씨름이 끝나자 소년은 의기양양하게 말했다.

"지금은 전시인 난세야. 여자도 강해야 돼."

"예."

"잊지 마라, 오늘 승리한 여자는 앞으로 내가 첩으로 삼겠다."

"예."

"강한 자식을 낳으려면 어머니가 강해야만 한다. 약해지면 안 돼."

"예."

"그럼, 이것으로 끝."

무사는 어이가 없어 그들이 떠나는 모습을 멍하니 바라보다가 아차 싶어 헛기침을 하고 나무 그늘에서 모습을 나타냈다.

"미안하지만, 한 가지 물어볼 일이 있는데……"

"무얼 묻겠다는 거야?"

소년은 별로 놀라는 기색도 없이 큰 소리로 대꾸했다.

"이 부근에서 혹시 킷포시 님을 보지 못했나?"

"뭐?"

"킷포시 님, 이 나고야 성주의 아들인 킷포시 님 말야?"

"몰라!"

다시 소년이 소리질렀다.

"자, 헤엄치러 가자. 이긴 여자들은 모두 나를 따라 와."

얼른 옷을 집어든 소년은 무사 따위는 거들떠보지도 않고 마치 질 풍처럼 숲 동쪽으로 달려가고, 씨름에서 진 소녀들만 그 자리에 남아 옷을 입기 시작했다.

무사는 그중 한 소녀에게 다가가 되물었다.

"너 킷포시 님을 보지 못했니?"

그러자 사쿠라모치라 불린 소녀가 나무 사이 틈으로 새어드는 햇 살을 받으며 고개를 갸웃했다.

"무사님은 킷포시 님을 모르시는 것 같군요."

"그러기에 묻는 거야. 보지 못했어?"

"보지 못한 게 아니라…… 방금 무사님과 이야기한 사람이 킷포시 님이에요."

"뭣이, 그 자센가미° 소년이 킷포시 님이라고?"

나그네 차림의 무사는 킷포시가 사라진 들판으로 시선을 보낸 채
어깨를 흔들며 한숨을 쉬었다.

"그렇구나…… 그 소년이 킷포시로구나."

그는 옷을 다 입은 소녀들이 서로 재촉하며 숲에서 나간 뒤에도 잠
시 동안 망연히 서 있었다.

'그렇구나, 그가……'

혼담의 주인공

같은 날 밤이었다.

이곳은 나고야 대지의 일각, 본성의 오른쪽 앞에 있는 가로家老°인 히라테 나카쓰카사타유 마사히데平手中務大輔政秀의 저택 서원이 다.

낮의 그 나그네 차림의 무사가 몸집이 작은 마사히데와 마주 앉아 식사를 하고 있다. 둘 사이에는 술병이 놓여 있으나 시중드는 사람은 없다.

무언가 단둘이 밀담을 나누고 있음에 틀림없다.

"자, 한잔 더."

마사히데가 큰 머리를 흔들면서 다시 술병을 들어 손님에게 술을 권했다.

"아니, 이미 충분히 마셨습니다."

"겨우 두서너 잔뿐인데 뭘 그러시오."

마사히데는 억지로 손님의 나무 술잔에 술을 따르고는 말을 이었다.

"무라마쓰 님은 이 혼담이 성사되기를 바라는 우리 오와리尾張 쪽에게는 더할 나위 없이 소중한 손님이니 아무리 잘 대접한다고 해도 모자랄 겁니다."

"히라테 님."

"예."

"실은 저희 주군이신 사이토 야마시로노카미齋藤山城守께서 넌지시 킷포시 님을 살펴보고 오라는 분부를 내리셨습니다."

마사히데는 고개를 끄덕였다.

"그야 당연한 일이지요."

"내일이라도 제가 이 자리에 모셔오도록 하지요."

"아니, 사실은 벌써 성 밖에서 뵙고 왔습니다."

"허어, 오늘은 하루 종일 덴노보天王坊에서 공부할 예정이었는데, 그렇다면 절에 가셨던 모양이군요."

손님은 이 말에는 대답도 하지 않았다.

"귀하가 저희 쪽에 청혼한 규수는 주군이 자랑하는 막내 따님입니다."

"그 점은 잘 알고 있어요. 그러기에 오와리와 미노美濃가 맺어질 절호의 연분이라 생각하고 청혼한 것이지요."

"히라테 님."

"예."

"가신으로서 이런 말을 하기는 외람스럽지마는, 이 규수는 미노에서 제일가는 미색이라고 저희들이 자부하고 있습니다."

"그렇기 때문에 간청을……"

"아니, 잠깐. 히라테 님은 킷포시 님이 태어나셨을 때부터 사부의 소임을 맡으신 줄 알고 있습니다마는."

"그렇습니다. 소실 태생의 형님이 한 분 계시지만, 킷포시 님은 정실의 몸에서 태어나신 적자嫡子입니다. 그래서 이 마사히데와 하야시 신고로 미치카쓰林新五郞通勝, 아오야마 요산자에몬青山與三左衛門, 나이토 가쓰스케內藤勝助 네 사람이 출생한 날부터 사부로 뽑힐 정도로 킷포시 님은 소중한 아드님입니다."

손님인 무라마쓰 요자에몬 하루토시村松與左衛門春利는 씁쓸한 표정으로 잔을 입으로 가져가면서 말했다.

"히라테 님, 저는 귀하가 크게 노하신다고 해도 꼭 드려야 할 말씀이 있습니다."

"하하하하……"

마사히데는 밝게 웃었다.

"이 마사히데는 비록 귀하가 어떤 말씀을 하신다 해도 절대로 노하지 않을 자신이 있습니다."

"그렇다면 귀하에게 죽어도 좋다는 각오로 말씀드리지요. 귀하는 영내의 농부들이 킷포시 님을 가리켜 무어라 부르는지 알고 계십니까?"

"글쎄요…… 아직 거기까지는."

"제가 물어보았더니 한 사람은 천하의 바보라고 말하더군요. 또 한 사람은 성에 사는 멍청이라 하고, 다른 사람은 캥캥거리는 말이라고 대답했습니다."

마사히데는 일부러 크게 머리를 흔들었다.

"그것 참 놀라운 말을 들으셨군요."

"어느 농부는 참외 도둑이라 말하고, 또 어느 농부의 아내는 제사를 위해 지은 밥을 모두 주먹밥으로 만들어가지고 갔다며 울고 있었습니다."

"워낙 활달하신 성격이라 그런 일도……"

"히라테 님."

"예."

"귀하는 킷포시 님이 그 주먹밥을 어떻게 했을 것이라 생각하십니까?"

"글쎄요…… 기상천외한 일을 좋아하시는 분이라 이 늙은이로서는……"

"모르신다면 설명하리다. 열서너 살 된 소녀 십여 명을 모아 씨름을 시키고는 주먹밥을 상으로 나누어주었습니다."

"왓핫핫하."

마사히데는 그 말을 듣고 울상을 지으면서도 웃었다.

"저는 또 주먹밥을 혼자 드신 것이 아닌가 하고…… 건강을 염려했습니다."

"캥캥거리는 말이란 여우를 말에 태우고 달린다는 뜻이라 하더군요."

"예. 승마에 관한 한 가신들 중에서도 킷포시 님을 따를 자가 없습니다."

"저는……"

무라마쓰는 드디어 노기를 띠고 거칠게 잔을 상에 내려놓았다.

"킷포시 님이 용모만이 아니라 영리하기로도 유례가 없는 저희 규수와 어울리는 인품을 지니셨다고 저희 주군께 말씀드리지 못하겠습니다. 이 점을 양해하십시오."

마사히데는 절대로 화를 내지 않겠다고 결심했지만 곤혹스런 표정으로 계속해서 두서너 번 고개를 숙였다.

"그야 물론…… 귀하로서는 있는 그대로를 말씀드릴 수밖에 없겠지요…… 그러나 무라마쓰 님, 야마시로노카미 님에게 끝으로 한마디만 전해주시지 않겠습니까?"

"무어라 전하라는 말씀입니까?"

"이 늙은이는 무라마쓰 님과는 다른 생각을 가지고 있더라고 말입니다."

"다른 생각이라니요?"

"이 늙은이는 일본에서 가장 좋은 인연이라 양가를 위해 아주 기뻐할 일이라 믿습니다."

손님은 망연자실하여 잠시 할 말을 잃고 똑바로 마사히데를 바라보고만 있었다.

오와리의 기둥이라 불리고, 이나바야마稲葉山(후의 기후岐阜)의 성주 사이토 야마시로 뉴도 도산齋藤山城入道道三조차 성주인 노부히데信秀보다 가신인 히라테 마사히데가 더 무섭다고 했을 정도로 지혜로운 그였으나, 자기가 가르친 킷포시에게는 사랑으로 인해 눈이 멀었다고 생각했다.

그러나 믿고 안 믿고는 입씨름만으로 결말이 날 리 없다. 잠시 후 손님이 말했다.

"알았습니다. 제가 본 그대로를 보고하고 나서 귀하의 말씀을 전하도록 하리다."

마사히데는 느닷없이 그 자리에서 두 손을 짚고 계속 머리를 조아렸다.

"잘 부탁합니다."

오다 가문의 입장

킷포시에 대한 마사히데의 사랑은 각별했다. 그러나 킷포시 노부나가信長의 행동을 찬성하는 것은 아니고, 마사히데로서도 여간 애를 먹고 있는 게 아니었다.

너무 짓궂기 때문에,

"왜 이렇게 태어났을까."

하고 밤낮없이 안타까워 했다.

주군인 노부히데로부터도,

"그대가 잘못 가르쳤기 때문이야."

라는 꾸중을 들은 일이 있고, 생모인 도다 부인은 이미 노부나가에게 정나미가 떨어져 가문을 킷포시의 동생인 노부유키信行에게 물려주라고 남편에게 간곡히 권하기도 했다.

하지만 그럴수록 마사히데는 노부나가가 애처로웠다.

"난폭하신 것은 사실입니다. 장난도 과하시다고 생각합니다. 그러나 잠시만 더 이 마사히데에게 맡겨주십시오. 이제는 분별이 생길 때가 되었으니까요."

마사히데는 노부나가의 부모에게 늘 똑같은 말을 하곤 했다. 여기에는 물론 노부나가에 대한 애정 이외에도 다른 이유가 있었다.

오다 단조노추 노부히데의 가계家系는 오와리에서 별로 높지 않았다. 원래 이 땅의 슈고守護°는 시바斯波 씨이고, 오다 씨는 그 가신이었다.

그런데 주군인 시바 씨가 쇠퇴했기 때문에 오다 이세노카미伊勢守와 오다 야마토노카미大和守 두 사람은 오와리의 여덟 개 군郡을 양분하여 각각 네 개 군씩 지배했다.

오와리 네 개 군의 지배자인 오다 야마토노카미 휘하에는 부교奉行°가 세 사람 있었다. 오다 이나바노카미因幡守, 오다 도자에몬藤左衛門 그리고 노부나가의 아버지 오다 노부히데가 그들이다. 따라서 노부히데는 시바 씨 가신의 가신에 해당하는 것이다.

그런데 난세의 풍운에 편승하여 실력으로 차차 오다 씨의 우두머리가 된 노부히데는 쇼바타 성勝幡城에서 나고야 성으로 옮기고, 다시 후루와타리古渡에 성을 쌓은 뒤 나고야에 노부나가를 머물게 했다.

그러나 실제로 현재 노부히데가 쌓아올린 지위는 결코 안심할 정도로 확고한 것은 아니었다. 도리어 큰 전복의 위기에 처했다고 해도 좋을 정도였다.

가장 큰 원인은 지난해(1547년) 9월 22일, 노부히데가 기세를 타고 미노의 이나바야마稻葉山를 공격했다가 대패하고 돌아온 데 있었다.

이나바야마의 성주는 물론 이번 노부나가의 혼담 상대인 노히메濃姬의 아버지 사이토 야마시로 뉴도 도산齋藤山城入道道三이다.

사람들은 사이토 도산을 살무사 도산이라 부른다. 일개 기름 장수에서 출발하여 미노의 슈고인 도키土岐 가문의 중신重臣 나가이長井 씨의 가신이 되었다가 결국 주군을 죽여 도키 가문의 중신이 되고, 다시 도키 씨를 몰아내어 미노 일대를 수중에 넣은 효웅梟雄이었다.

사이토 도산은 창을 잘 쓰기로 유명했는데, 행상을 하면서 기름을 팔 적에 동전의 작은 구멍을 통해 손님의 그릇에 기름을 한 방울도 흘리지 않고 따를 정도였다고 한다. 재기 발랄한 미모의 소유자로서 항상 무엇을 생각하고 있는지 알 수 없는 살무사 같은 도산.

사이토 도산은 자신의 특기를 살려 창 부대를 창설하고, 일본에 철포가 전래되자 즉시 이를 무기로 채택하여 철포대鐵砲隊를 만드는 등 병법에도 타의 추종을 불허했다. 이러하여 도산이 이끄는 '미노슈美濃衆'의 용맹은 곧 주위를 압도했다.

노부히데는 이런 괴물에게 싸움을 걸었다가 거의 전멸하다시피 큰 타격을 입고 겨우 목숨만 건지고 도주했다고 해도 좋았다. 그 타격은 노부히데를 중심으로 결속되어가던 오다 가문의 발걸음을 멈칫하게 만들었다.

노부히데에게는 문중의 어른이 되는 기요스 성淸州城의 오다 야마토노카미의 양자 히코고로 노부토모彦五郎信友는, 지금은 명목뿐인 슈고 시바 요시무네義統를 자기 성에 들여놓고 노부히데와 노부나가를 경시하면서 기회를 보아 그들 부자를 제거하려 했고, 이누야마 성犬山城에 있는 노부나가의 사촌형 노부키요信清 역시 믿지 못했다.

이런 마당에 노부나가와 그 동생 노부유키 사이에 집안의 상속 문제로 다툼이 일어난다면 수습할 수 없는 혼란이 초래된다. 그러므로 히라테 마사히데는 노부히데에게 권하여 금년에 다시 미노를 공격케 했던 것이다.

이것은 결코 싸움을 하기 위해서가 아니다. 적이 방심하는 틈을 노려 질풍같이 달려가 미노를 어지럽혀 아직도 자신에게 여력이 있음을 알리는 동시에 오다 일족이 사이토 도산의 편을 들지 않도록 견제하기 위해서였다.

그런데도 노부히데가 출병한 뒤 기요스의 히코고로 노부토모는 그가 없는 후루와타리 성을 공격했다.

이때는 노부히데가 재빨리 철수하여 돌아왔기 때문에 겨우 무사할 수 있었으나, 그것으로 기요스와 사이토 도산 사이에 이미 어떤 묵계가 있었다는 것은 분명해졌다. 이렇게 된 이상 어떤 수단을 강구하지 않을 수 없었다.

여기서 히라테 마사히데가 지혜를 짜내어 생각해 낸 것이 사이토 도산과의 화목을 위한 노부나가와 노히메濃姬의 혼담이었다.

도산이 무척이나 사랑하는 막내딸을 보낸다면 오다 일족도 기세가 꺾일 것이다. 아니, 노부나가가 도산의 사위가 된다면 집안의 상속 문제도 깨끗이 정리될 것이다. 따라서 이 혼담의 성공 여부에 따라 곧바로 오다 집안에서 노부나가의 지위가 결정되고, 동시에 오와리 내에서 오다 집안의 지위가 결정된다.

이런 중요한 의미를 지니고 찾아온 손님에게 노부나가는 어떤 좋지 못한 소문을 듣게 하고, 좋지 못한 행동을 보인 것일까.

이튿날 마사히데는 무라마쓰 요자에몬을 성 밖에까지 나가 배웅하고 나서 그 길로 덴노보로 걸음을 옮겼다. 노부나가가 그곳에서 공부하고 있을 것이기 때문이다.

내기

"킷포시 님이 오셨느냐?"

마사히데가 이렇게 묻자 얼굴과 흰옷이 온통 검은 먹물로 범벅이 된 가쿠넨廓念이란 승려가 자신을 가리키며 말했다.

"이것 좀 보십시오. 너무 공부를 하지 않으시면 가로님에게 꾸중을 듣습니다…… 제가 이렇게 말씀드렸더니, '이 땡중 같은 놈!' 하고 소리 지르며 벼루를 제게 던지고는 그대로 창밖으로 뛰쳐나가셨습니다."

마사히데는 실망하는 기색을 띠고 고개를 끄덕였다.

"참으로 유감이로구나. 그럼, 다른 곳을 찾아보아야겠군."

이미 15세가 되어 관례冠禮를 올린 뒤였다. 따라서 사람들은 아직 킷포시라는 아명으로 부르고 있으나, 이미 성주 노부히데의 아들이 아니라 오다 사부로三郞 노부나가라는 어엿한 이름을 가진 나고야 성의 성주인 것이다.

이 성주를 만나려면 항상 들이나 숲, 강에 나가 찾아야 하다니⋯⋯

마사히데는 일단 성으로 돌아와 말을 끌어냈다. 가을이라고는 하나 아직 햇살은 뜨겁기에 터벅터벅 걸어간다면 언제 어디서 캥캥대는 말을 따라잡을지 알 수 없었다.

우선 여기저기 숲 속을 찾아보았다. 그런 뒤 고마쓰야마를 뒤지고 다시 이비가와攝斐川의 제방으로 말을 달려 비로소 마사히데는 노부나가를 발견했다.

"아, 여기 있군."

오늘 노부나가는 여러 마을의 악동들 열네다섯을 거느리고 제방 밑의 작은 지류에 와서 물줄기를 막고 있는 중이었다. 어처구니없게도 근처 버드나무 밑동에 성에서 제일가는 잿빛 돈점박이 말이 매어져 있었다.

덴노보의 창밖으로 뛰쳐나온 성주는 일단 성에 돌아갔다가 말을 타고 이곳으로 왔던 것이다.

'아니, 몰골이 왜 이 모양인가⋯⋯'

마사히데도 버드나무에 말을 매고 노부나가 곁으로 다가가 저도 모르게 한숨을 토해냈다.

하늘을 향해 동여맨 자센가미는 평소와 다름없었으나 오늘은 새끼줄로 띠를 매고 있다. 아니, 새끼줄만이라면 그런대로 괜찮았을 것이나, 그 띠에는 마치 도롱이 같은 일곱 개의 도구가 매달려 있었다.

부싯돌 주머니가 있다. 주먹밥이 있다. 참외가 있고, 갓 잡은 물고기의 아가미를 나뭇가지에 꿴 것이 있으며, 가느다란 삼 노끈이 있는가 하면 고구마가 줄기까지 달린 채로 매달려 있었다.

마치 거지가 이사 가는 모습 같았다.

"킷포시 님."

마사히데가 옆에 가서 불렀다.

"아, 노인이군."

킷포시는 흘끗 마사히데를 쳐다보고 다시 여울 속 물고기를 쫓기 시작했다.

"노인도 좀 도와줘. 저것 봐, 저리로 갔어. 저건 은어야."

"킷포시 님."

"왜 그래? 할 말이 있거든 나중에 해. 노인에게도 은어를 나누어주겠어. 지금 것은 알을 낳고 바다로 나가는 은어야. 아주 큰 놈이지."

"킷포시 님!"

세번째 부르는 말에 겨우 킷포시는 얼굴을 들었다.

"어째서 노인은 내 즐거움을 방해하는 거야?"

"물에서 나오십시오. 드릴 말씀이 있습니다."

노부나가는 혀를 차면서 물 속에서 나왔다.

"조금 더 있으면 물이 마르게 돼. 하늘의 구름이 아주 하얗게 가을빛이 되었으니까."

"저번에도 자세히 말씀드렸습니다마는."

"무슨 이야기지?"

"서 계시지만 말고 앉으십시오."

노부나가는 다시 혀를 차고 마사히데와 나란히 앉았다.

"미노와의 혼담에 대해서입니다."

"아, 그 살무사의 딸 말이군."

"그 일로 미노의 가신이 언제 여기 올지 모릅니다. 혼담이 마무리될 때까지만이라도 좀 행동을 삼가십시오."

"앗핫핫핫하……"

노부나가는 입을 크게 벌리고 웃었다.

"그런 멍청이 같은 소리 좀 그만 해. 이 이상 더 삼가면 혼담이 깨질 거야."

"또 그런 말씀을……"

"그 다음 말은 할 것도 없어. 살무사는 내게 반해 있어. 높이 살 점이 있다면서 반드시 딸을 줄 테니 걱정하지 않아도 돼."

"입을 다무십시오!"

마사히데는 드디어 화를 냈다.

"농담도 때를 가려서 하셔야 합니다. 오다 가문의 안위는 이 혼담 하나에 달려 있습니다."

"또 노인이……"

노부나가는 볼을 불룩하게 했다.

"오다 가문의 안위는 내 인물 여하에 달려 있어. 살무사 딸과의 혼담에 달렸다니 말도 안 되는 소리야."

"그렇지만 도련님의 기행을 혹시 노히메 님이 불쾌히 여겨 싫다고 하면 이 혼담은 깨지고 맙니다."

"그런 여자라면 나도 필요치 않아."

"사이토 도산 님에게 눈에 넣어도 아프지 않을 막내 따님, 재색을 겸비하여 미노에서 소문이 자자한 분…… 그런 만큼 노히메 님의 말 한마디가 딸을 사랑하는 아버지의 마음을 크게 좌우하리라고 생각지 않으십니까?"

"노인!"

"새삼스럽게 왜 부르십니까?"

"우리 내기를 걸까?"

"무슨 내기를……"

"혼담이 성사될지 아닐지를. 만일 성사되지 않는다면…… 그래,

내 목을 주겠어. 나는 지금 바빠. 염려할 것 없어. 물고기를 잡아 선물로 보내줄 테니, 어서 돌아가."

이렇게 말한 노부나가는 이미 그 자리에 없었다.

"얘들아, 서둘러라, 물고기는 많다."

마사히테는 크게 신음하고 창공으로 눈길을 보냈다.

손수 돌보아왔지만 무엇을 생각하는지 마사히데로서도 전혀 알 수 없는 노부나가였다.

살무사 이야기

미노 이나바야마의 성주 사이토 야마시로 뉴도 도산의 풍모는 나이와 더불어 더욱더 효웅다운 느낌이 깊어갔다.

젊을 때는 쑥 빼어난 미남이었는데 어느 틈에 지혜의 무게가 날카로움을 감추어 꼬리 긴 눈 깊숙한 곳에는 아무도 넘보지 못할 기백이 깃들어 있었다.

도산은 때때로 센조다이千疊臺 너머로 떨어지는 가을비에 시선을 보내며 무라마쓰 요자에몬과 마주 앉아 있었다. 요자에몬의 말을 듣고 있는 것도 같고 그렇지 않은 것도 같았다.

"제가 본 바로는 농민들의 소문이 사실…… 한마디로 예사롭지 않다고 생각합니다."

"예사롭지 않다면, 비범하다는 의미가 되기도 하겠군."

"아니, 그런 뜻이 아닙니다. 보통 사람보다도 못하다는 의미입니다."

"그런가, 어쨌든 수고했네. 알았으니 물러가 쉬도록 하게."

도산은 이렇게 말한 뒤 다시 실눈을 뜨고는 정원의 빗줄기를 바라보고 있다가 잠시 후 손뼉을 쳤다.

"노히메를 이리 불러라."

"알겠습니다."

시녀인 가가미노各務野가 일어나려 하자, 도산은 말을 덧붙였다.

"참, 그리고 너도 내 옆에서 듣도록 하라."

"예, 그렇게 하겠습니다."

가가미노는 이미 서른이 지난 나이로 여기서는 하녀들을 감독하는 일을 맡아보고 있다. 가가미노는 도산이 여장부로 점찍어 둔 여자였다.

이윽고 가가미노를 따라 노히메가 들어왔다.

"아버님, 무슨 일이십니까?"

올해로 열여덟 살인 노히메는 아버지 앞에 가까이 와서 앉아 응석 어린 눈으로 아버지를 대했다.

염색한 가가加賀의 비단으로 만든 고소데小袖° 차림에 피부는 눈처럼 새하얗다. 큰 체구이면서도 천진난만하고, 더구나 전신에서 활달한 기질을 느끼게 한다.

"애, 너는 이 아비의 별명을 알고 있느냐?"

느닷없는 묘한 질문에 노히메는 목을 움츠렸다.

"살무사라 부른다고 합니다."

거침없이 말하는 딸도 딸이려니와 그 말을 듣고도 도산은 아무렇지도 않은 듯 고개를 끄덕였다.

"살무사란, 태어날 때 어미의 배를 찢어 죽이고 세상에 나온단다."

"알고 있어요, 그 이야기라면……"

"알겠느냐, 이 아비는 네가 이미 어른이 되었다고 생각하기에 거짓말로 너를 속여 위로하거나 하지는 않겠다."

"예."

"아비는 전란의 시대를 살려면 살무사가 되어도 좋다고 생각한다. 죽이지 않으면 죽임을 당하는 거야. 경우에 따라서는 부모도 용서하지 않는 게 세상의 실상이다."

"어머, 아버지는 무서운 분이십니다!"

"나는 원래 승려였다. 현교顯敎와 밀교密敎의 교의 정도는 알고 자랐어. 그러나 기름 장수가 되어 속세로 나와 때를 노린 거야."

"알고 있습니다, 그것도."

"나는 말이다, 정실을 세 번 맞이했다. 첫번째는 말할 필요가 없겠지. 두번째는 미노의 슈고로 있던 도키 요리나리土岐賴藝의 첩인 미요시노三芳野였다. 나는 주군의 애첩과 밀통했던 거야."

노히메는 깜짝 놀라 자기도 모르게 자세를 바로 했다.

아버지가 이런 말을 꺼낼 때는 가장 진지한 때라는 것을 알고 있었기 때문이다. 겉치레나 체면 따위는 무시하고, 그것이 아무리 혐오스럽고 눈길을 돌리게 하는 가혹한 일이라 해도 분명하게 말하여 상대에게 진실을 알려야 한다…… 이것이 아버지의 냉엄한 철학인 듯했다.

가가미노도 숨을 죽이고 굳은 자세로 이야기를 듣고 있었다.

"알고 있겠지만, 그때 미요시노는 이미 도키의 씨를 배고 있었어. 그러나 나는 알면서도 밀통했다. 미노를 손에 넣기 위해서는 그것이 가장 좋은 방법이었기 때문이지. 그리고 태어난 아이를 나의 적자嫡子로 키웠어. 이 아이가 현재 사기야마 성鷺山城에 있는 네 오빠 요시타쓰義龍야. 그런데 누가 요시타쓰에게 말했는지, 녀석은 요즘에 이르러 내가 친아버지가 아니라 도키 가문의 원수라고 생각하게 되었어.”

“어머, 그런 일이 있었나요?”

“그래. 있었기에 네게 말하는 것이란다. 그런데 미요시노가 죽었기 때문에 이번에는 세번째로 네 어머니를 아케치明智 가문에서 맞아들였어. 이 역시 결코 애정이라거나 색정 때문은 아니었어. 미노 일대를 잘 다스려 나가는 데에 목적이 있었지…… 여기서 네 앞날을 이야기하겠는데, 이번에 너를 오와리의 오다 킷포시에게 출가시키기로 했어. 이의가 있다고 해도 나는 허락지 않겠다. 오다와 손을 잡고 사기야마 성의 요시타쓰를 제압하지 않으면 내 목이 달아날지도 모르니까 말이다, 알겠느냐?”

노히메로서는 당장 대답할 말이 없었다. 친아버지와 아들로 자란 요시타쓰에게 아버지인 도산의 목숨을 노리려는 마음이 생겼다 하여 모반을 누르기 위해 오다 킷포시에게 자기를 시집보내겠다고 도산은 말하고 있는 것이다.

“알아들었겠지? 그리고 가가미노도 로조老女°의 자격으로 노히메와 함께 오다 가문에 가거라. 그래서 계속 그쪽 사정을 나에게 연락해야 한다.”

“예…… 예!”

가가미노는 머뭇머뭇 대답했다. 로조라고는 하나 실은 나고야 성에 첩자로 들어가는 것이나 다름 없었다.

“아버님.”

잠시 후 노히메가 아름다운 눈썹을 치켜들었다.

“아버님은 아직 진실을 말씀하지 않으셨습니다.”

“허어…… 어째서 그렇다는 말이냐?”

36

"아버님께서는 저를 보내는 대신 오와리 일대를 손에 넣으시려는 생각이시겠지요?"

이번에는 도산의 눈이 날카롭게 빛났다.

"허허허허, 과연 내 딸이야. 너도 그것을 알고 있느냐?"

"예, 잘 알고 있습니다."

"어떻게 알았느냐?"

"무라마쓰 요자에몬에게 물었더니, 오와리의 도련님은 더할 나위 없는 멍청이라고 하더군요."

도산은 그 말을 듣고 다시 '허허허허' 하고 웃었다.

"저는 아버님이, 아버님이 상대가 멍청이인 줄 알면서도 저를 시집보내신다…… 아버님의 숨겨진 눈물이 보이는 것 같습니다."

"그만 해라!"

도산은 자기 심중이 드러나자 천천히 고개를 가로저었다.

"멍청이기에 시집을 보낸다는 걸 알았으면 더 이상 말하지 마라. 이렇게 해야만 오와리의 방해물이 저절로 사라지고 오와리가 내 손에 들어오는 거야, 알겠느냐?"

도산은 일어나서 직접 단검 한 자루를 가지고 왔다.

"너에게 이것을 주겠다. 내 지시가 있으면 이 검으로 킷포시를 찌르도록 해라."

노히메는 눈웃음을 지으며 그 단검을 받아들고 소리내어 웃었다.

"아버님."

"왜?"

"저는 이 단검으로 반드시 킷포시 님을 찌르겠다고 장담은 할 수 없습니다. 저는 아직 남자를 모르는 몸, 아무리 멍청이라 해도 남편으로 섬기는 동안 사랑이 싹터 찌를 수 없게 될지도 모릅니다."

"아, 그때는 네 마음대로 하거라."

"그리고……"

노히메는 즐거운 듯이 고개를 갸웃거리며 웃었다.

"킷포시 님에게 애정을 느끼고, 아버님께서 빈틈을 보이실 때는 킷포시 님에게 권하여 미노를 빼앗게 할지도 모릅니다. 이 단검이 어쩌면 아버님을 찌를 단검이 될지도 모릅니다. 그래도 좋다면 시집가겠습니다."

"알겠다."

도산은 기분이 좋아 고개를 끄덕였다.

"강한 자는 이기고 방심하는 자는 멸망한다. 이것이 난세의 철칙이야. 과연 내 딸, 지금 네가 한 말이 마음에 든다. 나는 너를 주는 대신 오와리를 빼앗을 작정, 너는 틈이 있으면 아비라도 찌를 생각. 그러므로 나도 너를 가엾게 여기지 않고 시집보낼 수 있게 됐어. 살무사의 딸이 훌륭한 말을 해주었어!"

아버지가 약간 흥분하여 말하자 노히메는 다시 아까처럼 어리광을 부리면서 말했다.

"그러나저러나 킷포시 님은 어떤 분일까?"

가가미노는 저도 모르게 침을 꿀꺽 삼키고 부녀의 얼굴을 번갈아 바라보았다.

'아버지 못지않은 거센 기질의 재녀才女…… 대관절 앞으로 어떻게 될 것인가?'

가가미노가 아니라도 이 부녀의 대화를 듣고 놀라는 건 당연한 일이었다.

신랑 신부

혼담은 급속도로 진행되었다.

어디까지나 도산은 도산다운 방법으로 일을 처리했다.

"혼례식 따위의 번거로운 일은 필요치 않아. 나는 오와리까지 딸을 데려갔다가 언제 목이 달아날지 몰라 전전긍긍하기 싫어. 노부히데도 마찬가지일 걸세. 그래서 말인데, 사기야마 성에 있는 나의 적자 요시타쓰도 스물두 살로 아직 독신이니 노부히데 님의 딸 하나를 출가시켜주게. 그러면 쌍방이 서로 딸을 보내게 되는 것이니, 이렇게 해서 일을 마무리하세."

도산은 히라테 마사히데를 이나바야마 성의 센조다이로 불러 내뱉듯이 말했다.

마사히데는 상대가 너무 쉽게 승낙하는 바람에 깜짝 놀라면서도 마음속으로는 일이 난처하게 되었다고 생각했다.

느닷없이 불쑥 꺼낸 요시타쓰의 혼담…… 신부가 될 나이의 딸이 오다 가문에는 없었다.

노부나가의 이복형 노부히로에게는 딸이 셋 있었다. 큰딸은 진보 아키노카미神保安藝守에게 출가하고, 둘째는 이누야마 성의 노부키요에게 정략상 사촌끼리 결혼을 시켰다. 그리고 셋째는 아직 열두 살이었다.

그런데 사기야마 성의 사이토 요시타쓰는 항간에 도키 가문의 씨라는 소문이 나 있었고, 키가 여섯 자 세 치로 열 사람의 힘을 가졌다는 장사로서 이미 스물두 살이나 된 훌륭한 청년 대장이었다.

"황송합니다마는 요시타쓰 님의 신부가 될 만한 분이……"

마사히데가 죄송하다는 듯 말했다.

"노부히데 님에게는 딸이 없나?"

도산이 중간에 말을 가로막았다.

"예. 위의 두 분은 이미 출가하시고 막내 따님은 아직 어리십니다."

"몇 살이나 되었는데?"

"열두 살입니다."

"괜찮아. 열두 살이라도 좋아."

"그리고 또한 첩의 소생입니다."

"허허허……"

도산은 다시 웃었다.

"그대는 고지식한 사람이군, 히라테. 첩의 소생이라고 해서 손이 셋이거나 눈이 하나뿐이지는 않을 것 아닌가? 나는 단지 가문을 안심시키기 위해 오와리의 딸을 데려오려는 것뿐이야. 이쪽에서는 노히메를 보내기로 했으니, 학대라도 받지 않을까 걱정하는 것이 인지상정이 아니겠나. 그러나 쌍방이 딸을 시집보내면 서로 소중하게 여기게는 될 게야."

이것은 도산의 깊은 뜻에서 나온 말이었으나 이때 마사히데는 그 뜻을 깨닫지 못했다.

이리하여 양가의 딸이 마치 물건이라도 되듯 미노와 오와리 사이에 교환된 때는 이해 11월 초였다. 노히메가 로조인 가가미노만을 데리고 외롭기 그지없이 나고야 성에 도착한 날은 하늘이 맑게 개어 있었다.

노부히데 부부는 후루와타리 성에서 나와 정중하게 노히메를 맞이했고, 히라테 마사히데는 일부러 이나바야마까지 영접을 나갔으나, 남편이 될 당사자인 킷포시 노부나가는 넓은 방에서 대면하는 자리에는 얼굴도 내밀지 않았다.

일족과의 대면이 끝나자 노히메는 곧 내전으로 안내되었다.

아직도 나무 향기가 나는 새 건물의 정원에는 흰색과 노란색 국화가 만발해 있고, 처마에는 새 난등蘭燈이 걸려 있었다.

"마음에 드실지 모르겠습니다. 워낙 서둘러 지은 것이어서."

마사히데가 말하자 노히메는 환히 웃는 얼굴로 대답했다.

"뜻이 헛되지 않도록 이 성의 훌륭한 안주인이 되겠어요."

"그럼, 여기 오시느라 피곤하실 테니 우리 부부는 이만 실례하겠습니다."

마사히데는 노히메를 위해 선발한 시녀 세 사람을 소개하고 물러갔다. 이것으로 가가미노를 합쳐 네 시녀가 노히메의 신변을 돌보게 되었는데, 가가미노가 그들 중 누구에게 물어도 언제 예식을 올리는지, 언제부터 노부나가가 노히메의 거실에 오는지 아무도 모르는 모양이었다.

"잠시 여기서 쉬고 싶어. 가가미노도 다른 사람과 같이 부엌 세간 등을 자세히 살펴보도록 해."

신축한 방은 대여섯 개였으며 노히메의 방은 다다미 12조 넓이였다. 아직 다다미가 드물던 때여서 입구 쪽이 넓고 정원까지 섬돌을 놓은 건물은, 노히메의 마음에 들도록 충분히 배려한 것이었다. 그렇더라도 신랑이 될 킷포시를 전혀 만나게 하지 않는 것은 어째서일까?

'기인이란 말은 들었지만, 설마 나를 싫어하는 건 아니겠지?'

방을 한바퀴 둘러보고 나서 노히메는 그 자리에 가만히 앉았다. 아무리 뱃심이 두둑하다고는 하나 얼마 전까지만 해도 서로 싸우던 적의 성에 들어와 이렇게 혼자 앉아 있자니 몸 둘 바를 모를 정도로 적적했다. 마치 위협이라고 하는 듯 때때로 가까이에서 까마귀가 울어댔다.

이럭저럭 여덟 점(2시)쯤 되었을 것이다.

노히메는 오늘부터 자기 인생을 새로 시작할 집의 정원으로 시선을 보내다가 저도 모르게 앗, 하고 소리질렀다.

국화 너머에서 묘한 차림의 소년이 성큼성큼 이쪽을 향해 걸어오는 것이 눈에 띄었기 때문이다.

머리카락을 잔뜩 위로 세우고 칼에는 홍백의 밧줄이 칭칭 감겨 있었다. 옷은 고소데인 듯했으나 한쪽 소매가 찢어질 것 같았고, 허리에는 부싯돌 주머니와 대나무 물통, 그밖에 무언지 모를 주머니가 두서너 개 전후좌우에 매달려 있었다. 그의 이마에는 구슬 같은 땀방울이 맺히고 땀에 먼지가 섞여 진흙탕에서 나온 듯했다. 노바카마°는 어깨에 걸려 있고, 허름한 옷단 밑으로 정강이가 훤히 드러났는가 하면 뒤꿈치 부분이 떨어져나간 짚신을 신고 있었다.

그 소년은 성큼성큼 이쪽으로 다가와, 눈이 휘둥그레져 저도 모르게 품에 간직한 단검에 손을 대는 노히메에게 말했다.

"이봐, 너는 검술을 아느냐?"

"그…… 그…… 그대는 누구냐?"

그러나 소년은 대답하지 않고 대뜸 방으로 들어와 칼을 내던지고 벌렁 드러누웠다.

"아아, 피곤하다. 나는 말이지, 고마쓰야마의 쇼류마쓰昇龍松라는 소나무에 올라갔어. 그 나무는 40척은 너끈히 되는 높이야."

노히메는 눈을 감아 버리고 싶었다.

'이 사람이…… 이 사람이 노부나가라면 어떻게 한단 말인가.'

"나는 그 소나무 꼭대기에서 매의 습격을 받았어. 하마터면 눈알을 먹힐 뻔했어. 매가 둥지를 틀고 있었던 거야, 나뭇가지에."

"대관절 누구냐, 그대는……?"

"너는 이나바야마에서 시집온 여자지?"

"나는 그대가 누구냐고 묻고 있어!"

그러자 노부나가는 벌떡 상반신을 일으키고 두 손으로 탁탁 옷에 묻은 먼지를 털었다.

"나는 이 성의 주인인 오다 사부로 노부나가야."

노히메는 선 채로 풀풀 날리는 소나무 껍질과 먼지와 모래를 시선으로 쫓았다. 그러고보니 소년이 걸어온 자리에도 먼지 발자국이 가득 찍혀 있었다.

"그대는 미노의 이름난 재녀란 말을 들었는데, 자기 신랑도 알아보지 못하다니 별것 아니로군."

"……"

"어디 말해봐. 나는 노부나가 님이야, 노부나가 님이 여기 있어."

노히메는 비틀거리면서 그 자리에 주저앉았다.

"제가 노濃입니다."

"그래, 잘 왔어. 참, 나는 옷을 갈아입어야겠어. 땀이 났으니까. 목덜미로 매의 똥과 소나무 껍질이 들어와 등을 콕콕 찌른다니까. 등을 좀 닦아줘."

얼른 입구 쪽으로 걸어가 눈 깜짝할 사이에 입고 있던 옷을 모조리 벗어버렸다. 미처 눈 돌릴 사이도 없었다.

노부나가는 매일같이 밖에 나가 난폭하게 돌아다녔으므로 근육만은 늠름하고 탄탄하게 발달해 있었다. 그러한 노부나가의 맨몸이 노히메 앞에 떡 버티고 있는 것이 아닌가.

"자, 어서 닦아."

"예…… 예."

이때야 비로소 노히메의 강한 기질이 이성을 되찾았다.

'노부나가는 단순한 멍청이가 아니다! 지금 이 행동은 분명히 나를 시험하려는 일종의 기습이다.'

이것을 깨달은 노히메도 더 이상 지고 있을 수만은 없었다. 얼른 마른 헝겊으로 노부나가의 등을 문지르기 시작했다.

그러나저러나 열여덟 살 처녀 앞에 갑자기 나타난 알몸은 너무도 눈부셨다.

'절대로 지지 않겠다'고 생각했지만 역시 눈을 둘 곳이 없었다.

"뒤는 됐어! 다음은 앞이야."

노부나가는 몸을 돌려 노히메 쪽으로 향했다.

"아……"

노히메는 저도 모르게 움츠러들었다.

"왓핫핫핫하."

노부나가는 마치 천장이 떠나갈 듯 웃음을 터뜨렸다.

"그대의 아버지는 이 노부나가가 멍청이라고 해서 시집을 보냈을 거야. 왓핫핫하……"

이 웃음소리에 놀라 먼저 가가미노가 달려왔으나 벌거벗은 노부나가와 그에게 매달려 있는 노히메를 보자 입구에서 움츠러들고 말았다.

"이봐!"

노부나가가 소리쳤다.

"내 옷을 가져오너라."

"예…… 예."

노부나가의 기행을 익히 잘 아는 시녀 한 사람이 얼른 갈아입을 옷을 안고 왔다. 노히메는 어떻게 옷을 받아들었으며 어떻게 노부나가에게 입혔는지조차 알 수 없었다.

옷을 갈아입자 노부나가는 다시 노히메 쪽으로 홱 돌아서서 그녀의 통통한 뺨을 힘껏 꼬집었다.

"이봐, 그대는 미인이야."

"어머……"

"핫핫하, 미인의 얼굴이 빨개지는군. 노히메! 이제부터 우리는 싸워야 해. 어느 쪽이 먼저 굴복할 것인지 싸우고 또 싸워야 하는 거야. 왓핫핫하."

다시 한 번 떠나갈 듯이 웃고 오른쪽 손가락으로 콧구멍을 후비면서 내던졌던 칼을 왼손에 거머쥐고 일진의 광풍처럼 얼른 사라졌다.

그렇다! 그야말로 일진의 광풍처럼.

녹녹치 않은 노히메도 노부나가가 무슨 생각을 하고 있으며, 무엇을 하려는지 전혀 짐작도 못하고, 꼬집은 뺨 언저리에 가만히 옷소매를 대고 넋이 나간 사람처럼 앉는 것조차 잊고 무릎을 세우고 있었다.

상속 다툼

오다 노부히데는 초겨울의 공기를 가르며 맑게 울리는 손도끼와 끌 소리, 못 박는 소리를 들으며 천천히 주위를 둘러보고 있었다.

올해로 마흔한 살, 해가 바뀌면 마흔두 살로 액년厄年이 되기 때문에 올해 안으로 스에모리 성末森城의 축조를 끝낼 생각이었다. 뚱뚱하게 살이 찐 몸매와 날카롭게 빛나는 눈은 노부나가와 흡사했으나, 체격은 몇 배나 더 건장했다.

노부히데 뒤에서 노부나가의 동생 간주로 노부유키勘十郎信行와 새로 노부유키의 가로로 선임된 시바타 곤로쿠紫田權六(후의 가쓰이에勝家), 사쿠마 우에몬 노부모리佐久間右衛門信盛 두 사람이 따르고 있었다.

"곤로쿠, 이런 진행 상태라면 금년 안으로 그대들의 집도 완성될 거야."

"예. 꼭 완성할 수 있도록 목수들을 재촉하고 있습니다."

곤로쿠가 대답했다.

시바타 곤로쿠는 이제 겨우 스무 살. 그러나 어린 나이에 가로에 선임된 만큼 그 중후한 관록은 이미 서른이 넘은 것처럼 보였다.

"이것으로 나는 안심하고 후루와타리 본성에서 신년을 맞을 수 있게 되었어. 나고야 성에는 노부나가, 스에모리 성에는 노부유키, 노부히로도 미카와三河의 안조 성安祥城에 들여놓았고."

"그러나……"

곤로쿠보다 여섯 살이 많은 사쿠마 우에몬이 노부히데의 안색을 살피며,

"아직 주군께 아드님이 많이 계십니다."

"그것은 비꼬는 말이냐, 우에몬?"

"아닙니다. 아직도 많은 성이 필요하다는 말씀을 드린 것입니다."

노부히데는 이 말에는 대꾸하지 않았다.

"어쨌든 공사를 급히 서두르게. 그리고 노부유키, 네게 할 말이 있으니 너만 따라오너라."

그러고는 간주로 노부유키의 가로 두 사람을 공사장에 남기고 스에모리 성의 내전에 살도록 한 애첩 이와무로岩室 부인의 거처를 향해 걸어갔다.

"우에몬, 자식이 많다고 한 것은 비꼬는 말이었어."

노부히데가 간주로를 데리고 사라지자 곤로쿠는 소리내어 웃었다.

"12남 13녀로 합계 스물다섯 명, 게다가 막내는 갓 태어난 아기가 아닌가. 주군이 언짢은 표정을 지으시더군. 핫핫하……"

우에몬은 이 말에는 대답하지 않고 다시 물었다.

"곤로쿠, 자네는 요즘 주군이 수척해지신 것을 깨닫지 못했나?"

"그야 수척해지셨지. 내년이면 액년이 되는데도 현재 총애하시는

이와무로 부인은 겨우 열여섯 살이니까."

"웃을 일이 아닐세. 지금 주군의 신상에 만일의 경우 좋지 않은 일이라도 생기면 어떻게 되겠나."

"가문의 상속 문제를 말하는 겐가?"

"그래. 나고야의 킷포시 님은 이나바야마에서 부인을 맞이하셨지만, 일족은 물론 가신과 영민領民들까지도 송충이처럼 혐오하고 있어. 서출인 노부히로 님을 상속자로 삼으면 일족이 용납하지 않을 것이고, 간주로 님은 형님인 킷포시 님을 꺼려 상속을 사양할 듯하고 ……."

우에몬이 옆에 쌓인 재목에 걸터앉으며 양미간을 모으고 중얼거리자, 시바타 곤로쿠는 다시 빙긋이 웃고는 자신도 재목에 걸터앉아 주위를 둘러보았다.

"우에몬, 아무도 듣는 사람이 없겠지?"

"그렇다면 자네에게 무슨 생각이라도 있단 말인가?"

"실은, 간주로 님에게 가문을 물려줄 생각이 있는 모양일세."

"뭣이, 자네한테 그런 귀띔을 하던가?"

곤로쿠는 고개를 끄덕이고 또 한 번 경계의 시선으로 주위를 둘러보았다.

"처음에는 없었는지도 몰라. 그러나 간주로 님은 그 멍청한 형과는 달라. 예의범절만 올바른 게 아니야. 사려깊고 분별력이 있어 처음부터 오다 가문의 어른이 되실 자질을 갖고 태어나셨어."

"설교는 그만두게. 그래 간주로 님은 무어라고 하시던가?"

"미노의 살무사에게 이대로 오와리를 진상하게 된다면 우리도 생각을 달리해야 한다고 하시더군. 여보게 우에몬, 그 살무사가 사랑하는 자기 딸을 멍청이에게 출가시킨 건 이쪽을 방심시켜 힘들이지 않고 오와리를 손에 넣으려는 속셈, 간주로 님은 이것을 꿰뚫어보고 계신 거야."

"으음."

우에몬은 팔짱을 꼈다.

스에모리 성을 간주로에게 맡길 생각이라는 것은 이미 알고 있었으나, 노부나가의 가문 상속에 대해서는 문중과 일족이 모두 반대하는데도 불구하고 노부히데는 아직 그 문제에 대해 한마디도 언급하지 않았다.

열여섯 살인 이와무로 부인에게 스물다섯번째 자식인 마타주로叉十郎를 낳게 하고 기뻐하는 노부히데였다. 아직 자기가 죽은 뒤의 일 따위는 염두에도 없는지 모른다.

그러나저러나 전투에 임하고는 자식을 낳고, 자식을 낳고는 전투를 벌이면서 불과 30년도 채 못 되는 세월 동안에 전투에 임하기가 80여 차례, 애첩이 열세 명, 자식이 스물다섯 명이나 되는 노부히데였다.

언제 어디서 어떤 죽음이 찾아올지 모른다. 그때에 이르러 당황하여 대책을 세우면 되는 시대가 아니었다.

이미 누가 보기에도 천하의 멍청이가 분명한 킷포시 노부나가를 하루 속히 폐적廢嫡하여 단결을 공고히 해야 한다는 것이 노부나가를 반대하는 파의 생각이었는데, 시바타 곤로쿠는 그 파의 거두이며, 사쿠마 우에몬도 차차 이쪽으로 기울기 시작하고 있을 무렵이었다.

"간주로 님이 아직 우리에게는 그런 말씀을 하지 않으셨지만, 자네가 지금 한 말은 확실하겠지, 곤로쿠?"

"암, 확실하고 말고."

"물론 지금은 그 일을 발표할 때가 아니겠지. 발표하면 미노의 도산이 자기 사위를 없애려 한다는 구실로 싸움을 걸어올 것이 분명해. 그러나 간주로 님에게 그런 뜻이 계시다면, 우리는 간주로 님의 가로로서 이 일을 주군께 말씀드려 주군의 생각을 확인해야 할 걸세."

　바로 이때였다. 별안간 공사장 일각에서 인부들이 와아, 하고 때아닌 소리를 지르고 떠들어대기 시작한 것은.

질풍 공자疾風公子

스에모리 본성은 이미 훌륭하게 완성되어 있었다. 따라서 이번 공사는 둘째 성과 셋째 성 그리고 성곽을 확장하여 가로를 위시한 가신들의 집을 모두 성 안에 마련하기 위함이었다. 그러므로 성문 앞에 재료를 두는 곳에는 2백 7,8십 명의 인부가 떼지어 차례대로 벽토를 운반하고 있는 중이었다.

그런데 이들이 와아, 소리를 지르며 법석을 떨었기 때문에 두 사람은 저도 모르게 얼굴을 마주 보며 일어섰다.

"무슨 일일까?"

그러나 이보다 먼저 두 사람 앞에 늠름한 잿빛 돈점박이 말 한 필이 질풍처럼 달려와 멈춰 섰다.

조금 전까지 화제로 삼고 있던 바로 그 노부나가였다. 노부나가는 평소 습관대로 일하고 있는 인부들의 머리 위로 날아오듯 달려왔음에 틀림없다.

"곤로쿠!"

"예."

"오야지(아버지를 낮추어 부르는 말)는 어디 있느냐?"

"느닷없이 그게 무슨 말씀입니까…… 적어도 오와리의 태수님이신 주군을 오야지라 부르시다니 말씀이 너무 지나치십니다."

"오야지는 어디 있느냐? 질문에 대답만 하면 되는 거야, 못된 놈 같으니라구."

곤로쿠는 그만 어이가 없어 더 이상 말을 하지 못했다. 게다가 오늘 노부나가의 꼬락서니란 무어란 말인가. 공중을 향해 치솟은 자센가미는 그렇다 치고라도 그 상투를 새빨간 다케나가°로 동여매고 있다. 동생인 간주로 노부유키는 아버지 앞에 나갈 때면 언제나 가타기누肩衣° 차림인데, 노부나가는 아무렇게나 고소데를 걸치고 여전히 허리에 주렁주렁 매단 부싯돌 주머니 사이로 커다란 배꼽을 드러내 보였다.

"죄송합니다. 주군은 본성에 계십니다. 그러나저러나 킷포시 님, 그 새빨간 다케나가는 무슨 부적입니까?"

"뭣이 어째!"

노부나가는 다시 한 번 두 사람을 노려보며 말했다.

"이것은 노히메가 내게 잘 어울린다면서 매어준 거야."

"아니, 미노의 따님이 그런 무례한 일을……"

"어때, 잘 어울리지 않느냐? 그런데 오야지가 이와무로의 방에는 있지 않겠지?"

"글쎄요. 이와무로 님의 방에 계시면 어떻게 하시겠습니까?"

"그럴 리 없어. 대낮부터 여자를 상대하고 있지는 않을 거야. 알겠다. 할 이야기가 있다고 하기에 오기는 했으나 바빠서 돌아갔다고 전하라."

"저어, 킷포시 님. 그러면 주군이 사람을 보내셔서 이곳에……"

그러고보니 간주로에게도 할 이야기가 있다고 했다. 어쩌면 두 사람을 불러놓고 상속 이야기라도…… 라고 생각했을 때 이미 노부나가의 모습은 그 자리에 없었다.

또다시 성문 주위에서 왁자지껄 인부들이 말을 피해 와아, 하고 지르는 비명이 크게 들리다가 금세 잠잠해졌다.

"어떤가, 우에몬. 저것이 오다 일족의 적자라는 사람의 모습일세."

"으음, 그러나저러나 노히메도 너무 지나쳤어. 자기 남편이 그래도 나고야의 성주인데 빨간 다케나가를 동여매고 외출하게 하다니."

"무슨 상관인가. 남편의 취미는 바로 아내의 취미. 당사자가 조롱 당하는 것도 모르고 기뻐하고 있으니 말이야……"

"보아하니 두 사람은 아직 남남인 것 같아. 일단 맺어졌으면 아무리 그래도 여자가 저런 못된 장난을 치지 못했을 거야."

"어쨌든 상관없지 않은가. 아들은 노부나가 한 사람만 있는 것이 아니거든. 영특한 간주로 님이 계시니까. 간주로 님이라면 기요스의 히코고로 님도 이누야마 성의 노부키요 님도 납득하실 거야."

곤로쿠는 이렇게 말하고 자못 즐거운 듯 의미 있게 웃으면서 본성 쪽을 향해 걷기 시작했다.

연모戀慕의 진陣

노부나가가 처해 있는 위치는 그야말로 사면초가였다.

가신들 중 노부나가를 염려해 주는 사람은 오직 히라테 마사히데뿐이었다.

마사히데와 더불어 노부나가의 사부에서 가로로 승격한 하야시 사도노카미 미치카쓰林佐渡守通勝와 그 아우인 미마사카노카미 미치토모美作守通具는 은밀히 노부나가 반대파인 시바타 곤로쿠와 연계되어 있는 모양이었다.

하다못해 출가해 온 노히메만은 노부나가의 편이 될 것이라고 생각했으나 이 역시 의심스러웠다. 일부러 빨간 다케나가를 동여매고 외출하게 하다니…… 그 아버지는 상대가 멍청이기 때문에 노히메를 시집보낸다고 분명히 말했을 정도인 살무사였고, 사기야마 성에 있는 살무사의 후계자 요시타쓰는 아버지인 살무사에 대한 반감까지 곁들여서 노부나가를 미워했다.

"어디 두고보자, 노부나가 놈."

요시타쓰는 이렇게 벼르고 있는 터였다.

더구나 노부나가의 생모인 노부히데의 정실 도다 마님까지도 등을 돌렸다.

"어쩌다 그런 아이가 태어났을까. 가문을 위해서라면 폐적도 불가 피하다."

도다 마님은 지금은 완전히 간주로 노부유키에게로 희망이 옮겨진 터였다.

그러나 당사자인 노부나가는 이런 험악한 분위기에 신경을 쓰지 않는 듯했다. 태어날 때부터 무딘 성격이었는지, 아니면 달리 생각이 있어서인지…… 자기를 부른 아버지가 열여섯 살의 어린 애첩과 함께 있다는 말을 듣자 얼른 말 머리를 돌렸다.

애첩인 이와무로 부인은 아쓰타熱田의 신관神官 집안 출신으로 그 지방의 명문인 가토 즈쇼加藤圖書의 동생 이와무로 마고사부로 쓰구모리岩室孫三郎次盛의 딸로, 고풍스럽게 표현하면 수화낙안羞花落雁 (꽃이 부끄러워하고 날아가던 기러기까지 놀라 떨어진다는 의미)의 미모를 지닌 얌전한 미인이었다.

따라서 노부나가가 이와무로 부인을 그렇게 싫어할 필요가 없었고, 아버지인 노부히데로 말할 것 같으면 히라테 마사히데와 함께 상속 문제에 있어서 노부나가의 편이라 생각되는 결정권을 가지고 있는 사람이었다.

그런데 아버지가 이와무로 부인의 방에 있다고 해서 거들떠보지도 않고 얼른 말 머리를 돌리는 방약무인한 모습은 버릇이 없다기보다는 차라리 무엄한 행동이라 할 수밖에 없다.

어쨌든 당사자인 노부나가는 인부들을 놀라게 하면서 스에모리 성을 나서자 곧장 얼룩무늬 말을 타고 나고야 성으로 질주하였다.

말타기와 수영에 있어서는 가문에서 따를 자가 없는 이 악동.

아니, 말타기와 수영만이 아니다. 검술은 히라타 산미平手三位에게, 활은 이치가와 다이스케市川大助에게, 또 일본에 전래된 지 오륙년밖에 되지 않은 철포鐵砲는 하시모토 잇파橋本一巴에게 배우고, 일단 난폭해지기 시작하면 남에게 절대 뒤지지 않는 이 악동은 자못 즐겁다는 듯이 외쳤다.

"달려라! 좀더 빨리 달려. 바람에 지면 안 된다, 새한테 지면 안 된다!"

그러고는 마구 채찍을 휘두르는 것이었다.

"남이 하루 걸리는 거리를 일각에 달리면 천하를 얻을 수 있다."

이 마을 저 마을에서 개구쟁이라 불리는 골목대장이라면 농부의 아들이건 상인이나 어부의 아들이건 상관하지 않고 부하로 삼아 전쟁놀이를 하고, 그때마다 의기양양 가슴을 두드리는 노부나가. 어쩌면 정말로 노부나가는 다른 사람의 하루를 일각으로 단축시켜 보일 생각인지도 모른다.

이윽고 멀리 자기 거성인 나고야의 성곽이 보이기 시작했다.

"이랴!"

한층 더 소리 높여 외치며 채찍을 휘두르자 잿빛 돈점박이 말은 그 뜻을 알아듣고 히힝! 하고 크게 울부짖었다.

이것이 '성주의 귀환'을 알리는 신호였다.

"아, 돌아오셨다."

정문을 지키던 병졸들이 허둥대며 문을 활짝 열어놓는다. 문이 열리는 순간에는 언제나 안장 위에도 아래에도 사람이 없는 듯 인마 한 덩어리가 질풍처럼 그들 눈앞으로 스쳐 지나간다.

신출귀몰이란 바로 이런 것을 두고 하는 말이다.

노부나가는 그대로 마구간까지 달려가 말을 하인에게 맡기고 발길을 돌려 성큼성큼 정원을 통해 안으로 들어갔다.

"이봐, 노히메."

노히메가 깜짝 놀란 채 겨울의 마루 끝에 모습을 나타냈다.

"어머, 아버님 말씀이 벌써 끝나셨나요?"

노부나가는 이 말에는 대답하지 않았다.

"이 빨간 다케나가가 어울린다고 곤로쿠와 우에몬이 칭찬했어."

이번에는 노히메가 대답하지 않았다.

마루 끝에 앉아 이 어이없는 남편을 맞이하는 미노 제일의 미인인 노히메의 눈에는 야유나 조소의 빛이 조금도 떠오르지 않았다.

그럴 것이었다. 몸을 섞으려 하지도 않고 사랑하려고도 하지 않는, 그렇다고 미워하거나 경계하려고도 하지 않는 신랑. 노히메는 같은 성에서 노부나가와 함께 기거를 거듭하는 동안 점점 더 그 본심을 알 수 없게 되었다.

'근본이 멍청이인 것은 아니다……'

세상의 소문처럼 천하의 멍청이라면, 슬픈 일이지만 노히메는 곧 그 사실을 깨달았을 것이다.

그런데 때때로 깜짝 놀라게 할 날카로운 면을 보이는가 하면 그런 뒤에는 전혀 말이 안 통하는 어린아이로 변하는 것이다.

이렇게 되자 연상에다 재녀인 노히메는 초조해지기 시작했다.

'대관절 노부나가는 천하의 멍청이일까, 아니면 남달리 깊은 생각을 가진 사람일까?'

이것이 분명치 않은 이상 미워해야 할 것인지 사랑해야 할 것인지, 또는 경멸해야 할지 괴롭혀 주어야 할지 전혀 종잡을 수 없었다.

그래서 아버지 노부히데로부터 스에모리 성으로 오라는 전갈이 왔을 때 노부나가를 일부러 시험해 본 것이다.

"다케나가는 이게 좋을 것 같아요."

웬만큼 미의식을 가진 사람이라면 우스워 못 견딜 지경인 빨간 것을 꺼내주었다.

그러자 노부나가는 자세히 보지도 않고 말했다.

"응, 좋아. 머리에 묶어줘."

노히메는 묶어주면서도 설마 하고 있었는데, 그대로 달려나갔던 것이다.

"그런데, 아버님의 용건은 무엇이었나요?"

방에 들어오자마자 옷을 벗어던지는 노부나가에게 고소데를 입혀주면서 노히메는 다시 탐색하듯이 물었다.

"글쎄 무엇이었더라."

"무엇이었더라…… 고 하시다니, 제게는 말씀해주실 수 없는 중요한 일입니까?"

"아니, 기분이 언짢아서 만나지도 않고 돌아왔어."

"어머…… 아버님이신데."

"아버님이건 나발이건 기분이 나쁜 건 나쁜 거야. 그보다도 노히메, 그대는 글씨를 잘 쓰겠지?"

"예…… 아니, 겨우 남이 알아볼 정도로는."

"그러면 됐어. 벼루와 종이를 준비해."

"저더러 대필하라는 말입니까?"

"대필시키지 않으려면 왜 그런 것을 묻겠나. 준비가 됐나?"

"예…… 예. 됐어요. 마침 먹을 갈아놓은 것이 있어요."

노히메가 얼른 두루마리 종이와 붓을 가져오자 노부나가는 가부좌를 틀고 앉아 발바닥을 한 번 탁…… 때리고 눈을 천장으로 보냈다.

"한마디 글을 올리겠습니다."

"예, 한마디 글을……"

"세상에는 여자가 하늘의 별처럼 많으나……"

"세상에는 여자가…… 이것이 무엇입니까?"

"연문戀文이야."

"아니, 연문?"

노히메는 말하다 말고 그만 빙긋 웃었다.

처음 만나던 날, 노부나가가 한 말이 떠올랐기 때문이다.

'누가 먼저 지게 될지 싸우고 또 싸우는 거야.'

그 노부나가가 어쩌면 자신에게 질투심을 일으키게 하려고 무언가를 꾸미고 있다면…… 이런 생각을 했기 때문에 노히메는 얼른 진지한 얼굴로 돌아왔다.

"예, 하늘의 별처럼 많다고 썼어요."

태연한 표정으로 돌아와 다음 말을 재촉했다.

"그대처럼 나의 심금을 울리는 여자는 없다. 따라서 그대에게 반했다."

"예, 그 다음은……"

"만약 그대가 내 사랑에 따르지 않는다면 그대의 불행뿐만 아니라 그대의 자식, 그대의 부모 형제에게도 원한이 미치리라……"

"주군!"

"왜 그래, 어서 쓰기나 해."

"자식이 있는 여자에게 보내는 연문입니까?"

"그래, 어서 써."

"예, 썼어요."

"내일 밤 넉 점(오후 11시)에 그대의 정원, 인공적으로 쌓은 언덕의 소나무 밑으로 나오도록. 나는 거기에 몰래 숨어 있겠다. 만약 나오지 않는다면 덧문을 부수고 들어갈 것이다. 이상. 그리고 내 이름은 사부로三郎라고만 쓰면 돼. 상대는 이와무로 부인 앞."

"어머!"

상대의 이름을 듣는 순간 노히메는 저도 모르게 얼른 손을 멈추고 노부나가를 바라보았다.

'이것은 내게 질투심을 일으키게 하기 위해서가 아니다……'

그러나저러나 이와무로 부인에게 정말 이 글을 보낼 생각인 걸까……?

노히메는 생각을 고쳐먹고 일단 부르는 대로 쓰고 나서 말했다.

"이와무로 부인이라면 아버님의 소실이 아닙니까?"

"그래. 아쓰타 가토 즈쇼 집에서 나와 같이 놀던 어릴 적 친구야."

"그렇다면, '그대의 자식'이란 주군의 동생, 그러니까 태어나신 지 얼마 안 되는 마타주로 님을 가리키는 것이겠군요?"

"묘한 것을 묻는군. 오야지의 아들이라면 당연히 내 동생. 그게 어떻다는 거야?"

노히메는 너무도 뜻하지 않은 말에 그만 눈이 휘둥그레져 숨을 죽인 채 잠시 말을 잇지 못했다.

"어서 봉해서 하녀더러 가져가라고 해. 내가 가면 상대가 안 받을지도 몰라. 하지만 그대의 심부름이라고 하면서 하녀가 가져가면 아무것도 모르고 받을 거야. 알겠나, 반드시 전하도록 하란 말이야. 나는 잠시 나갔다 오겠네."

"아니, 저어……"

"뭐야, 아직 할 말이 있나?"

노부나가는 크게 눈을 부릅떴다.

"돼먹지 않은 훈계는 하지도 마. 그대는 아비의 소실은커녕 주군의 소실과 간통하여 미노 일대를 빼앗은 도산의 딸이 아닌가. 나는 아직 오야지의 목숨까지 빼앗을 생각은 하지 않고 있어. 알겠나, 나는 분명히 명령했어."

"아……"

노히메는 무릎을 세우고 다시 한 번 불렀으나 그때 이미 노부나가의 발소리는 긴 복도 너머로 실을 끌 듯이 멀어져 가고 있었다.

노히메는 잠시 동안 자기가 쓴 편지를 손에 들고 망연히 앉아 있었다.

"주군의 소실과 간통하여 미노를 빼앗은 사이토 도산의 딸……"

그런 악담을 들어도 좋을 만큼 못된 짓을 했으므로 노히메로서도 노부나가를 비난할 자격이 없었다.

일단 두 가문 사이에 싸움이 벌어지면 노부나가를 죽이라는 명을 받은 노히메였다. 그러나 노히메는 반드시 아버지의 명에 따르겠다고는 하지 않았다. 노부나가와의 사이에 진정으로 사랑이 싹튼다면 거꾸로 아버지를 찌르러 올지도 모른다는 대답을 하고 출가하였다.

그리고 이것은 어디까지나 노히메의 본심이고 희망이었다.

남녀 사이에 두 사람을 맺어주고 떨어지지 않게 하는 애정이 치솟는다면, 이것은 남자보다도 여자에게 훨씬 더 강한 행복…… 이렇게 믿고 그렇게 되도록 바라는 마음이 있기에 이 성으로 온 노히메였다.

그리고 아버지도 세상에서 말하는 조무래기 악당은 아니다. 현실을 우습게 보고 감상에 빠져 있다가는 광기狂氣나 절망의 심연에 빠지는 게 고작이다. 똑바로 악의 밑바닥을 꿰뚫어보고 비정非情의 정에 살자고 하는 것이 아버지의 차원 높은 가르침이었다.

"남편을 위해 아버지의 목숨을 달라고 왔습니다."

노히메가 이렇게 말한다 해도 아버지는 조금도 놀랄 사람이 아니다.

"그러냐. 그렇다면 너는 행복하구나."

도리어 이렇게 말하고 웃으면서 기뻐할지도 모를 일이다.

그러나 지금의 노부나가가 그 정도 경지에 도달했다고는 생각되지 않는데도 친아버지의 애첩에게 연문을 보내다니……

'이 일을 도대체 어떻게 해야 좋을 것인가?'

노히메는 잠시 허공을 똑바로 바라보면서 생각하다가 이윽고 가만히 고개를 끄덕였다.

"이봐 가가미노, 잠시 스에모리 성에 다녀와야겠어."

노히메도 결코 예사로운 여자가 아니다. 무슨 생각을 하는지 이미 부드러운 표정으로 돌아와 편지를 문갑에 넣기 시작하고 있었다.

두 영웅의 만남

노부나가는 다시 잿빛 돈점박이 말을 타고 겨울 바람을 가르고 있었다.

하루 평균 4백 리를 달린다는 노부나가.

더구나 가는 곳곳마다 반드시 상대의 간담을 서늘하게 만들기 때문에 이보다 더 골치 아픈 존재도 없었다.

천마天馬가 하늘을 난다. 그 하늘을 나는 천마 위에 정체불명의 괴상한 인물이 타고 있다. 노부나가를 가리켜 캥캥거리는 말이라고 하다니 농민들도 참으로 멋진 별명을 붙인 것 같다.

이번 행선지는 아쓰타.

이와무로 부인의 백부인 아쓰타 신궁의 신관 가토 즈쇼노스케의 저택까지 한달음에 말을 달려왔다.

"이봐, 다케치요竹千代가 있느냐?"

노부나가는 크게 소리지르며 문으로 들어섰다. 물론 현관에서 점

잖게 안내를 구할 노부나가가 아니었다.

"아, 킷포시 님이시다."

문지기의 보고를 받고 집안 사람들이 당황하며 맞이했을 때 노부나가는 이미 정원에서 안으로 돌아 이 집에 맡겨져 있는 오카자키岡崎의 인질 마쓰다이라 다케치요(후의 도쿠가와 이에야스)의 거실에 올라가 있었다.

"다케치요, 오늘은 날씨가 좋아. 말을 타고 놀러 가자."

마쓰다이라 다케치요는 이때 일곱 살이었다.

"아, 킷포시 님…… 아니, 노부나가 님. 어서 오십시오."

다케치요는 통통하게 살이 오른 얼굴에 미소를 띠고 인사했다.

"한동안 만나지 못했구나…… 자, 놀러 가자. 시치노스케七之助, 도쿠치요德千代, 다케치요 님의 말을 끌고 오너라."

"예, 곧 대령하겠습니다."

명령을 받고 미카와에서 다케치요를 따라와 함께 있는 일곱 살의 히라이와 시치노스케와 여덟 살의 아베 도쿠치요가 급히 마구간으로 달려갔다.

그들은 모두 노부나가의 성미가 급하다는 것을 알고 있으므로 동작이 여간 기민하지 않았다.

"어디로 놀러 가죠, 노부나가 님?"

"오늘은 가니에가와蟹江川의 둑까지 데려가겠어. 다케치요가 얼마나 잘 달릴 수 있게 됐는지 시험해보겠다."

마쓰다이라 다케치요가 오와리에 온 것은 다케치요의 아버지인 마쓰다이라 히로타다가 인질로 보냈기 때문은 아니었다.

오카자키의 마쓰다이라 가문은 원래 슨푸駿府의 이마가와 요시모토今川義元의 비호를 받고 있었다. 그 오카자키의 영지로 오다 노부히데가 종종 공격을 가해 왔기 때문에, 히로타다는 아들인 다케치요를 슨푸에 인질로 보내는 대신 이미가와 가문의 후원을 받아 현재 노부나가의 배다른 형인 오다 노부히로가 성주로 있는 안조 성安祥城을 탈환하려고 했던 것이다.

그래서 겨우 여섯 살이 된 다케치요가 같은 또래인 고쇼° 일곱 명과 함께 슨푸에 인질로 가기 위해 오카자키를 출발한 때가 작년이었다.

그런데 도중에 오다 쪽과 내통하고 있던 다와라田原의 성주 도다戶田 일족에게 납치되어 마쓰다이라 쪽으로서는 적인 오다 노부히데에게로 보내지게 되었다.

노부히데는 다케치요를 볼모로 삼아 다케치요의 아버지 히로타다에게 사자를 보내 오다 쪽을 섬기도록 압력을 가했다.

그러나 이마가와 가문에 의리를 지켜야 하는 히로타다는 그에 따르지 않았다.

"…… 이 히로타다는 공교롭게도 자식에 대한 애정에 이끌려 의리를 저버리는 사람이 아니다. 사로잡힌 다케치요가 불운한 것이니 살리든 죽이든 마음대로 하라."

이 대답을 듣고 노부히데는 분노하여 한때 다케치요를 죽이려 했다. 그러나 이때 무슨 생각을 했는지 노부나가가 나섰다.

"이 소년을 제게 주십시오."

다케치요를 죽이지 못하게 한 사람은 다름 아닌 노부나가였다.

"영리한 소년입니다. 앞으로 우리에게 도움이 될 겁니다."

이런 제안에 히라테 마사히데도 조언을 했기 때문에 지금 여기서 이렇게 살고 있다. 이것이 다케치요의 솔직한 현재 처지였다.

일족으로부터도, 가문이나 농부들로부터도 비난을 받고 있는 노부나가가 이 미카와의 고아에게만은 왠지 모르게 애정을 쏟고 있었다.

기분이 좋을 때는 남들 앞에서도 '미카와의 동생'이라 부르며 종종 천렵이나 말타기, 제례祭禮 등에 데려갔다.

지금도 노부나가의 명으로 정원에 끌려나온 검정말은 미카와의 동생을 위해 노부나가가 선사한 것이다.

"자, 어서 타거라. 내가 먼저 달리면 네가 따라오지 못할 거야. 문을 나서거든 가니에가와의 둑까지 마음껏 달려보거라. 떨어지면 일으켜 세우겠다. 자, 어서."

상대가 노부나가일 때는 다케치요의 어린 부하들은 아무도 걱정하지 않았다. 왜냐하면 백성 중에서 어른들은 노부나가를 몹시 싫어하였으나, 이 마을 저 마을의 개구쟁이들은 모두 노부나가의 부하들이므로 어디 가나 생명의 위험이 없다는 것을 아이들만은 잘 알고 있기 때문이다.

"노부나가 님, 잘 오셨습니다. 변변치 못한 차입니다마는……"

가토 즈쇼의 아내가 다케치요와 두 사람 분의 차를 가지고 마루에 나타났을 때 노부나가는 이미 다케치요의 말고삐를 쥐고 정원을 걸어가고 있었다.

"차는 필요치 않소. 잠깐 놀러 나갔다 오겠소."

"그렇지만 모처럼 오셨는데……"

"거기 있는 부하들아, 대신 마시거라."

"어머, 언제나 변함없이 활달하신 모습이시네."

노부나가는 그 따위 말에는 귀도 기울이지 않고 문을 나섰다.

"자, 달려라."

다케치요에게 말고삐를 건네고 말 엉덩이를 채찍으로 때렸다. 그러고는 자기도 잿빛 돈점박이 말에 훌쩍 올라탄 뒤 적당한 간격을 유지하면서 따라갔다.

가니에가와까지는 곧바로 뚫린 외길, 오늘은 노부나가의 채찍질이 평소보다 강했기 때문에 다케치요가 탄 말은 걸음이 빨랐다.

말 위에서 겁을 먹은 다케치요는 안장을 꼭 부둥켜안고 얼굴이 창백해져 이를 악물고 있음에 틀림없다. 그런데도 이 일곱 살의 고아 역시 노부나가의 사랑을 받을 정도니 어떤 때라도 무섭다거나 아프다고 하지 않았다.

언젠가 다케치요가 말에서 떨어진 적이 있었다.

"어때, 아팠느냐?"

"아니, 별로……"

이렇게 대답하고는 한 달 정도 발을 절었다.

이번 여름에는 또 노부나가가 뙤약볕 밑에서 다케치요에게 씨름을 시키고는 물었다.

"어떠냐, 더웠지?"

그러나 이 때에도 다케치요는 아무렇지 않은 듯 대답했다.

"아니, 그다지……"

배가 고플 때나 검술 연습으로 지쳤을 때, 또 기쁠 때에도 늘 대답은 같았다.

"아니, 별로."

결코 괴롭다는 말을 하지 않는 것이 다케치요의 버릇이었다.

노부나가는 창백해졌을 다케치요의 얼굴을 상상하면서, 다케치요의 말이 멈출 기색을 보이면 뒤따라와서 채찍을 휘둘렀다.

이미 겨울의 해는 서쪽으로 기울고 점점 북풍이 강해지기 시작했다.

둑 앞에 산재한 이삼십 채의 부락을 빠져나가자 그 앞에는 미처 베지 못한 마른 억새 그루터기가 바람을 맞아 노랗게 물결치고 있었다.

말 두 필은 그 사이를 뚫고 둑으로 올라갔다.

"좋아, 말을 세워라. 둑을 내려가 저 물가의 버드나무에 말을 매어라."

노부나가는 얼른 다케치요를 추월하여 자기가 먼저 말에서 내려 잎이 떨어진 버드나무에 매었다.

일곱 살인 다케치요도 노부나가를 흉내내어 말을 세웠으나 아직 몸이 작아 말에서 내리지 못하는 듯했다.

"패기가 없다, 굴러 떨어지거라."

노부나가가 꾸짖었다.

"예."

대답과 함께 작은 몸이 말고삐를 쥔 채 굴러 떨어졌다.

"핫핫하……"

노부나가는 하늘에 닿을 듯한 큰 소리로 웃었다.

"어떠냐, 약간 힘들었지?"

"아니, 별로……"

"얼굴이 창백해졌는데도 말이냐?"

"그렇지도 않아요."

다케치요는 재빨리 말을 매고 옆으로 길게 찢어진 눈을 활활 불태우며 빙긋 웃었다.

"그러냐, 앗핫핫하. 장하다, 미카와의 동생. 그렇지 않으면 나중에 어른이 되어 적을 물리칠 수 없어. 좋아, 땀이 났으니 이번에는 벌거벗거라."

노부나가는 이렇게 말하고 점점 더 강해지는 북풍 속에서 자기가 먼저 훌훌 옷을 벗어던지고 벌거숭이가 되었다.

미카와의 고아

다케치요도 점점 혈색을 되찾고 그 역시 지지 않겠다는 각오로 벌거숭이가 되었다. 무어라 해도 아직은 일곱 살, 더구나 연말인 12월 26일에 태어났으므로 그 알몸은 동그스레하고 부드러웠다.

노부나가는 찬바람 속에서 기지개를 켜고 눈앞에 푸르게 고여 있는 못 가장자리에 섰다.

"아아, 시원하군. 상쾌한 바람이야. 그렇지, 다케치요?"

"예, 시원한 바람입니다."

"원 이런, 몸에 소름이 돋았구나. 추우냐?"

"아니, 별로……"

"그럴 테지. 이런 바람에 추워한다면 눈 내리는 밤에 야습을 할 수 없어."

"다케치요는 춥지 않아요!"

"하하하. 다케치요, 이 못에는 갓파河童°가 많이 살고 있다. 어떠냐, 둘이서 한 마리씩 잡아볼까?"

노부나가의 말에 어린 다케치요의 얼굴이 갑자기 굳어졌다.

다케치요는 아직 수영을 할 줄 모른다. 노부나가는 그것을 알고 놀린 것이다.

"다케치요, 묘한 얼굴을 하는군. 너는 갓파가 무서우냐?"

"아니, 그다지……"

"그럼, 네가 먼저 들어가 잡아오너라."

노부나가는 이렇게 말하면서 동시에 다케치요를 붙들고 눈높이 위로 쳐들었다.

고집이 센 일곱 살의 고아는 난폭하기 짝이 없는 악동의 손에 의해 별안간 못 속으로 텀벙 던져졌다.

겨울의 강은 맑디맑았다. 기슭에서는 못의 깊이 때문에 쪽빛으로 푸르게 보였는데, 다케치요를 던져 넣자 그 작은 몸이 물속에서 서너너덧 번 구르는 것이 아주 똑똑히 보인다.

"아, 잘한다 잘해."

악동은 허리를 구부리고 손뼉을 쳤다.

헤엄을 치지 못하는 자의 필사적인 몸부림.

"좋아!"

풍덩, 하고 다시 크게 물소리가 나고 노부나가의 몸이 화살처럼 다케치요한테 다가갔다. 알몸인 채 왼팔을 겨드랑이 밑에서 쳐들자, 들어올리는 자세로 수면에 떠올랐다.

"푸우, 푸우, 울컥—"

다케치요는 큰 눈을 부릅뜬 채 물을 토해냈다.

"앗핫핫하. 어떠냐, 갓파를 만나지 못했느냐, 다케치요?"

"보…… 보지…… 아니, 만나지 못했어요."

"그러냐? 다케치요의 용기에 놀라 갓파들이 어디론가 도망친 모양이군. 어떠냐, 다시 한 번 찾아보겠느냐?"

"그…… 그래도 좋아요."

"하지만 오늘은 나타나지 않을 거야. 네가 무서워 도망쳤는데 내가 다시 들어왔기 때문에 벌벌 떨고 있을 테지."

"그럴지도 몰라요."

"다케치요."

"예."

"알겠느냐, 너는 이 노부나가의 동생이야."

"예."

"둘이 힘을 합쳐 일본 전체를 휘저어야 하는 거야. 그러기 위해서는 수영도 잘 해야 돼. 이번에 다시 던져놓거든 그때는 혼자 나와야 한다."

"예."

"어떠냐, 조금은 추워졌겠지?"

"아니, 별로…… 대수롭지는……"

"그렇지만 너는 떨고 있구나. 왓핫핫하, 내가 졌어! 물을 마시고 사느냐 죽느냐 하는 지경에서도 조금도 흥분하지 않고 추위를 느끼고 있다니 대단한 뱃심이야. 왓핫핫하, 그래서 나는 다케치요가 좋아. 그래서 다케치요가 귀여운 거야."

노부나가는 이렇게 말하고 물속에서 난폭하게 미카와의 고아 얼굴에 뺨을 비볐다.

고독한 그림자

노부나가가 성에 돌아온 때는 벌써 해가 완전히 넘어간 뒤였다.

"이봐, 노히메."

늘 그렇듯 이번에도 정원에서 큰 소리로 부르며 들어왔다.

노히메는 무엇을 생각하고 있는지 낮에 노부나가가 나갈 때와는 딴판인 명랑한 모습으로 얼른 마루의 난등 밑으로 나가 맞이했다.

"어디를 다녀오셨나요?"

"응, 미카와의 고아한테 갔었어."

"어머, 마쓰다이라 가문의 인질인 다케치요에게?"

"응, 재미있었어. 그 꼬마 녀석을 가니에가와의 못에 던져 헤엄을 치게 하고 왔어."

"그것은 잘한 일이에요."

"뭐, 잘한 일이라고……?"

"예. 저는 오늘에야 비로소 서방님의 마음을 조금은 안 듯한 기분이 들어요."

노부나가는 깜짝 놀란 듯이 노히메를 돌아보고 나서 이번에는 기분이 나쁘다는 듯이 손으로 콧구멍을 쑤셨다.

"노히메! 휴지를 줘."

"예. 그런데 왜 그러세요?"

"커다란 코딱지가 나왔어. 이것 봐, 상당히 큰 놈이야."

"예, 닦아드리겠어요. 손가락을 치우세요."

노부나가는 코딱지를 닦게 하면서 말했다.

"밥! 배가 고프군."

"예. 준비해놓았어요."

말이 끝나는 동시에 하녀가 공손히 밥상을 들고 와서 노부나가 앞에 놓았다.

노부나가는 기분이 언짢은 듯이 다시 노히메를 바라보았다.

"그대는 아까 미카와의 고아와 헤엄을 치고 왔다고 했더니 잘했다고 했지?"

"예, 분명히 그렇게 말했어요."

"어째서 잘한 일인지 이유를 말해봐."

"서방님은 가엾은 분이에요."

"뭐라고……?"

"서방님의 마음을 아는 분이 육친 가운데는 없어요. 그래서 미카와의 고아를 사랑하시는 거예요. 마음의 형제를 찾고 있는 것이지요. 미카와의 다케치요도 행복할 거예요. 수영까지 가르쳐주고…… 평생 잊지 않을 거예요."

"제법 영리한 소리를 하는군!"

노부나가는 순간 날카로운 시선으로 크게 혀를 찼으나, 그것도 잠시뿐 곧 하녀가 건네는 밥 그릇을 빼앗듯이 잡아서 먹기 시작했다.

"아, 몹시 배가 고파. 한 그릇 더."

행동도 민첩했으나 식욕도 남달랐다. 씹고 있는지 그냥 삼키는지 밥그릇을 받아들자 두서너 젓가락에 벌써 그릇을 비웠다.

"좀더."

노히메는 하녀 곁에 앉아 미소를 머금은 시원스런 눈으로 그 모습을 바라보고 있다.

그러고 보니 오늘 저녁의 노히메는 평소보다 빛깔이 선명한 고소데를 입고 화장도 정성껏 한 모양이었다. 그런 만큼 주위에는 요염한 분위기가 눈부시게 감돌고 있었다.

"아아, 잘 먹었어. 밥을 먹고 나니 졸립군."

"저어, 서방님."

"왜 그래? 나는 자고 싶어."

"오늘은 아직 주무시면 안 됩니다. 아버님이 바깥 사랑방에서 기다리고 계시니까요."

"뭐, 오야지가 왔어? 왜 지금까지 잠자코 있었지?"

"언짢은 일은 나중에 말하는 게 좋겠다고 생각하여 식사가 끝나기를 기다렸어요."

"알겠어. 그런데 오야지가 무엇 때문에 일부러 찾아왔을까?"

드러누웠던 노부나가가 몸을 일으키며 중얼거리자 노히메가 말했다.

"접대하는 히라테 마사히데 님이 몹시 황송해 하고 있더군요."

"무엇 때문에 그럴까?"

"주군이 보내신 연문을 이와무로 님이 아버님에게 보인 것 같아요."

"흥, 그 일이란 말이지."

"그리고 할 얘기가 있어서 일부러 불렀는데 스에모리 성까지 왔으면서도 그대로 돌아가다니 어찌 된 일이냐고……"

"그 이야기라면 내가 분명히 전했어. 대낮부터 여자와 노는 방에 들어가는 것은 질색이라고."

"그러기에 일부러 오신 거예요. 자, 어서 뵙도록 하세요."

"좋아, 만나고 오겠어. 곤란한 오야지라니까. 전혀 세상을 모르고 있거든."

아버지의 애첩에게 연문을 보내는 전대미문의 일을 해치운 이 악당은 자못 분별 있는 말을 내뱉고 칼을 껴안듯이 집어들고 일어났다.

"서방님"

"아직도 할 말이 남았나?"

"말씀이 끝나거든 오늘 밤에는 이쪽으로 오십시오."

"무엇 때문에?"

"서방님과 저는 부부입니다."

"부부…… 아직은 부부가 아니야. 양쪽 모두 책략을 꾸미고 있는 중이니까. 나는 말이지, 그대가 내 무릎에 엎드려 항복한다고 두 손을 짚고 사과할 때까지 싸움의 칼을 거두지 않겠어."

"호호호……"

노히메는 요염하게 몸을 비틀면서 웃었다.

"그러나 히라테 님은 제가 처신을 잘못했기 때문에 서방님이 이와무로 님에게 연문을 보냈다고 하면서 저를 꾸짖고 돌아갔어요."

"흥, 이것이 꾸중을 들은 여자의 얼굴이란 말이야? 무언가 신이 나서 기뻐하고 있는 얼굴이야."

"아무튼 말씀이 끝나거든…… 저는 서방님이 건너오실 때까지 비

록 밤이 깊어지건 날이 새건 잠자리에 들지 않고 기다리겠어요. 그것
이 아내 된 도리라고 히라테 님이 거듭 강조했기 때문에."

"마음대로 해. 내 알 바 아니야!"

노부나가가 그대로 얼른 방에서 나가자 노히메는 다시 옷소매를
입에 대고 호호호…… 웃었다.

그러고 나서 진지한 얼굴로 돌아왔다.

"가엾은 분……"

마음속으로 조용히 중얼거리는 것이었다.

아버지와 아들

큰 사랑방에서는 오다 노부히데가 근엄한 표정으로 정면에 앉아 있었다.

노히메의 말대로 히라테 마사히데는 상당히 호되게 당한 모양인지 멀찌감치 물러나 화로도 쬐지 못한 채 대령해 있었다. 노부나가가 들어가자 노부히데는 엄한 목소리로 말했다.

"사부로!"

그러나 노부나가는 대답도 하지 않고 노부히데가 손을 쬐고 있는 화로 곁으로 성큼성큼 다가가 칼을 던지며 책상다리를 하고 앉았다.

"무엄한 놈, 인사도 않고 아비의 화로에 손을 쬐지 마라."

노부나가는 노부히데의 말에 대꾸도 없이 흘끗 마사히데 쪽을 돌아보며 말했다.

"물속에서 헤엄치고 있을 때는 따뜻했는데 뭍에 올라오니 추위를 느끼게 되는군. 이쪽으로 가까이 와. 그대는 나이가 들었으니 추울 거야."

"도련님, 주군 앞입니다."

"알고 있어. 내 눈은 썩지 않았어."

"삼가십시오. 어서 인사를."

"뭐, 인사를……? 앗핫하, 인사 따위는 간주로가 세 사람 몫을 혼자서 거뜬히 하고 있어. 인사나 예의 같은 것은 간주로에게나 맡겨. 나는 녀석이 하지 못하는 일을 맡겠어."

"사부로!"

"왜요, 아버지?"

"남이 못하는 일을 네가 하겠다고?"

"암, 하고 말고요. 다른 사람이 할 수 있는 일을 무엇 때문에 이 노부나가가 일부러 나서서 한다는 말입니까? 나는 원숭이 흉내는 질색입니다."

"그래서 너는 이와무로에게 편지를 보낸 것이냐? 한심한 녀석 같으니."

노부히데는 씁쓸한 표정으로 혀를 찼다.

"남이 흉내내지 못할 짓만 하고 다니면 아무도 너를 상대해주지 않는다는 것을 모른다는 말이냐?"

"핫핫하."

노부나가는 진지하게 타이르는 아버지를 비웃었다.

"아버지는 질투를 하는 겁니까?"

"이 멍청한 놈아! 이와무로는 무도하기 짝이 없는 너 때문에 무서워 못 견디겠다며 겁을 먹고 있어."

"잘 됐군요."

"뭣이 어째!"

"반드시 올 거라 생각을 하고 편지를 보냈으니까요."

노부나가는 여기까지 말하고 장난스럽게 눈망울을 돌리고 목소리를 낮추었다.

"이와무로 님은 제가 무엇을 할지 몰라 겁먹은 척 흉내를 내고 물러났다가 슬쩍 저한테 오려는 생각이 아닐까요, 아버지?"

너무 지나친 말에 노부히데는 가슴을 젖히고 앉은 채 할 말을 잊고 있는 모양이었다.

"도련님!"

마사히데가 소리쳤다.

"농담에도 정도가 있기 마련입니다. 도련님이 화를 내신다면 제가 사과하겠습니다."

"뭐, 노인이 무엇 때문에 사과한다는 말인가?"

"주군께도 사과하고 싶은 심정입니다. 도련님의 말씀을 듣지 않는 노히메 님, 그런 분을 맞이해 온 것은 이 마사히데입니다. 제가 노히메 님을 설득하여 도련님 마음에 드는 훌륭한 부인이 되도록 하겠사오니, 이와무로 님에게 글을 보내시는 등의 지나친 일은…… 장난은 삼가십시오. 노히메 님을 맞으신 분은 주군이 아닙니다. 이 늙은이가…… 도련님을 위한다 생각하고 한 일입니다."

이렇게 말한 마사히데는 그 자리에서 두 손을 짚고 이번에는 노부히데에게 머리를 조아렸다.

"주군! 헤아려 주십시오. 노히메 님에게 불찰을 잘 말씀드렸더니, 앞으로는 도련님의 기질에 맞는 훌륭한 아내가 되겠다고 분명히 제게 말씀하셨습니다."

노부히데는 여전히 바위처럼 노부나가를 노려보며 움직이지 않았고, 히라테 마사히데는 백발을 다다미에 대고 울고 있었다. 당사자인 노부나가는 이 장면을 어떻게 받아들이고 있을까?

과연 마사히데의 추측대로 노부나가의 뜻대로 되지 않는 부인을 맞이한 보복으로 아버지의 애첩에게 연문을 보내는 엉뚱한 행동을 감히 저지른 걸까……?

별안간 노부나가는 몸을 구부리며 웃기 시작했다.

"왓핫하…… 이거 정말 우습군! 참을 수가 없어. 왓핫핫하……"

"도련님!"

"듣기 싫어. 어떻게 웃지 않고 참을 수 있다는 말인가. 과연 모두들 그 정도밖에 생각하지 못했단 말이지."

"사부로!"

"참으로 웃기는군. 그런 무서운 얼굴로 왜 그러십니까, 아버지?"

"네게 새삼스럽게 할 말이 있다."

"이미 알고 있어요. 아무 의미 없는 예절이라도 지키라는 말이겠지요? 그리고 제가 지키지 않으면 폐적하겠다는 말씀이겠지요. 아버지, 언제든지 뜻대로 하세요. 이 노부나가는 이미 관례를 올렸으니 어린아이가 아닙니다. 매일 물놀이, 말타기를 괜히 하는 줄 아십니까? 노부나가의 부하는 벌써 이 부근 3개 군郡의 마을마다 가득합니다. 노부나가가 폐적되면 그날 안으로 실력을 행사하여 마음에 드는 성 하나를 빼앗은 뒤 일을 시작할 겁니다."

"도련님!"

이번에는 마사히데가 노부나가에게 대들었다.

"그게 무슨 말씀입니까…… 주군, 용서하십시오. 이렇게 빌겠습니다."

노부히데는 두 사람을 똑바로 바라보며 입을 다물고 있었다.

모두가 무無인가

노부나가는 다시 큰 소리로 웃고 히라테 마사히데를 떼밀었다.

"노인, 이제 그만둬. 너무 웃기면 눈물이 나온다니까. 처량하기 짝이 없는 모습이로군. 우리 오야지는 말이야, 그대보다는 좀 나은 분이니 별로 노하시지는 않아. 그렇지요, 아버지……?"

이렇게까지 아버지를 깔보는 자식은 아마 없을 것이다. 오와리의 귀신이라 불리는 노부히데를 완전히 업신여기며 전혀 문제삼지 않는다는 말투였다.

잔인하기로 이름난 아버지 노부히데도 너무나 당돌한 말에 그만 노할 기회를 잃고 말았다.

'아무 짝에도 쓸모 없는 녀석……'

그렇게 생각하다가도 역시 노부히데는 세상에서 말하듯 아버지이기에 바보가 되기 마련인 모양이었다.

'이 녀석은 혹시 파격적인 영재英才를 가지고 태어난 장수의 그릇

이 아닐까……?'

이렇게라도 생각지 않으면 그토록 평판이 나쁜 자식을 바라보는 아비의 마음이 편할 리 없다.

잠시 후 노부히데는 촛대의 불꽃으로 시선을 옮기고 무겁게 입을 열었다.

"킷포시, 아비가 네 성격을 모르는 바 아니다. 하지만 물어야 할 것이 있어 기다리고 있었다."

"아니, 그럼 쓸데없는 꾸중은 아니란 말입니까?"

노부나가는 안절부절못하고 있는 히라테 마사히데를 눈으로 제지하고는 어깨를 떡 펴고 아버지 쪽으로 향했다.

"대관절 이 노부나가가 하는 일의 어디를 모르겠다는 말입니까?"

"좋아, 그렇다면 우선 묻겠다. 너는 네 행동을 남들이 이해할 거라 생각하느냐?"

노부나가는 히죽 웃고 고개를 가로저었다.

"알 리가 없죠. 알게 되면 허점이 찔릴 테니까요. 그러므로 일부러 모르도록 움직이는 것이 이 노부나가의 장점이거든요."

"뭣이, 문중에서 허점을 찌른다고……?"

"그래요. 비단 우리 오다 가문에 국한된 일은 아니죠. 주인이 약해지면 어떤 가신이라도 주인의 목을 베고 올라앉을 겁니다. 아버지도, 미노의 살무사도, 에치고越後의 나가오長尾(우에스기上杉)도, 사가미相模의 호조北條, 야마시로山城, 마쓰나가松永도 모두 그렇지 않은가요?"

"그건 이것과 성격이 달라!"

"아니, 이거 재미있군요. 어디가 다르다는 말입니까, 아버지?"

"네 행동의 진의를 부하가 모른다면 가신들이 진정 마음으로부터

복종하지 않아."

"왓핫핫하."

노부나가는 다시 기성을 지르고 웃으면서 배를 두드렸다.

"제가 하는 일을 안다면 심복하는 대신 간주로를 부추겨 나와 상속 싸움을 벌이게 만들겠죠…… 아버지 곁에는 그런 부하들뿐이라는 것을 아셔야 해요. 핫핫하, 그러나 걱정하지 마세요. 이 노부나가는 무슨 일을 할지 모르는 사나이기 때문에 가신들이 두려워 손도 발도 내밀지 못할 겁니다. 잠시만 더 참으면 됩니다."

"으음."

노부히데는 한심하다는 듯 다시 신음했다.

'그런 생각으로 이 녀석은 남의 의표를 찌르는 행동만 했다는 말인가……'

만약 그렇다면 전혀 의미가 없는 것은 아니지만…… 하고 자식을 생각하는 아버지의 마음이 고개를 들기 시작했다.

싸움터에서의 승리는 언제나 상대의 의표를 찌르는 데 달려 있다. 사실 가신만이 아니라 부모 형제라 해도 조금도 방심할 수 없는 난세였다.

"그렇다면 한 가지 더 묻겠는데……"

노부히데는 아들에게 폐적을 통고하려고 왔던 것인데, 노부나가의 대답을 들으며 자기를 아버지로 존중할 생각이 있다면 재고할 수도 있다고 여겨 한층 더 목소리에 무게를 실었다.

"그 정도로 깊은 생각을 했다면 이 아비가 지금까지 살아온 자세와 전투에 대해서도 식견을 가지고 있을 것이다. 아비의 생활 태도를 어떻게 생각하느냐?"

"그것은……"

노부나가는 마치 남의 일을 이야기하듯 고개를 갸웃하고 말을 이었다.

"이 노부나가가 아버지에게 배울 만한 점은 별로 없지만, 그렇다고 오와리 한 지방도 다스리지 못할 인물이라고는 생각지 않아요. 오와리 지방을 영지로 가진 다이묘大名°…… 아마 그 정도겠죠."

"으음. 그렇다면 너는 고작 그 정도인 이 아비에게 아무것도 배울 필요가 없다는 말이로구나."

"배웠다가는 큰일이 나겠죠. 무엇보다도 아버지에게는 자식이 스물다섯이나 있어요. 자식들에게 각각 땅을 나누어준다면 뒤를 이은 자는 아버지의 10분의 1도 힘을 발휘하지 못하죠. 10분의 1밖에 힘을 갖지 못하면 다이묘 구실을 못한다는 것을 아십니까, 아버지? 아버지는 세상을 너무 몰라 한심합니다."

노부히데는 또다시 '으음' 하고 신음하면서 분노가 치미는 것을 느꼈다.

과연 그 말에 일리가 있기는 하다. 형제들을 각각 분가시켰다가 만약 사이라도 나빠지면 그야말로 힘이 분산되어 순식간에 이웃의 먹이가 되고 말 것이다.

그러나저러나 천신만고 끝에 오늘의 업적을 쌓아올린 아버지에게 배울 점이 아무것도 없다고 하다니 감정상으로도 참을 수 없는 일이었다.

'노하지 않을 것이다. 나도 뱃심과 도량으로는 세상에 어느 정도 알려진 사나이가 아닌가.'

노부히데는 치밀어 오르는 화를 꾹 눌렀다.

"그렇다면 묻겠는데, 너는 한 지방의 다이묘가 되기에도 부족한 나의 영지 따위는 물려받을 생각이 없다는 거로구나."

노부나가는 고개를 끄덕였다.

"일부러 물려주지 않으셔도 실력으로 차지할 테니 계승이고 뭐고 할 것 없어요. 걱정하지 마세요."

"허어, 그럼 네 육친인 이 아비는 기회를 보아 죽일 생각이냐?"

"아니, 저는 아버지가 세상을 뜬 뒤의 일을 말하는 거예요. 아버지께서 살아 계신 동안에는 유유히 놀면서 지낼 작정이에요."

"킷포시!"

"왜 그런 묘한 표정을 짓습니까? 배가 아프기라도 한가요?"

"그럼, 너는 이 아비가 죽은 뒤에는 무엇이 되겠느냐?"

"뻔한 일이죠. 오와리의 멍청이로 끝나느냐, 아니면 천하를 손에 쥐느냐, 두 가지 중 하나죠, 제가 할 일은."

노부히데는 별안간 크게 뒤통수를 얻어맞은 듯한 충격을 느꼈다.

"그…… 천하를 노릴 정도의 큰 인물이 어쩌자고 아비의 소실한테 글을 보냈느냐?"

"왓핫핫하."

노부나가는 다시 천장에서 먼지가 떨어질 정도의 큰 소리로 웃었다.

"그것은 숙제로 남기기로 하죠. 이 수수께끼 하나 풀지 못할 정도의 아버지라면 평생 동안 애써서 손에 넣은 오와리가 다시 산산조각이 날 겁니다. 왓핫핫하."

노부히데는 자기도 모르게 칼을 움켜쥐었다. 하지만 그 순간 노부나가는 새처럼 뒤로 날아 새끼 거북처럼 목을 움츠리고 자못 어린아이답게 부릅뜬 눈에 개구쟁이 같은 얼굴을 하고 노부히데를 바라보았다.

"마사히데, 그만 돌아가겠다."

노부히데는 벌떡 일어나 두드려 부수듯이 말하고 현관을 향해 걸어갔다.

초로初老의 사랑

노부나가가 아버지의 애첩에게 연문을 보냈다는 소문은 순식간에 스에모리 성에서 나고야, 후루와타리의 두 성과 가신들에게 알려졌다.

그러나 아버지인 노부히데에게, 그 의미를 풀지 못한다면 일생 동안 고생하며 손에 넣은 오와리 지방이 머지않아 산산조각이 날 거라고 호언한 말만은 어디에도 새어나가지 않았다.

그런 일을 아버지인 노부히데나 히라테 마사히데가 입밖에 낼 리 없기 때문이다.

스에모리 성의 증축은 연말에 겨우 완성되어 노부나가의 동생 간주로 노부유키가 이곳에서 설을 맞았는데, 아버지 노부히데의 애첩 이마무로 부인도 그대로 성에 남아 있었다.

노부히데의 본성인 후루와타리로 거처를 옮기는 것을 이와무로 부인이 몹시 두려워했기 때문이다.

이날은 아침부터 바람이 강했다. 거세게 나무를 흔드는 바람 소리와 함께 후두둑 창을 때리는 우박 소리가 때때로 들려왔다.

열일곱 살이 되어 더욱 아름답게 피어난 이와무로 부인은 어젯밤부터 이곳에 와서 머물고 있는 노부히데에게 주전자로 술을 따라주었다.

"저는 이 바람 소리가 무서워요."

아양을 떨며 몸을 기대었다.

"킷포시 님이 이 바람을 타고 느닷없이 나타날 것만 같아서요."

"바보 같은 소리……"

그러면서 노부히데도 슬쩍 창 쪽으로 시선을 보냈다. 잿빛이 도는 어두운 창, 때때로 비명과도 같은 소리를 내며 울리는 창틀. 아닌 게 아니라 노부히데도 그 바람 너머에서 큰 소리로 웃는 노부나가의 웃음소리가 들리는 것 같은 기분이 들었다.

"후루와타리의 본성은 킷포시 님이 계신 나고야 성과 가까워요. 저는 무서워서……"

"……"

"킷포시 님이 무슨 일을 할지 몰라요. 하룻밤 사이에 천리를 달리는 맹호와도 같은 분이니까요."

"그대는 전에도 킷포시에게 유혹을 받은 적이 있나?"

노부히데는 아직도 지난번 노부나가가 한 말에 신경을 쓰고 있었다.

'……그런 수수께끼 하나도 풀지 못한다면 아버지가 평생을 두고 손에 넣은 오와리 지방이 산산조각이 날 겁니다.'

이 말은 그 자리에서만 한 실언이라고 하기에는 너무도 불길하여 지울 수 없는 여운을 남겼다.

"아니에요."

이와무로 부인은 순진하게 고개를 흔들었다. 재기 넘치는 노히메의 아름다움에 비한다면 이와무로 부인은 더할 나위 없이 순진하고 솔직하여 마치 갓 빚은 부드러운 떡을 보는 듯한 느낌이었다.

"아쓰타의 백부님 댁에서 같이 놀던 무렵에는 그런 기색을 전혀 보이지 않으셨어요."

"그런데 갑자기 그런 연문을 보냈다는 말이지?"

"예…… 아니, 그 전에 한 번…… 이 성으로 간주로 님을 찾아오셨을 때……"

"이 방에까지 왔었다는 말인가?"

"예…… 예."

"그것이…… 그것이 언제의 일이었어?"

"아직 마타주로를 임신하기 전이었어요."

"임신하기 전이라면 그대가 여기 온 지 얼마 안 되었을 때로군. 그 때 킷포시가 무어라 하던가?"

말수가 적어 바위와 같은 노부히데의 질문을 받고 겨우 열일곱이 되었을 뿐인 이 애첩은 대번에 얼굴과 귀가 빨개졌다.

"그대는 간주로의 소실로 이 성에 왔느냐고…… "

"뭣이, 간주로의?"

노부히데는 씁쓸한 얼굴로 눈을 내리깔고 얼른 잔을 들어 술을 마셨다. 마흔이 넘은 자기보다는 분명히 노부나가나 간주로에게 어울리는 이와무로 부인이었다.

"저는…… 아니, 주군에게라고 말했어요. 그러자 킷포시 님이 별안간 제 어깨를 꽉 붙들고……"

"어깨를 붙들고 어떻게 했나?"

"저어…… 지금 당장 이 성에서 도망을 가자고 말씀했어요. 나고야 성에는 아무도 모르는 밀실이 여럿 있다, 그대를 그곳에 숨길 테니 어서 따라오라고…… 무서운 얼굴을 하고 말씀했어요. 싫다고 하면 납치하겠다면서…… 전 그때부터 바람이 불기만 하면 그 창으로 킷포시 님이 들어오실 것만 같은 생각이 들어 여간 두렵지 않아요."

여기까지 말하자 노부히데는 더 이상 참을 수 없었다.

"이제 그만!"

노부히데는 이와무로 부인의 말을 막았다.

'그렇다면 킷포시 놈은 처음부터 이 여자에게 눈독을 들이고 있었단 말인가……'

아니, 그렇다고만은 생각할 수 없다. 그 거센 괴수와 같은 젊은 녀석이 만약 탐내기만 한다면 상대가 누구건 끌고 갔을 것이 분명하다.

'그러면, 녀석은 대관절 무슨 생각을 하고 있는 걸까?'

바로 이때였다.

허겁지겁 복도를 달려오는 발소리가 났다.

"아버님! 아버님! 기요스에 갔던 첩자가 돌아왔습니다. 큰일 났습니다."

당황한 목소리의 임자는 새로 이 성의 주인이 된 노부나가의 동생 간주로 노부유키였다.

"뭣이, 큰일이라고? 들어오너라, 간주로."

노부히데는 잔을 놓고 일어나 직접 입구의 미닫이를 열고 노부유키를 맞이했다.

기습의 주인공

"기요스 성에 무슨 일이 있었느냐?"

노부유키는 다그쳐 묻는 아버지 앞에 어깨를 들먹이며 앉았다.

"오늘 신시申時(오후 4시)에 기요스로 쳐들어와 성 밑에 불을 지른 자가 있습니다."

"뭐, 성 밑에 불을 질렀다고……? 미노의 군사냐 아니면 내부 소행이냐?"

"그것이……"

말하다 말고 간주로는 그 단아한 얼굴을 찌푸렸다.

"아무래도 형님의 장난인 것 같습니다."

"뭣이!"

노부히데도 그만 아연실색하여 잠시 입을 열지 못했다.

지난번에 만난 이후 무슨 짓을 할지 모르는 놈이라 여겨 노부히데 마저도 두려움을 품고 있었다.

지금도 애첩인 이와무로 부인이 킷포시에게 겁을 먹고 떨고 있는 마당에 이번에는 정초부터 기요스 성 밑으로 공격해들어가 열풍烈風이 부는데도 불을 지르다니 이 얼마나 포악한 난폭자란 말인가.

원래 기요스의 성주 오다 히코고로 노부토모는 노부히데의 주인에 해당하는 오다 가문의 종가宗家였다. 그 히코고로가 다시 '부에武衛 님'이라 불리는 주인인 시바 씨의 주인 요시무네를 성안에 살도록 하고 있다. 따라서 표면적으로는 이곳이 시바 씨의 거성인 동시에 슈고 쇼쿠守護職인 오다 야마토노카미의 본거지이기도 했다.

그런 만큼 노히메가 출가하기 전까지는 걸핏하면 이 성에서 밀사가 미노의 사이토 도산에게 달려가기도 하고, 도산으로부터 수상한 밀사가 오기도 하여 노부히데로서는 눈을 뗄 수 없는 책략의 소굴이었다.

히코고로의 가로에는 유명한 책략가로 세상에서 작은 슈고라 불리는 사카이 다이젠坂井大膳, 그 밑에는 사카이 진스케甚介, 가와지리 요이치河尻與一, 오다 산미 등의 중신이 즐비하고, 무용武勇으로는 미카와까지 이름이 알려진 나고야 야고로那古野彌五郎가 있다.

야고로는 본디 오다 히코고로의 가신이 아니라 시바 요시무네의 가신이다. 그런데 최근에는 새로 4백 명 정도의 소년대를 조직하여 그들에게 아홉 간이나 되는 창을 들려 맹훈련을 시키고 있다.

시바 요시무네가 아직도 '부에 님'이라 불리며 기요스 성의 식객으로 편히 지내는 것은 말하자면 나고야 야고로의 무력이 밑받침하고 있기 때문이다.

이처럼 복잡한 기요스 성에 노부나가는 정초부터 무슨 생각으로 공격해 들어간 것일까?

"분명히 킷포시가 틀림없느냐?"

"첩자의 보고에 따르면 지휘자는 형님, 말은 얼룩무늬 준마였다고 하니 잘못 보았을 리가 없다고……"

"그럼, 히라테 마사히데에게서는 아무런 보고도 없느냐?"

이렇게 말하고는 강한 바람이 불안하여 일어섰다.

"따라오너라, 간주로. 만약 나고야 야고로가 공격해 오면 이 성이 위험하다. 망루에 올라가 살펴보자."

노부히데는 순간 평소와 같은 맹장으로 돌아와 칼을 움켜쥐고 곧장 본성으로 달려갔다. 노부유키도 물론 그 뒤를 따랐다.

망루는 본성의 서쪽에 세워져 있었다. 높이는 약 40자, 망루를 서쪽에 세운 까닭은 이 성이 가장 경계해야 할 곳은 기요스의 세력이라고 처음부터 계산하고 침입을 감시하기 위함이라고 해도 좋을 정도였다.

밖으로 나오자 생각했던 것보다 훨씬 더 강한 서북풍에 이따금 우박이 섞여 얼근하게 취한 뺨과 손발을 때렸다.

살이 찐 노부히데였으나 흔들거리는 망루에 원숭이처럼 날렵하게 올라갔다.

"이거 안 되겠다, 안 되겠어."

뒤따라 오는 노부유키에게 큰 소리로 외쳤다.

"기요스 성 밑은 불바다야. 올라올 것 없다. 즉시 가신들을 소집하여 성을 굳게 지키도록 명하거라."

"그렇다면 기요스의 무리가 공격을?"

"멍청한 놈! 공격해 올 때를 기다리면 이미 늦어. 저처럼 불을 질렀다면 가만히 있을 리 없어. 그들에게는 나고야 야고로가 있으니까."

"알겠습니다."

중간까지 올라갔던 간주로는 다시 내려가기 시작했다. 정월 초나흘. 오늘은 모두가 각자 집에서 신년을 축하하여 잔치를 벌이고 있을 터였다. 술에 취해 곯아떨어져 있으면 좋으련만……

간주로는 이런 생각을 하자 부아가 치밀었다.

'형은 왜 이 모양이란 말인가……'

싸움이란 마물魔物이다. 만약 야고로가 자랑하는 소년 창부대가 추격해 와서 기세를 타고 이 성을 빼앗기라도 한다면 그야말로 아버지의 노고는 물거품이 될 것 아닌가.

간주로가 내려왔을 때 아버지가 다시 위에서 말했다.

"킷포시의 이름은 말하지 마라, 알겠느냐? 누구의 군사인지는 모르나 어쨌든 기요스가 공격을 받고 있으니 즉각 준비하도록 포고하거라."

"알겠습니다."

과연 아버지의 말은 옳았다. 형인 노부나가가 공격했다고 하면 세상 사람들은 노부나가가 아버지의 동의하에 싸움을 걸었으리라 생각하게 된다. 그러면 모처럼 성사시켰던 화해가 깨져 다시 일족을 걷잡을 수 없는 분규로 몰아넣는다.

마침내 비상소집을 알리는 스에모리 성의 북소리가 저물어가는 하늘에 울려 퍼졌다.

사람들은 술잔을 내던진 채 갑옷 궤 쪽으로 달려가고, 창과 칼을 드는 등 어느 집에서나 법석이 일어났다.

개중에는 술에 취해 잠든 사람도 있어 전원이 본성 앞으로 달려왔을 때는, 이미 해가 지고 더욱 기승을 부리는 바람 속에서 붉게 타들어가는 하늘만이 모두의 마음을 불길한 위압으로 감쌀 뿐이었다.

"도대체 누가 쳐들어왔단 말인가?"

"역시 미노의 짓일 거야."

"정초부터 이 모양이니…… 싸움에도 최소한 예의가 있어야 할 것 아닌가."

"내버려두어도 괜찮을까, 기요스를 도우러 가지 않아도?"

"염려할 것 없어. 주군이 성에 계시니까. 위험하다면 출동을 명하시겠지."

"하지만…… 가능하다면 이렇게 추운 겨울에는 야습을 삼갔으면 싶어."

"정말이야. 모처럼의 잔치를 망치고 말았어."

더구나 바람이 워낙 강하기 때문에 모닥불도 피울 수 없는 형편이었다. 모두 몸을 서로 꼭 기대고 발을 동동 구르면서 잡담은 결국 푸념으로 변했다.

질풍 소리

바로 그 무렵, 킷포시 노부나가는 잿빛 돈점박이 애마를 타고 열풍을 가르면서 나고야 성문을 들어서고 있었다.

한 필, 두 필, 세 필…… 여덟 필이 되었을 때 문지기가 대문을 잠갔다. 나갈 때도 분명히 여덟 필이었다. 노부나가는 별이라도 때려서 떨어뜨릴 생각인지 세 간이나 되는 장대 같은 창을 하나씩 옆구리에 끼고, 허리 주위에 여전히 부싯돌 주머니며 주먹밥 등을 매달고 나갔는데, 돌아올 때 창은 가지고 있지 않았다.

따르는 자는 전에 시바 요시무네의 가신이었던 니와 만치요丹羽万千代와 고쇼의 우두머리인 마에다 이누치요前田犬千代. 나머지는 요즘에 끌어들인 난폭자들 가운데 다섯 명을 뽑아 데리고 나갔기 때문에 문지기들은 정초부터 또 전쟁놀이를 하거나 멀리 승마를 하러 가는 줄 알고 있었다.

그런데 노부나가가 나가 있는 동안 기요스 성이 누군가에게 습격을 받았다. 그 소식이 스에모리 성에서 후루와타리 성, 다시 나고야 성으로 급히 전해졌으므로 히라테 마사히데는 저녁 무렵부터 등성하여 열심히 노부나가의 행방을 수소문하고 있었다.

노부나가는 평소처럼 애마를 마구간까지 타고 가서 자기 손으로 홍당무를 주었다.

"재미있었어. 그러나 배가 고프군. 어서 물에 밥이라도 말아먹도록 하자."

악동들을 거느리고 현관으로 돌아오면서 노부나가는 깜짝 놀랐다.

현관에 아버지가 딸려 준 가로의 한 사람인 아오야마 요산자에몬 靑山與三左衛門이 쓴 약을 마신 듯한 표정으로 대기하고 있다.

"이제 돌아오셨군요."

완고하기로 이름난 요산자에몬은 노부나가에게만 인사했다.

"너희들은 해가 저물 때까지 어디서 놀고 있었느냐, 못된 놈들."

그는 젊은이들을 꾸짖었다.

"도련님!"

"왜 그래, 요산자에몬. 아이들을 꾸짖지 마라. 늦어진 건 내 탓이야."

"도련님! 안으로 들어가십시오. 설에는 마님과 함께 식사를 하셔야죠. 히라테 님도 오셔서 기다리고 계십니다."

"뭐, 그 늙은이도 왔다는 말이지? 좋아, 난 그리 갈 테니 아이들은 꾸짖지 말도록."

뜻밖에도 노부나가는 얌전하게 말하고 흘끗 일곱 사람을 돌아보며 싱긋 웃고 걷기 시작했다.

안에 들어가 보니 과연 밥상이 놓여 있고, 노히메 옆에 히라테 마사히데가 평소처럼 근엄한 표정으로 대기하고 있었다.

"노인, 잔소리라면 듣지 않겠어. 나는 배가 고파."

노부나가는 선수를 쳐서 마사히데에게 말하고 밥상 앞에 가부좌를 틀고 앉았다.

"밥!"

"안 됩니다."

노히메의 말이었다.

"왜 밥을 먹으면 안 된다는 말이야?"

"아직 정초이므로 먼저 술을 한 잔 들어야 해요. 저에게도 주세요."

노히메는 마사히데가 분개했다는 것을 전할 생각인지 노부나가를 가볍게 흘겨보고 시녀의 손에서 주전자를 받아들었다.

"도련님……"

"왜 그래, 노인?"

"도련님은 이미 한 성의 주인이십니다."

"그래서 어쨌다는 말이야?"

"만약 성주가 성을 비웠을 때 적에게 성을 빼앗기는 일이 생기면 후대에까지 웃음거리가 됩니다."

"그야 그렇겠지. 나도 아직 그런 못난 녀석이 있다는 말은 듣지 못했어."

"그렇다면 굳이 말씀드리지 않겠습니다. 나머지는 노히메 님에게 들으십시오. 이 늙은이는 지금부터 밖으로 나가 오늘 밤은 숙직을 서겠습니다."

마사히데는 애써 분노를 억제한 듯 이상할 정도로 정중하게 머리를 숙이고 나갔다.

노히메는 마사히데를 배웅하고 나서 다시 노부나가의 잔에 술을 따랐다.

"오늘 안 계시는 동안 기요스 성이 공격을 받아 성 밑이 불탔다고 하는군요. 그래서 히라테 님은 만일의 경우를 대비하여 서방님을 찾고 있었어요."

"허어, 만일의 경우라니?"

"이 성에도 적이 쳐들어올지 몰라 그것을 염려하셨겠지요. 이어서 저도 꾸중을 들었어요."

"어째서?"

"아직도 도련님과 부부관계를 맺지 않다니 어찌 된 일이냐는 꾸중이었어요."

노부나가는 아무 흥미도 없다는 듯이 단숨에 술을 들이켰다.

"밥!"

다시 밥그릇을 시녀에게 내밀었다.

"서방님!"

"정말 귀찮군. 그대가 두 손을 짚고 항복할 때까지 나는 그런 소리를 듣고 싶지 않아."

"호호호호."

노히메는 쏟아질 듯이 웃었다.

"저는 그런 말을 하고 있는 게 아닙니다"

"그럼, 무슨 말을 하려는 건가?"

"서방님 등과 어깨에 불티가 떨어진 자국이 있는데 무엇입니까?"

이 말에 노부나가는 흠칫 놀랐다.

"이것은…… 이것은…… 저어…… 모닥불의 불똥이 튀어서 그런 거야."

"호호호……"

노히메의 웃음소리가 더욱 높아졌다.

"죄송해요. 사실은 어깨나 등에 불티가 떨어진 자국이 전혀 없어요."

"뭣이!"

크게 부릅뜬 노부나가의 눈이 노히메로 향했다. 그러나 이때 벌써 노히메는 웃음을 거두고 즐거운 듯 술잔을 입으로 가져가고 있었다.

그 모습은 흔들리는 촛불 때문에 마성魔性의 아름다움을 연상시키는 정靜과 동動이 야릇하게 교차하는 듯이 보였다.

"으음."

노부나가는 노히메를 노려보다가 이윽고 빙긋 웃었다.

"노히메."

"예."

"살무사 님에게 편지를 쓰는 게 좋겠어. 이 노부나가가 살무사 님의 군사로 위장하고 기요스에 원한의 씨를 뿌리고 다녔다고."

"저는…… 그렇게는 쓸 수 없어요."

노히메도 이번에는 정색을 했다.

"이왕 쓸 것이라면 저는 서방님을 일본에서 제일가는 신랑이라고 분명하게 써서 보내겠어요."

"뭐, 내가 일본에서 제일가는 신랑…… 왓핫핫하, 이 멍청이가 언젠가는 오와리를 고스란히 살무사 님에게 진상하게 될 것이기 때문인가?"

"아니, 겨우 말 여덟 필로 기요스 성을 공격해 빼앗을 씨를 뿌리고 왔다고 쓰겠어요."

"가증스럽군, 노히메. 내 마음을 읽었다고 생각하나?"

이렇게 말하고 나서 노부나가는 하녀들에게 소리쳤다.

"물러가라. 오늘은 노히메에게 시중을 들게 하겠다. 너희들은 물러가라!"

이곳에도 바람은 지붕을 스쳐가며 울부짖고 있었다.

두 사람만 남게 되자 노부나가는 잠시 동안 묵묵히 밥을 먹고 있었다.

"한 그릇 더."

"예."

"밥을 다 먹을 때까지 잠자코 있어."

"예. 저도 밥을 먹겠어요."

노부나가는 아무렇지도 않다는 듯이 젓가락을 움직였으나 마음속으로는 처음으로 노히메의 예리한 재기에 혀를 내둘렀다.

'이 여자가 드디어 내 마음을 꿰뚫어보았구나.'

오늘 기요스를 불태운 의미를 오다 가문 안에서는 아무도 간파한 자가 없을 줄로 믿고 있었는데……

다름이 아니다. 아버지와 자기에게 있어 가장 방심할 수 없는 가까운 적은 기요스의 오다 히코고로이다.

히코고로의 부하들 중 책략가인 사카이 다이젠이 여자를 좋아하는 아버지에게 가토 즈쇼의 조카 이와무로 부인을 애걸하다시피 권했다는 말을 들었을 때, '이것은 용서할 수 없다!' 고 노부나가는 당장 결심했다.

아마도 사카이 다이젠은 무력으로는 상대할 수 없는 아버지를 주지육림에 빠뜨려 일찍 노쇠하게 하려는 고육책을 생각했음에 틀림없다. 사실 마흔이 넘은 비만형의 무장에게 술과 여자는 무엇보다도 무서운 독약이다. 그렇지 않아도 기나긴 싸움터 생활로 무리가 겹쳐 피로가 쌓일 나이다. 그러한 때 여자를 가까이 하면 자연히 술에 젖을 기회가 많아져 저절로 건강을 해치게 되거나 적의 기습을 받기 쉽다.

그러므로 노부나가는 이와무로 부인에게 줄행랑을 강요하기도 하고 연문을 보내 아버지의 반성을 촉구했던 것인데도, 이와무로 부인의 젊음과 아름다움에 매료된 아버지에게는 전혀 통하지 않았다.

"좋아, 그렇다면 내 손으로 기요스를 제압하겠다. 그까짓 사카이 다이젠 따위가 무어란 말인가."

언제나 결심하는 동시에 실행에 옮기는 노부나가였다. 그런데 아버지의 꾸중을 들은 날부터 오늘에 이르기까지 실행을 미루어온 것은 노부나가에게 있어 보기 드문 장기전이라 해도 좋을 것이다.

노부나가는 오늘 오시午時(정오)에 악동 여덟 명과 더불어 살을 에는 듯한 찬바람을 뚫고 단숨에 기요스로 말을 달렸다. 정월이기 때문에 여기저기서 북소리와 노랫소리가 한가롭게 들려 왔다.

기요스 성의 정문 앞에 바람을 가르고 쇄도한 여덟 악동은 바람이 부는 쪽을 향해 와아, 하고 소리질렀다.

성안에서는 깜짝 놀라 무슨 일이 일어났는가 싶어 망루로 올라가 밖을 내다보았다. 그러자 해자垓子 건너의 버드나무 밑에서 장대 같은 창을 꼬나든 기마 무사騎馬武士가 어른거리고, 성 아래 있는 무사의 집에서는 이미 불길이 치솟고 있었다.

"여러분, 큰일 났소."

"기습이오. 어서 성문을 닫으시오, 기습이오."

북소리와 노랫소리가 순식간에 멎고 사방의 성문이 모두 닫혔으나, 악동들은 성안의 혼란을 손바닥 들여다보듯 알 수 있었다.

이들은 성문이 닫히기를 기다렸다가 성문 쪽을 향해 한 필씩 달려갔다.

"이놈, 오다 히코고로, 성문을 닫아버리다니 비겁하구나. 이리로 나와 상대하라."

호통을 치며 성문을 창 자루로 두들기며 지나갔다.

그 사이에 한 군데의 화재가 두 군데가 되고, 세 군데가 다섯 군데가 되어 사람보다도 바람이 먼저 불길을 퍼뜨렸다.

이쪽인가 싶으면 저쪽에서 와아, 하는 함성이 일어나고, 저쪽인가 싶으면 이곳에서 와아, 하고 고함을 질렀다.

"공격자의 군사가 얼마나 되느냐?"

"삼백 내지 오백, 천 명은 안 되는 것 같습니다."

"아니, 소수로 보이게 한 것은 복병이 있다는 증거야. 나가지 마라, 나가면 안 된다. 굳게 성문을 지켜라."

여덟 명의 악동은 문자 그대로 좌충우돌. 원래 낮이건 밤이건 산과 들, 강과 밭을 어지럽히고 다니면서도 지칠 줄 모르는 자들이므로 여덟 명이 이삼백 명 정도로는 충분히 보였을 것이다.

"좋아, 이 정도면 됐다."

바람을 탄 불길이 무사들의 집이란 집을 거의 휩쓸고 사방의 망루에서 활을 쏘는 자가 나타나기 시작하자, 노부나가는 장대 같은 창을 여기저기에 버리게 하여 자못 악전고투했다는 듯한 자취를 남기고 동남쪽 망루 밑의 나직한 언덕에 여덟 명을 집합시켰다.

"킷포시 님, 이곳은 위험합니다. 여기는 아직 화살이 날아오는 곳입니다."

마에다 이누치요가 이렇게 말하자 노부나가는 웃지도 않고 고개를 끄덕였다.

"화살이 날아오면 뿌리치면 된다. 자, 여기서 잠시 쉬도록 하자."

"무엇 때문에 이런 데서 쉬자는 것입니까?"

"나중에 알게 된다. 망루에서 누가 보고 있을 테니까 말이야. 이것이 싸움이라는 거야."

이미 해가 기우는 무렵이었기 때문에 여기 모인 사람의 인원수는 알 수 있어도 얼굴까지는 망루에서 보일 리 없었다.

노부나가는 이런 모든 것을 계산에 넣고 행동하였는데, 드디어 철수할 때가 되었다.

"이것으로 기요스 성은 함락된 것이나 다름없다. 자, 철수하자."

가볍게 말하고 말에 채찍을 가해 달리기 시작했는데, 함께 난동을 부린 악동 중에는 그 말뜻을 아는 사람이 아무도 없었다.

'그런데도 성안 깊숙한 곳에 있는 노히메만은 내 마음을 꿰뚫어보고 있었던 모양이야.'

노부나가는 실컷 먹고 젓가락을 내던지고는 다시 한 번 쏘는 듯한 눈으로 노히메를 바라보았다.

"노히메."

"예. 이제는 말을 해도 될까요?"

"아아, 졸음이 오는군. 무릎을 빌려 줘."

"예. 그러나 아직…… 서방님이 좋아하시는 돌로 된 통에 목욕물이 준비되어 있는데요."

"그보다도 무릎이나 빌려줘!"

그러고는 벌렁 드러누워 노히메의 하얀 턱을 쳐다보았다.

"말해봐. 내 귀지를 후비면서, 내가 어째서 기요스에 놀러 갔었는지 말해봐."

"예. 알아맞히면 무엇을 주시겠어요?"

"글쎄. 맞힌다면 오늘 밤에는 그대 곁에서 자기로 하겠어."

노히메는 이 대답을 듣고 약간 얼굴을 붉혔다.

"여덟 명이 불을 지르고 성 주위를 휘젓고 다니다가 창을 버리고 돌아왔겠지요?"

"흥, 그랬을 것 같아?"

"예. 그것으로 충분해요. 그 성에는 사카이 다이젠이라는 별로 영리하지 못한 자가 있으니까요."

"그럴까……? 좀더 귀를 후비도록 해."

"예."

노히메는 비녀 끝으로 잘생긴 노부나가의 귀를 깊이 후비면서 말을 이었다.

"기요스의 히코고로 님에게 시바의 부에 님을 돌보게 한 것은 사카이 다이젠이 언젠가는 오다 가문을 멸망시키려는 야심을 품고 있다는 증거예요."

"응."

"옛 주군인 시바 씨의 명으로 오다 노부히데를 멸망시켰다고 하면 세상에 명분이 섭니다. 그런 뒤 부에 님을 살해하면 히코고로 님은 오다의 종가이므로 당당하게 오와리의 태수가 될 수 있어요."

"……"

"그러나 이것이 사카이의 꿈이라는 것을 부에 님도 잘 간파하고 있어요. 그러므로 두 사람 사이는 언제나 시의심이 가로놓여 있어요. 서방님은 이것을 정확히 꿰뚫어보고 계셨어요. 어떤가요, 맞았지요?"

"으음……"

"분명히 제 말이 맞을 거예요. 내일 기요스에서는 법석을 떨 거예요. 소수의 인원이 공격했다고 성 안팎에서 본 사람들이 말할 거예요. 그것 참 이상하다, 그런 인원으로 공격해 왔다니…… 이렇게 생각하다가 지혜가 모자라는 사카이 다이젠이, 이것은 부에 님과 어떤 밀약이 있었을 것이다, 밖에서 공격해 왔을 때 내부에서 부에 님이 호응하여 히코고로 님을 제거할 생각이었다, 그렇지 않다면 그런 소수의 인원이…… 서방님, 제 말이 맞았지요?"

노부나가는 이때 벌써 기분 좋게 잠들어 있었다.

"어머……"

노히메는 맑디맑은 눈을 크게 떴다.

"저어, 서방님! 저는 살무사의 자객, 잠든 목을 노리면 어떻게 하시려고요?"

노히메는 노부나가의 귀에 입을 대듯이 하여 속삭이고 가만히 주위를 둘러보면서 이번에는 목덜미까지 빨갛게 물들었다.

아무래도 감이 익은 모양이다.

노부나가가 또한 노히메를 믿고 있기에 태연히 잠든 얼굴을 드러내고 잘 수 있었을 것이다.

밥상을 들고 나간 하녀는 아직 돌아오지 않는다.

노히메는 노부나가의 하얀 이마에 떨리는 입술을 살며시 눌렀다.

괴수怪獸의 횡행

"주군께 말씀드립니다."

스에모리 성 안팎은 이미 봄기운이 완연했다. 여기저기서 벚꽃이 피기 시작하고 밤바람이 훈훈한 3월로 접어들었다.

오늘도 여전히 시무룩한 표정으로 애첩 이와무로 부인의 처소로 찾아가 묵묵히 술잔을 기울이고 있는 노부히데 앞에 간주로의 가로인 시바타 곤로쿠가 찾아왔다.

"무슨 일인가 곤로쿠, 내일로 미루면 안 되겠나?"

노부히데는 면담을 꺼리는 어조였으나 곤로쿠는 둥근 어깨를 앞으로 내밀 듯이 하고 말했다.

"급한 용무로 후루와타리 성으로 달려갔으나 주군과 길이 어긋나 다시 말을 되돌려 왔습니다."

"무언가, 용무란 것이?"

"역시 가문의 상속 문제인데, 아직 주군께서 결정을 내리시지 않아 중신 일동의 건의문과 첨부서 두 통을 가져왔으니 살펴주시기 바랍니다."

노부히데는 바위처럼 굳어진 채 곤로쿠가 내미는 연명의 건의문을 받아 펼쳤다.

내용은 보지 않아도 잘 알고 있다. 가문을 간주로 노부유키에게 확실하게 상속하는 것이 좋겠다는 취지일 테지만, 누구누구가 연명했는지는 역시 노부히데로서도 신경이 쓰이는 일이었다.

맨처음 서명한 자는 노부나가의 가로인 하야시 사도노카미 미치카쓰이고, 이어서 시바타 곤로쿠, 사쿠마 우에몬, 사쿠마 시치로자에몬, 사쿠마 다이가쿠大學, 쓰즈키 구란도都築藏人, 야마구치 사마노스케山口左馬助, 진보 아키노카미 神保安藝守, 도다 시모우사노카미 土田下總守……등. 읽어내려가면서 노부히데는 저도 모르게 크게 탄식했다.

간주로에게 딸려 준 가신이 간주로를 옹립하려는 것은 이해가 되지만, 노부나가의 매형 진보 아키노카미를 비롯하여 생모인 도다 마님의 일족인 도다 시모우사노카미까지 서명하다니 노부히데로서는 생각지도 못한 일이었다.

그야말로 노부나가는 육친에게도 모두 배척당하고 있는 것이다.

"알겠어. 오늘 밤에 잘 생각해보고 내일 아침에 대답하겠다."

"주군, 건의서 외에도 첨부된 글이 있습니다."

"알고 있어. 한 통은 이누야마 성의 오다 노부키요, 나머지 한 통은 기요스 성의 히코고로의 편지일 테지."

"아무튼 노부나가 님으로는 일족의 결속은커녕 가신들을 통제하기도 어렵습니다. 이대로 두면 앞날이 우려된다는 것이 모두의 의견입니다."

"곤로쿠!"

노부히데는 불쾌한 낯으로 말했다.

"그대들은 내가 이 의견서를 수용하여 킷포시를 폐적시키겠다고 한다면 킷포시가 순순히 받아들일 거라 생각하나?"

"뜻밖의 말씀을 하시는군요. 주군의 명이라면 가문에서 아무도 반대할 사람이 없습니다."

"그대는 반대하지 못하게 할 자신이 있는가?"

단호한 어조로 반문하는 바람에 곤로쿠도 그만 당황한 모양이었다.

"곤로쿠, 내가 보기에는 결코 용이한 일이 아닐 거라 생각해. 노부나가에게도 나름의 장점이 있으니까. 그러나 가신 일동의 의견이라면 생각해볼 수밖에 없지. 만약 생각해보고 노부나가를 베어야 한다는 대답이 나오면 그대는 혼자 노부나가를 벨 수 있겠는가?"

"아니…… 그것과 이 일은 별개의 문제입니다."

분명히 곤로쿠는 노부나가를 두려워하고 있었다. 일대일로 상대할 수 없다는 증거로 곤로쿠의 얼굴에서 핏기가 싹 가셨다.

"잘 생각해볼 테니 물러가라."

"예. 그럼, 가문의 일치된 의견이오니 부디 저의 뜻을 허락해 주십시오."

곤로쿠가 물러가자 노부히데는 옆에서 잔뜩 긴장하여 듣고 있는 이와무로 부인을 돌아보았다.

"그대는 킷포시가 지금도 무서운가?"

"예…… 예. 노부나가 님의 눈이 무섭습니다. 그분 눈에는 늘 무지개가 서려 있습니다. 밤에 이글이글 파랗게 빛나고 있어요."

"그런가. 곤로쿠 녀석도 혼자서는 무서운 모양이야. 그럴 테지. 이 노부히데조차도 점점 그 괴수가 무서워지고 있으니까 말이야."

"어머, 주군까지도……"

"그래. 녀석은 예사 호랑이가 아니야. 곤로쿠 따위가 찾아와 가문을 물려주라느니 말라니 해도 그 호랑이는 아프지도 가렵지도 않은 모양이야. 가문을 간주로에게 물려주겠다고 해도 아아, 그러냐고 태연히 대답할 녀석이야."

사실 노부히데는 요즘에 와서 비로소 노부나가에게는 가문 따위는 전혀 안중에도 없다는 사실을 깨달았다.

무엇 때문에 이와무로 부인에게 연문을 보낸 걸까?

어째서 정초부터 기요스 성에 가서 난동을 부렸을까?

이러한 수수께끼가 조금씩 풀렸다.

'내 밧줄로는 묶을 수 없는 녀석……'

그는 마음속으로부터 불쾌감이 자신을 사로잡기 시작한다는 것을 깨달았다.

정초의 그 기묘한 기습으로 기요스의 히코고로와 시바 요시무네 사이에는 험악한 의심의 먹구름이 감돌기 시작하였다.

이 때문에 히코고로는 스에모리 성이나 후루와타리 성을 노리기는커녕 어떻게 하면 요시무네를 칠 수 있을까 노심초사하고 있는 모양이었다.

아마도 히코고로가 요시무네를 암살하면 이것을 구실로 노부나가는 일거에 기요스 성을 점령할 계획을 세우고 있는지도 모른다.

겨우 말 여덟 필로 정확히 상대의 약점과 급소를 찔러 보기좋게 두 사람 사이를 갈라놓은 놀라운 솜씨는 생각만 해도 소름이 끼칠 정도다.

"그럼…… 곤로쿠 님의 의견대로 노부나가 님을 폐적하시면 어떻게 될까요?"

이와무로 부인은 불안한 듯 노부히데의 무릎에 손을 놓고 말했다.

"그때는 간주로도 곤로쿠도 킷포시의 칼에 쓰러질지 몰라."

"어머…… 그런 일이. 그렇게 되면 간주로 님이 가여워요."

"사람은 누구나 저마다 운을 가지고 태어나는 거야. 아마도 녀석의 별이 다른 사람보다 훨씬 더 강한 모양이야."

"그러면…… 그러면…… 어떻게 하면 좋을까요? 아무리 가신들이 반대한다 해도 역시 가문은 킷포시 님에게 물려주실 건가요?"

노부히데는 겁먹은 애첩의 얼굴을 가만히 손끝으로 만졌다.

"물려주느냐, 아니면 죽이느냐 둘 중 하나를 택해야지."

이것은 이와무로 부인에게 하는 말이 아니라 노부히데가 자기 자신을 향해 하는 말이었다.

"왓핫핫하……"

그러나 이 말이 채 끝나기도 전에 터지는 듯한 웃음소리가 창밖에서 들리는가 싶더니 느닷없이 창문이 열렸다.

"앗!"

이와무로 부인은 저도 모르게 노부히데에게 매달리고, 노부히데도 당황하여 칼을 움켜잡았다.

"킷포시, 아니 사부로, 무례하게 이게 무슨 짓이냐!"

그러나 노부나가는 예의 이글이글 파랗게 타오르는 눈으로 아버지를 바라보며, 얼빠진 듯이 웃고만 있었다.

"왓핫핫하……"

악동의 경고

노부히데는 자기가 중얼거린 말을 노부나가가 들었으리라 생각하고 마음속으로 당황했다.

"가문을 물려주거나, 아니면 죽이거나."

듣는 사람에게는 결코 부드러운 말이 아니었다. 더구나 이 말은 가문을 물려준다기보다 죽이겠다는 의미가 강하므로 반발할 위험성을 다분히 내포하고 있었다.

"사부로, 웃지 마라!"

노부히데가 다시 크게 일갈했다. 애첩 앞에서 약한 면을 보이지 않으려는, 필요 이상으로 엄한 목소리요 자세였다.

"할 말이 있거든 어째서 진작 오지 않았느냐? 못된 녀석!"

노부나가가 웃음을 그치고 태연히 실내를 둘러보는 사이 평소의 장난꾸러기 소년의 눈빛으로 돌아왔다.

"아버지, 나는 바빠서 한가하게 들어가 말할 틈이 없어요. 조심하세요."

"뭣이, 아비한테 그게 무슨 말버릇이냐!"

노부히데는 눈썹을 찌푸리고 혀를 찼다.

"어이가 없군요. 말버릇이야 어떻든 의미만 통하면 돼죠. 그런데 아버지, 놀라지 마세요. 내일 이리로 공격해 올 텐데, 저는 그것을 미리 알려드리러 왔어요."

목소리를 낮추며 속삭이듯 말하고는 그대로 창에서 멀어져 가려고 했다.

노부히데는 더욱 당황하여,

"잠깐, 사부로! 누가…… 누가 공격해 온다는 말이냐?"

노부히데가 벌떡 일어나 창가로 갔을 때 노부나가의 모습은 이미 사라져 정원 어디에도 그림자조차 없었다.

노부히데는 어이가 없어 다시 원래의 자리로 돌아왔다.

이와무로 부인은 창백한 표정으로 우치카케° 옷자락을 펼친 채 촛대 뒤에 움츠리고 있었다.

"묘한 녀석이야. 내게 대들 줄 알았는데 놀라지 말라는 말을 하는군."

"주군……"

"왜 그래? 내가 있으니까 겁먹을 것 없어."

"하지만 킷포시 님은 동에 번쩍 서에 번쩍합니다…… 그리고 내일 공격해 올 거라고 분명히 말했어요."

"틀림없이 그런 말을 하였으나 누가 공격해 온다는 말일까?"

"뻔한 일이에요. 킷포시 님이 이 성을 공격할 거예요."

"말도 안 되는 소리!"

이렇게 말하기는 했으나 노부히데도 문득 불안한 생각이 들었다.

무슨 일을 저지를지 모를 노부나가. 어쩌면 자기가 이 성을 공격할 테지만 악의가 있는 것은 아니므로 놀라지 말라…… 그렇게 선언하는 것처럼 여겨지기도 했다.

"아아, 알겠어!"

잠시 후 노부히데는 잔을 놓고 무릎을 쳤다.

"깜짝 놀랐어요! 무엇을 아셨습니까?"

"킷포시가 하는 일이니 걱정할 것 없어."

노부히데는 아직도 겁을 먹고 있는 이와무로 부인의 등에 굵은 팔을 뻗치며 말했다.

"내일이 바로 삼월 삼짇날이지?"

"예…… 예."

"괜찮아, 염려할 것 없어. 내일 하루 종일 나는 그대 곁에 있겠어."

"어머, 그게 정말입니까?"

"무엇 때문에 거짓말을 하겠나. 그대를 위해 작년에 교토에서 가져온 다이리비나°에 그대와 같이 약주를 올리기로 하겠어."

이와무로 부인은 안도했다는 듯이 크게 어깨를 흔들고 노부히데의 듬직한 무릎에 살짝 몸을 기대었다.

"저는 킷포시 님에게 원한을 산 기억이 없어요…… 그러나 주군이 곁에 계셔 주신다면……"

무섭지 않다는 의미일 것이다.

"요, 사랑스러운 것."

밑에서 가만히 올려다보니 노부히데는 굳은 표정으로 이렇게 말하고는 오른팔을 획 등에 올리고 왼손에 든 잔을 애첩의 입으로 어르듯이 가져갔다.

"킷포시는 눈치가 빠른 녀석이어서 곤로쿠를 비롯한 가신들이 내게 후계자의 결정을 재촉한다는 사실을 알고, 모두에게 혼을 내주려고 공격해 올 것이 분명해. 그러나 내가 여기 있으면 모두가 놀라는 모습을 보고 웃으면서 돌아갈 거야."

"과연…… 그럴까요?"

"물론이지. 녀석은 그런 놈이야. 그것으로도 충분히 킷포시를 배척하는 자들을 견제할 수 있을 테니까. 문제는 그 다음이야. 내가 어떻게 하느냐 하는 문제."

"어떻게 하신다는 것은…… 킷포시 님을?"

"아니, 상속 문제말이야."

"어떻게 하시렵니까?"

"아직 생각 중이야. 킷포시 녀석이 원한다면 그렇게 할 생각인데 녀석은 좀처럼 말을 하지 않고 있어. 말하지 않으니 나도 생각해보지 않을 수 없지…… 그건 그렇고 졸립군. 천금 같은 봄날 밤인데 그대의 품에서 편안히 눕고 싶어. 자, 침소로 가도록 하지."

"예……"

흩날리는 낙화

열일곱 살의 애첩과 함께 지내는 3월 이튿날의 규방은 춥지도 덥지도 않은, 말 그대로 천금과도 같은 보금자리였다.

노부나가는 아버지의 이러한 행동을 몹시 걱정하고 있었으나, 평생을 싸움터에서 보내며 영토 확장에 골몰해온 노부히데로서는 이것이야말로 회춘의 비결이고 인생에 있어 최고의 쾌락으로 생각되었다.

'킷포시가 뜻하지 않은 효행을 하는구나.'

만약 노부나가가 찾아와서 내일 공격한다는 말을 하지 않았다면 노부히데는 이날 밤 안으로 후루와타리 성에 돌아가 다른 소실이 낳은 딸들과 삼짇날을 맞았을 것이다.

그런데 노부나가의 한마디로 잠시도 곁에서 떠나고 싶지 않은 이와무로 부인과 함께 있게 되었으므로 여간 즐겁지 않은 모양이었다.

'대관절 킷포시 녀석은 무슨 수단을 써서 이 성에 와서 어떻게 시

바타나 사쿠마를 견제하려는 걸까?'

이런 생각을 하는 것 또한 일족의 우두머리로서는 자못 흥미로운 일이었다.

이러하여 복숭아와 자두가 함께 꽃피는 하룻밤은 달콤한 정담 속에서 새벽을 맞이했다.

"나는 그만 일어나야겠어. 킷포시 녀석이 어떤 흥정을 하려는지 봐두어야 하니까."

잠자리에서 일어나면 노부히데는 역시 노련한 무장이었다. 성안 여기저기 피어 있는 벚꽃은 보려고도 하지 않고 요소요소의 경비 상황을 점검하고 다녔다. 노부히데가 후루와타리에서 데리고 온 서른 명 남짓한 수행원들은 과연 엄중하게 무장하고 불침번을 서고 있었으나, 간주로 노부유키의 침소도 가로들의 집도 평화 속에서 명절을 맞이한 탓에 마음이 해이해져 노부히데가 보기에는 모두 허점 투성이였다.

"방심은 금물이야. 지금 이곳을 기습한다면…… 나라면 불과 칠팔백 만으로도 성을 빼앗을 수 있겠어."

노부히데는 성안을 한바퀴 돌아보고 다시 이와무로 부인의 침소로 돌아왔다.

'볼 만하겠어, 여기 킷포시가 쳐들어오면 간주로 녀석이 어떻게 할 것인지……'

연습을 보는 기분이어서 노부히데의 마음은 홀가분했다. 조용히 침소를 들여다보니 이와무로 부인은 지난밤의 피로로 아직 가볍게 숨소리를 내며 자고 있었다.

"그래, 봄철의 노곤한 잠은 새벽을 깨닫지 못한다는 말도 있으니까."

반쯤 열린 입으로 애첩의 새하얀 이가 드러나 보이고, 그것이 당장이라도 웃을 듯이 사랑스럽기만 하다. 노부히데는 이끌리듯 곁에 가만히 몸을 뉘었다.

이와무로 부인이 깨지 않도록 숨을 죽이고 살며시 검은 머리카락을 쓰다듬었다…… 그러자 다시 봄바람이 마음을 스치고 지나가 노부히데도 어느 틈에 스르르 달콤한 잠에 빠져들었다.

얼마나 때가 지난 것일까……

요란한 발소리에 노부히데는 깜짝 놀라 번쩍 눈을 떴다.

"주군! 주군! 기침하십시오! 큰일 났습니다."

후루와타리 성에서 데려온 노부히데의 근시近侍인 고미 신조五味新藏의 당황하는 목소리였다.

'아아, 나타났구나, 킷포시 녀석이……'

예기하고 있던 일이어서 노부히데는 일부러 대답하지 않았다.

"주군! 큰일입니다. 기침하십시오."

옆에서 자던 이와무로 부인이 그 소리에 눈을 떴다.

"어머나, 이런. 누가 부르고 있어요."

이렇게 말했을 때 당황한 신조가 그만 엉겁결에 침소의 미닫이를 열었다.

"어머!"

이와무로 부인은 얼굴이 빨개져서 이부자리에서 미끄러져 나왔다.

"무엄하다, 신조."

누운 채로 노부히데가 일갈했다.

"사태가 화급하므로 용서해주십시오! 주군, 적이 성에 쳐들어오고 있습니다."

"시끄럽다! 허둥대지 마라, 신조. 그 적이 어디의 누구이고 어느

방향에서 왔으며 인원수는 얼마나 되느냐? 그것을 모른다면 보고라
할 수 없다."

"예. 공격해 오는 적은 오다 쥬로에몬 노부키요 님, 병력은 천 명입
니다."

"뭣이, 이누야마 성의 노부키요란 말이냐?"

"예. 이누야마와 가쿠덴樂田 등 두 성의 군사가 이미 가스가이春日
井를 지나 류센지가와龍泉寺川를 건너고 있습니다."

"뭣이, 노부키요가……"

다시 한 번 똑같은 소리를 지르자마자 노부히데는 이불을 걷어차
고 일어났다.

"노부키요 놈이 모반했단 말이냐?"

"예."

"간주로를 불러라! 시바타와 사쿠마를 불러라!"

"알았습니다!"

"아, 그리고 봉화를 올려라. 봉화를 올리거든 그대는 즉시 후루와
타리를 거쳐 나고야에 달려가 킷포시에게 화급을 고하거라. 못된 노
부키요 놈이……"

노부히데는 맹수가 울부짖듯 소리쳤다.

"이와무로, 칼을!"

외치는 동시에 달려나가려다 베개에 걸려 푹 고꾸라졌다. 이미 신
조는 달려나간 뒤였다. 낮잠의 단꿈을 방해하지 않으려고 시녀들은
모두 물러가 있었다.

"아, 주군!"

이와무로 부인은 헤쳐진 앞가슴을 여미면서 노부히데를 안아 일으
켰다.

"왜 그러십니까, 주군! 주군!"

"으…… 으…… 으…… 노부키요 놈이…… 노부……"

이누야마 성의 노부키요 역시 가문의 서열로는 노부히데보다 위였다. 노부키요에게 노부히데는 자기 소실이 낳은 딸을 시집보내고, 또 노부키요의 딸을 간주로 노부유키의 소실로 삼아 이 성에 맞아들이려 하고 있었다. 그런 만큼 사위인 노부키요가 모반했다는 사실을 알자 대번에 분노가 치밀어 달려나가다가 베개에 걸려 그대로 쓰러졌던 것이다.

"주군! 어찌된 일입니까? 주군! 정신을 차리시고……"

"으…… 으…… 노부…… 노부…… 킷…… 킷포시를."

"주군! 킷포시 님을 부르라는 말씀입니까?"

"으……"

또다시 나직이 신음하고, 조금 전까지만 해도 강인한 체력으로 이와무로 부인을 애무하던 오와리의 효웅梟雄 오다 노부히데는 마흔 두 살을 일기로 열일곱 살 애첩의 품에 안겨 푹 고개를 떨어뜨리고 말았다.

주위에 가득 규방의 색향을 뿌려놓고는……

장지문에는 부드러운 봄볕이 비치고 성안은 거짓말처럼 조용한 가운데 어디선지 꾀꼬리의 울음소리가 들리고 있었다.

삼월 삼짇날

활짝 열어젖힌 노히메의 방에는 솜털을 만지는 듯한 부드러운 봄
바람이 흘러들고 있었다.

섬돌 아래 심은 벚나무는 거의 7할 정도 꽃을 피웠고, 그 앞의 성곽
너머로 덴노 숲까지 엷은 안개가 끼어 있었다.

"서방님, 국화주를 가져왔어요. 일어나세요."

정면에 장식한 다이리비나를 등지고 앉은 노히메는 그림에서 빠져
나온 듯 화사했으나 노부나가는 여전히 평소 모습 그대로였다.

위로 치솟은 자센을 그대로 다다미에 뉘고 벌렁 드러누워 천장을
바라보면서 열심히 손가락으로 콧구멍을 후비고 있었다.

"서방님, 일어나세요. 오늘은 삼짇날이라 서방님은 제 손님이에
요."

"그런 것은 아무래도 좋아. 그냥 내버려둬."

"그러면 안 돼요. 자, 어서 일어나세요."

아양을 떨면서 다가와 느닷없이 노부나가의 팔을 잡고 안아 일으켰다.

"서방님은 정말 다루기가 힘들군요…… 어머, 손가락으로 더러운 것을 뭉치다니 그러면 안 되요. 자, 손을 이리 내미세요."

노히메는 노부나가가 손가락으로 뭉친 코딱지를 휴지로 닦아내고 붉은 술잔을 쥐어주었다.

"저는 어째서 이렇게까지 서방님을 좋아하게 되었는지 모르겠어요."

"그야 뻔하지. 같이 잤으니까 그런 거야."

"어머…… 그런 상스러운 말을."

노히메는 빨개져서는 노부나가를 노려보고 나서 잔에 국화주를 따랐다.

노부나가는 꿀꺽 한 모금 마시고 이번에는 발을 쭉 뻗고 엎드렸다.

"아니, 또 그런 모습을. 망측해요."

"괜찮아. 이렇게 엎드려 턱을 괴고 바라보면 그대가 더 예뻐 보이거든."

"거짓말."

"거짓말이 아니야. 내가 본 여자 중에서 그대가 제일 예뻐. 외모만이 아니라 그대가 살아 있기 때문이야."

"어머, 죽은 사람이 말을 할 수 있겠어요?"

"내가 조금이라도 방심하면 내 목을 자르겠지. 아니, 목은 자르지 않는다 해도 마음속으로는 나를 깔보고 싫어할 여자야. 방심할 수 없는 여자…… 그것이 진정한 아름다움이라 생각해."

"싫어요, 왜 그런 악담을 하는지 모르겠군요."

"이것 봐, 나는 오야지에게 그대와 같은 아내가 있다면 아무 걱정도 하지 않겠어. 하지만 이와무로 부인은 곤란해. 그녀는 남자의 마음에 긴장을 심어 주는 여자가 아니야. 착 달라붙어 피곤하게 만들뿐이라고."

"그렇지만 서방님도 전에는 이와무로 님에게 반했었다는 말을 들었어요. 자, 한 잔 더 드세요."

노히메는 다시 술을 따르고 이번에는 넌지시 손을 뻗어 느닷없이 노부나가의 목을 안고 몸부림쳤다.

'어째서 이렇게 사랑스러운 걸까……?'

노히메 역시 노부나가의 명석한 두뇌에 매료된 것이다. 남자 못지않게 기질이 강하므로 일단 매료되면 체면이고 뭐고 없이 무섭게 불타오른다.

바로 이때 로조인 가가미노가 급한 걸음으로 달려와 옆방에서 두손을 짚었다.

"말씀드립니다."

"무슨 일이지, 갑자기?"

노히메는 깜짝 놀라 노부나가에게서 떨어져 목덜미와 귓불을 빨갛게 물들이며 물었다.

"후루와타리의 고미 신조 님이 급히 뵙겠다며 말을 달려 찾아왔습니다."

"뭐, 신조가? 내게 말인가?"

"예."

"좋아, 이리 들라고 해."

노부나가는 이렇게 말했으나 여전히 엎드린 채 일어나려고 하지 않았다. 노히메는 이미 노부나가의 성질을 알기에 일으키려 하지 않았다. 탕, 탕, 탕, 마루를 구르는 소리가 났다.

"도련님!"

신조가 다급한 목소리로 말했다.

"큰일 났습니다. 주군이 스에모리 성의 이와무로 부인과 같이 계실 때 이누야마 성의 노부키요 님이 군사 천 명을 거느리고 공격해 왔습니다."

"그런가, 그대도 수고가 많군."

"즉시 도련님에게 화급을 고하라는 주군의 말씀입니다. 어서 출진하십시오."

신조가 숨을 몰아쉬며 말하는데도 노부나가는 여전히 손으로 턱을 괸 채 말했다.

"노히메, 그 술을 신조에게도 따라주도록. 오늘은 삼월 삼짇날이니까."

"도련님, 이…… 이…… 잔은 감사히 받겠습니다마는, 이누야마 성의……"

"노부키요가 공격해 왔다는 말이겠지? 알고 있어."

"알고 계신다면, 즉시 출진을."

"나는 말이다, 명절에는 싸움을 하지 않아."

"예? 무어라 하셨습니까?"

"명절에는 싸우고 싶지 않아. 우선 그 술이나 마시고 고와카幸若° 라도 추도록 해."

"당치도 않은 말씀입니다. 제가 스에모리 성을 나올 때 이누야마와 가쿠덴 두 성의 군사가 이미 가스가이 들판을 지나 류센지가와를 건넜습니다."

"알고 있어. 지금쯤은 스에모리 성에 도착했을 테지."

"도련님! 그럼, 도련님은 주군을 방치하시겠습니까?"

신조가 대들 듯한 표정으로 다그치자 비로소 노부나가가 크게 소리쳤다.

"고얀 놈!"

"예."

"이 노부나가는 이처럼 엎드려 있지만 가문의 일을 꿰뚫어보고 있어. 그래서 오야지에게도 공격해 오는 자가 있더라도 놀라지 말라고 어제 알리고 왔단 말이야."

"원 이런, 적이 불의의 공격을 가하는데도 놀라지 않으시다니 어찌된 일입니까? 평소에 군사를 양성하는 것은 이런 경우에 대비하기 위해서가……"

"노히메, 어서 술을 따르지 않고 무얼 하고 있나. 그렇지 않으면 이 녀석이 자꾸 귀찮게 굴 거야."

노히메는 곁에서 생글생글 웃으면서 두 사람을 번갈아 바라보고 있다가 대답했다.

"서방님, 좀더 자세히 설명해드리세요. 신조 님, 서방님의 흉중을 그대는 헤아리지 못할 거예요. 기량이 다르니까요."

신조는 다시 입을 일그러뜨리면서 혀를 찼다.

"예, 기량이 다릅니다. 다르기 때문에 저는 큰일을 앞에 두고 술 같은 것은 마실 수 없습니다."

"또 지껄이느냐?"

노부나가는 쓴웃음을 짓고 다시 국화주를 마셨다.

"신조!"

"예."

"어제 곤로쿠가 오야지에게 무슨 상의를 했겠지?"

"예…… 예. 그것은 사실입니다."

"그대도 내용을 알고 있나?"

"글쎄요…… 그건……"

후계자의 결정을 재촉한다기보다도 노부나가의 배척을 촉구한 것임을 알고 있는 만큼 신조는 말을 더듬었다.

"알고는 있으나 말하지 못하겠다는 뜻이군. 왓핫핫하, 이 노부나가를 폐적하고 간주로에게 물려주라고 강요했겠지."

"글쎄요……"

"그런데 오야지는 오늘까지 생각해보겠다면서 돌려보냈어. 오야지는 곤로쿠보다는 앞을 더 잘 내다보는 사람이니까."

"하지만…… 이것이 오늘 갑작스런 적의 내습과는 어떤 상관이 있습니까?"

"서두르지 마. 상관없는 일을 내가 말할 것 같으냐? 곤로쿠는 가신들과 상의하여 오야지가 나를 폐적할 수 없다고 말하기 전에 다시 한 번 연극을 할 생각이었던 거야. 그래서 오늘 노부키요가 출병한 거야."

"그러시면, 이것은 저어…… 스에모리 성의 가신들이 상의한 일이라는 말씀입니까?"

"물론이다. 쌍방이 상의한 연극이야. 즉 간주로에게 가문을 물려주지 않으면 이런 소동이 일어난다, 어떻게 하겠느냐고 오야지를 협박하는 시위…… 그래서 나는 오야지에게 놀라지 말라는 말을 하고 왔어. 알겠나?"

"과연…… 말씀을 듣고보니 그렇기는 합니다."

"내 말이 맞지?"

"예, 그렇습니다. 즉시 봉화를 올리고 적의 침입을 고하러 시바타 님의 집으로 달려갔더니, 주군께서 오늘은 풀을 뜯으러 가고 안 계시다고 했습니다."

"왓핫핫하, 그럴 테지. 지금쯤 노부키요 놈도 간주로에게 건의서라도 주어 오야지에게 전하라는 말을 하고 빈들빈들 돌아가는 중이겠지. 노부키요 놈은 명절에 먹은 음식이라도 소화시키려고 나타났을 거야. 자, 이제 알겠거든 그대도 술이나 마시면서 느긋하게 지내도록 해."

"으음."

신조가 감격하는 표정으로 잔을 받자 곁에 있던 노히메도 옷소매를 입에 대고 웃기 시작했다.

"호호호…… 자, 아셨으면 술을 드세요."

"으음."

신조는 잔을 입으로 가져가면서 다시 한 번 나직이 신음했다.

비보悲報

술을 좋아하는 고미 신조가 이윽고 얼굴이 빨개져서는 일어나 비틀거리며 춤을 추기 시작했을 때였다.

"도련님!"

허락도 없이 허겁지겁 뛰어든 히라테 나카쓰카사 마사히데는 다짜고짜 신조의 어깨를 흰 부채로 때렸다.

"물러가라, 신조."

"아니, 가로님이시군요."

마사히데는 신조에게 시선도 보내지 않고 넙죽 그 자리에 두 손을 짚고 노부나가에게 말했다.

"큰일이 일어났습니다."

노부나가는 순간 불안한 표정이 되었다.

"찾아오는 자마다 큰일이라는 소리를 하는군. 큰일이 그렇게 자주 생기면 어디 될 말인가. 침착하게 말해보라, 노인."

"도련님, 놀라지 마십시오! 주군께서 조금 전에 타계하셨습니다."

"뭣이, 오야지가?"

노부나가도 그만 벌떡 일어났다.

"예. 가문을 간주로 님에게 양도하라며 노부키요 님이 군사를 이끌고 스에모리 성으로 육박했습니다. 주군은 인마 소리에 눈을 뜨시고 칼을 들고 달려나가시려다 베개에 걸려 쓰러져서 그대로 발병……."

"뇌졸증이로군."

"예, 예. 마흔둘의 장년으로 앞으로 하실 일이 태산 같았습니다. 그런데 가문이 둘로 갈라져, 황송하게도 노부나가냐 노부유키냐 하고 다투는 와중인데, 주군의 흉중을 헤아리면…… 이 늙은이는…… 이 늙은이는 오장육부가 터지는 것만 같습니다."

마사히데는 얼마 동안 고개를 들지 못하고 눈물에 젖어 있었다.

고미 신조는 마신 술이 대번에 깨어 방 한구석에 조그맣게 움츠리고 있었다.

"그렇구나, 역시 폭주와 음란으로 목숨이 단축되었구나. 바보 같은 오야지야."

"서방님!"

곁에서 노히메가 옷소매를 잡아당겼다.

"말씀이 좀……"

"지나치지 않아. 이런 사태를 염려했기 때문에 내가 여러모로 귀찮게 굴었지만 전혀 뉘우치지 않았어. 오늘 일만 해도 내가 일부러 놀라지 말라고 어제 말해주었는데, 숙취에다…… 허둥지둥 칼을…… 한심하기 짝이 없는 바보야, 오야지는……."

"도련님……"

잠시 후 마사히데는 고개를 들고 눈물을 닦았다.

"이 역시 천명일 겁니다. 그러니 비탄만 하고 계시면 안 됩니다."

"비탄이 아니야. 바보 같은 오야지라고 웃고 있을 뿐이야."

"서방님!"

다시 노히메가 안타깝다는 듯 옷소매를 잡아당겼다.

"알고 있으니, 그대는 잠자코 있어!"

"도련님…… 후일이 중요합니다. 유해는 즉시 후루와타리의 본성으로 옮길 텐데, 그 전에 도련님은 일족이 모인 자리에서 엄하게 고하셔야 합니다. 만일 가문이 동요한다면 그야말로 수습할 수 없는 혼란이 일어납니다."

"알고 있어. 장례 지시는 그대가 하도록."

"예. 다행히도 주군이 건립하신 만쇼 사万松寺에 다이운大雲 선사가 계십니다. 선사와 잘 상의하여 장례를 치르겠습니다마는, 문제는 가문에 관한 일이……"

여기까지 말했을 때 노부나가는 벌써 일어나 큰 소리로 옆방을 향해 소리쳤다.

"이누치요, 말을 준비하라!"

"알겠습니다."

마에다 이누치요의 대답 소리가 들리더니 이내 노부나가는 빠른 걸음으로 이리가와入側(툇마루와 사랑방 사이에 있는 방)로 갔다.

"젊은 무사들아, 모두 나를 따르라."

말하자마자 노부나가가 역시 그대로 성큼성큼 복도를 걸어 밖으로 나갔다.

먼 길을 돌아오는 비책

히라테 마사히데는 과연 육친은 다르다······ 며 눈시울을 붉혔다.

그토록 정상적인 궤도를 벗어난 노부나가도 아버지의 죽음을 알고는 가만히 있을 수 없었음에 틀림없다.

곧장 스에모리 성으로 달려가 작별을 고할 생각일 것이다. 말하자면 스에모리 성은 적중과도 같다. 만약 자기라도 달려가 곁에 있지 않으면······ 이렇게 생각하고 마사히데도 즉시 말을 달려 스에모리 성으로 향했다.

스에모리 성은 이미 급보를 받고 달려온 중신들로 붐비고 있었다.

그러나 어떻게 된 일인지 노부나가의 모습은 어디에서도 발견할 수 없었고, 누구에게 물어도 노부나가를 본 사람이 없었다.

그렇다면 대관절 노부나가는 그토록 서둘러 어디로 간 것일까?

그 무렵—

역시 급보를 받고 스에모리 성으로 간 오다 히코고로의 기요스 성을 향해 흙먼지를 날리며 달려가는 한 무리의 소년 무사가 있었다.

저마다 손에 세 간이나 되는 창을 든 채 봄에 어울리지 않는 볼품없는 모습이었으나, 표정에 나타난 불굴의 기개는 어느 산적의 일단이 아닌가 싶을 정도로 살기를 띠고 있었다.

선두는 눈에 익은 노부나가의 얼룩무늬 말, 말을 탄 사람은 하늘을 향해 뻗친 자센 머리였다.

네 척에 가까운 큰 칼을 휘두르며 노부나가는 고함을 쳤다.

"달려라, 늦어지면 안 된다!"

무리는 기요스 성이 보이는 비와지마枇杷島 들판에 이르자 재빨리 행진을 멈췄다.

"만치요, 너희 집안은 원래 시바의 가신, 그러니 기요스 성에 들어가 나고야 야고로를 이리 불러오너라. 내가 할 이야기가 있어서 왔다, 만약 나오지 않으면 이대로 성 아랫마을을 불태우겠다고 하라."

"알겠습니다."

니와 만치요는 이 난폭한 말을 전할 사자의 역할을 태연히 받아들이고 곧장 홀로 말을 타고 성문을 향해 달려나갔다. 이번 정월에 정체불명의 기습대로 인해 불타버리고 겨우 신축했을 뿐인 성 아랫마을이었다.

마을을 다시 불태우겠다는 말을 듣고 나고야 야고로는 깜짝 놀라, 그 역시 소년대를 이끌고 성을 나왔다.

낮이 긴 봄날이지만 저녁이 가까워지자 점점 서쪽 하늘이 희미하게 보랏빛을 띠었다.

"야고로."

"아, 사부로 노부나가 님이군."

두 사람은 각각 뒤따르고 있는 상대의 병력을 세면서 대열을 벗어나 가까이 다가갔다.

야고로는 약 이백 칠팔십 명.

노부나가는 약간 모자라는 이백 명.

모두 이 부근에서 완력을 자랑하는 악동들이라 생각하면 된다.

처자도 없고 또 물욕도 없는 젊은이들이라 어른에게서는 볼 수 없는 사나운 말과도 같은 강인함을 지니고 있었다.

"할 이야기는?"

"너하고 전쟁놀이를 하고 싶어."

"으음, 한번 부딪쳐 보았으면 하고 있던 참이었지."

"성안에서는 분쟁이 일어나 함부로 바깥에 나오지 못하게 할 테지?"

"으음."

야고로는 육척에 가까운 큰 몸집을 흔들면서 빙긋이 웃었다.

"그럼, 지난 정월에 불을 지른 사람이 사부로 님이었군."

"물론. 부에 님과 히코고로가 싸우도록 하기 위해 불을 질렀어."

"지나친 일을 하는 사람이야. 덕분에 나까지도 히코고로 님에게 의심을 받아 아주 곤란해졌어. 사부로 님과 내통하여 성을 빼앗을 생각이었다면서 말이야."

"어때 야고로, 차라리 그 혐의대로 되고 싶지는 않나?"

"그러니까, 사부로 님의 부하가 되라는 말이군."

"아니, 무조건 부하가 되라는 건 아니야. 이제부터 전쟁놀이를 해서 내게 지거든 부하가 되라는 말이야."

"이거 재미있군! 그럼, 이 야고로에게 지면 사부로 님은 어떻게 하겠나?"

"뻔한 일이지. 나고야 성을 건네고 부하가 되겠어."

"좋아, 해보자구."

"하지만 야고로, 내 부하가 되어도 당분간은 기요스 성에 있어야 해."

"그럼, 앞으로 기요스 성을 내게 주겠다는 말인가?"

"왓핫핫하……"

노부나가는 드디어 그 특유의 큰 소리로 웃었다.

"야고로, 그대는 몸집은 크지만 야심은 형편없군. 활약하기에 따라서는 기요스 정도가 아니라 어딘가 한 지역을 주어 다이묘로 삼을 수도 있어."

"좋아, 그 호언장담을 잊지 않도록."

"잊을 리가 있나. 마음 깊이 새겨두겠어. 그럼, 그대는 저 서쪽 숲에 진을 쳐. 나는 동쪽 둑에 자리잡겠어. 날이 저물 때까지 싸우는 거야."

"그래, 알았어."

그런 뒤 두 사람은 각각 자기 대열로 돌아와 저마다 부하들을 거느리고 지정한 장소로 말을 달렸다.

쌍방 모두 일단 진을 치자 와아, 하고 함성을 질렀다. 그리고 여기서 오른쪽으로 나가느냐 왼쪽으로 나가느냐 하면서 자기네에게 유리하도록 기동작전을 전개하는 것이었다.

지난해에 베고 남은 갈대 그루터기가 여기저기 남아 있고, 제방과 강과 숲과 대나무 밭이 서로의 은폐물 역할을 하며 비책을 강구하는 데 도움이 된다.

어느 쪽이나 내로라하는 악동들이다. 이들이 맞붙어 싸우면 아마도 양쪽 모두 탈진하여 상당한 부상자가 생길 것이 분명하다.

아니, 그보다도 상대방의 전략이 졸렬하면 모의전이 정말 싸움으로 변하여 상대의 숨통을 끊을 위험도 충분히 있었다.

"이누치요, 이것으로 우리가 이겼어."

제방 밑으로 내려가 적이 시야에서 사라지자 노부나가는 아무렇지도 않다는 표정으로 마에다 이누치요를 돌아보았다.

"이것으로 이겼다니요…… 아직 전혀 싸우지 않았는데."

"핫핫하, 싸우지 않아도 이긴 건 이긴 거야. 나고야 야고로의 군사는 이제 모두 나의 포로야. 내가 친 그물에서 도망칠 수 없게 됐어."

"그러면, 도련님은 다른 곳에 복병을 매복시켜놓았습니까?"

"바보 같으니. 복병 정도로 승부가 결정나겠느냐. 내가 친 그물은 좀더 커."

노부나가는 비로소 여느 때의 악동 같은 눈으로 돌아왔다.

"야고로는 말이지."

목소리는 가라앉아 있었다.

"이 전쟁놀이에서 정말 내 부하를 죽이려 하고 있어. 말하자면 전쟁놀이가 아니라 진짜 싸움인 거야."

이 말에 악동들은 격앙했다. 그러고 보면 아닌 게 아니라 야고로의 얼굴에는 음험한 미소와 살기가 감돌고 있었다.

"좋아, 그렇다면 우리도 그 각오로 싸워야지."

"당연하지. 한 발도 물러서지 않고 이 긴 창으로 찔러 죽이겠어."

"이거 재미있게 됐는 걸. 놈들을 전멸시키고 기요스 성에까지 들어가 점령해버려야지."

"잠깐, 잠깐."

노부나가가 말했다.

"그런 시시한 것은 묘미가 없어. 자, 말을 타거라. 말에 오르거든 내 뒤를 따르는 거야. 달리기 시작하면 절대로 멈추면 안 돼, 알겠느냐? 좋아, 가자."

"오오!"

"좋아, 그 기백으로 나를 따르라. 출발이다!"

철썩, 하고 채찍이 울었다.

동시에 노부나가가 자만하는 질풍과 같은 돌진! 황혼이 깔리기 시작하는 둑 밑을 지나 일동은 화살처럼 동쪽을 향해 달리기 시작했다.

"아니, 이건 적으로부터 멀어지는 게 아닌가?"

"정말 이상하다. 성으로 향하고 있지 않은가?"

"아, 성이 보인다. 원 이런, 도련님이 곧장 성으로 돌아가고 계셔."

"이게 뭐야, 이것은 우회하는 것이 아닌가? 도대체 야고로는 어떻게 되는 거지!"

그동안 노부나가는 활짝 열려 있는 성안으로 바람을 가르며 들어가버렸다.

"자, 수고했다. 오늘은 이것으로 끝이다."

마구간 옆에 와서 평소처럼 애마에게 홍당무를 주는 노부나가를 보고 니와 만치요는 고개를 갸웃거리며 다가왔다.

"도련님…… 대관절 야고로는 어떻게 되는 겁니까?"

"야고로는 말이지, 지금쯤 내가 어느 방향에서 나타날까 하고 여기저기로 정신없이 찾아다니겠지."

"그, 그러면 승부는 어떻게 됩니까?"

"날이 저물어, 그러니까 여섯 점 반(오후 7시)경이 되면 내게 당했다는 것을 깨달을 테지. 처음에는 몹시 노하겠지만 결국 싸움은 완력만으로 하는 것이 아님을 알고, 역시 내 주인은 노부나가라면서 혀를 내두를 거야. 그것으로 충분해."

"으음."

"그러기에 완전히 포로가 되었다고 한 거야. 그리고 여기에는 또 하나의 수확이 있어. 히코고로가 없는 동안 야고로가 부하를 데리고 성을 나와 날 만났다는 점이야. 기요스만은 방심할 수 없어. 그러나 이것으로 히코고로도 이제부터는 절대로 우리 성에 싸움을 걸지 못할 거야. 부에 님에 대한 의혹만 더욱 깊어질 뿐. 아, 그리고 모두에게 고하겠다. 우리 오야지가 오늘 낮에 훌쩍 저세상으로 여행을 떠났어."

노부나가는 이렇게 말하고 모두가 깜짝 놀라 숨을 죽이고 있는 동안 태연히 방으로 돌아갔다.

향연香煙 속에서

노부히데의 장례는 3월 7일이었다. 장소는 기가쿠 산龜岳山의 만쇼 사.

이 절은 지금부터 약 10년 전인 덴몬天文 9년(1540)에 노부히데가 직접 건립한 소토젠曹洞禪 계열의 절이었다. 그 시조는 다이운 선사. 일설에 따르면 다이운 선사가 노부히데의 숙부라고 한다.

만쇼 사에서는 오늘 근처 승려 삼백육십여 명이 모여 장례를 주관하는 다이운과 함께 불전을 향하고 있다. 만쇼 사 승려를 합쳐 사백 명 가까이 되는 승려들의 독경 소리는 광대한 가람을 뒤흔들 정도로 장엄했다.

마흔두 살로 생애를 마친 오다 빈고노카미 노부히데는 만쇼인 도 간도겐 거사万松院桃岩道見居士라는 법명法名을 쓴 새로운 위패 너머에 그 거대한 유해를 뉘고 있었다. 본당은 사람들로 가득하다. 미처 들어가지 못한 가신들이 복도에 넘치고, 정원에는 노부히데를 애도

하는 농부와 상인 남녀들로 가득했다. 유족석에서는 무엇보다도 수많은 여자들의 모습이 가장 애처롭게 사람들의 눈길을 끌었다.

가장 상석에 앉아 있는 사람이 정실인 도다 부인, 그 다음은 눈부시게 아름다운 노히메였다. 이어서 소실이 세 사람. 그들은 각각 아이를 낳은 순서대로 앉고 맨 끝에 제일 젊은 이와무로 부인이 엄숙하게 고개를 떨구고 있었다. 노히메를 제외한 다른 사람은 열일곱 살인 이와무로 부인에 이르기까지 모두 머리를 자르고 눈이 벌겋게 충혈되어 있었다.

그 사이에서 아직 대여섯 살 정도인 딸들이 무상함도 느끼지 못한 채 놀고 있는 모습이 사람들의 눈물을 더욱 자아냈다.

그중에는 고쇼히나御所雛 처럼 단아한 얼굴의 이치히메市姬(훗날 요도淀 부인의 어머니)도 섞여 있었는데, 아무 생각 없이 이치히메가 어머니에게 매달리거나 모인 사람들을 바라보거나 하는 모습이 한없이 가엾다.

남자석에는 간주로 노부유키, 다음에는 스물다섯 살이 되는 이복형 사부로고로 노부히로, 열네 살인 노부카네信包, 열세 살인 기조喜藏, 열두 살인 히코고로, 한큐로半九郎, 주로마루十郎丸, 겐고로源九郎 등이 나란히 앉아 있고, 맨 나중이 겨우 두 살밖에 안 된 이와무로 부인이 낳은 마타주로였다.

아직 제일 상좌에 앉아야 할 장남인 노부나가만은 이 자리에 모습을 보이지 않는다. 장의 위원장 격인 히라테 마사히데는 때때로 등을 펴고 정문 쪽을 바라보았다.

"히라테 님, 아직 도련님이 보이지 않는군요."

하야시 사도가 이따금 마사히데를 힐난하듯 혀를 찼다.

"참으로 이상한 분이에요. 장남이면서 유해에 작별도 고하시지 않다니. 무엇을 하고 계시는지는 모르나, 오늘 같은 날에 늦게 오시다니."

"아니, 곧 오시겠지요."

"곧 독경이 끝납니다. 독경이 끝나면 즉시 분향을 시작해야 합니다."

"알고 있습니다. 그때까지는 오시겠지요."

"귀하가 모시고 있다가 데려오셔야 했는데 그랬어요."

그러자 시바타 곤로쿠도 입을 열었다.

"오시지 않는다면 간주로 님부터 분향하시도록 해야겠지요. 주군의 장례에 늦게 오신다는 게 도대체 있을 수 있는 일입니까? 사방에 큰 웃음거리가 될 것입니다."

"잠시만 더 기다려 봅시다. 반드시 오실 테니."

마사히데 혼자만 애가 타서 모두에게 고개를 숙이고 있었다. 이때 독경이 끝나고 승려 한 사람이 '분향하십시오' 하고 마사히데와 사도에게 신호를 보냈다.

사도노카미의 손에는 분향할 순서를 정한 명부가 들려 있었다. 차례대로 호명을 하는데, 그 순서가 지금으로서는 상상도 할 수 없을 만큼 엄격하고 까다로웠다.

"어서, 분향을."

다시 승려가 재촉했다. 견디다 못해 일어서는 히라테 마사히데의 옷자락을 사도가 붙잡았다.

"맨 처음 킷포시 님을 호명해야 하나 불참하셨기에 간주로 님부터 호명하게 되었다고 모두에게 고할 수밖에 없습니다. 지체할 수가 없어요."

"그러나…… 조금만 더…… 절대로 오시지 않을 리가……"

마사히데가 종잡을 수 없는 말을 했을 때 와아, 하고 술렁거리는 소리가 경내에서 들렸다.

"오셨습니다. 새로 가즈사노스케上總介가 되신 도련님이……"

"도련님이 오셨다."

"아, 오셨군요. 자, 이쪽으로."

이렇게 말하고 등을 편 마사히데는 그만 낯빛이 변했다. 이 무슨 모습이란 말인가. 복장에 주의하도록 그토록 일렀고, 노히메의 거실에서 일부러 점검까지 했는데도 노부나가는 태연한 얼굴로 평상복을 입은 채 나타났다.

머리 모양은 여전히 하늘로 뻗친 자센, 하카마袴°는 고사하고 가슴도 여미지 않았으며, 허리를 동여맨 새끼줄에는 부싯돌 주머니 따위를 잔뜩 매달고 털이 난 정강이를 그대로 드러낸 채 넉 자 남짓한 칼을 끌면서 다가왔다.

마사히데뿐만 아니라 참석한 사람들 모두는 술렁이다 말고 소리를 죽였다.

분노의 분향

　너무나 어이없는 노부나가의 모습에 히라테 마사히데는 말도 나오지 않았다. 옆에 있던 하야시 사도도 엉거주춤하고 말았다.

　"도련님은 실성하셨어."

　사도는 심하게 혀를 차며 말을 이었다.

　"저것 보시오, 마사히데 님."

　말할 나위도 없이 그런 모습으로는 이 자리에 참석시킬 수 없다는 의미였다.

　마사히데는 당황했다. 노부나가의 기질은 잘 알고 있으나, 일생에 한 번뿐인 아버지의 장례에 새끼줄을 허리에 매고 나타나다니 무슨 생각을 하는 걸까. 더구나 손에는 넉 자도 넘는 칼을 들고 허리에는 두 자 4,5치인 작은 칼까지 차고 있었다.

　"비켜."

　노부나가가 질타했다.

식전에 참석한 삼백육십 명이나 되는 승려들은 차마 노부나가를 똑바로 바라보지 못했다. 그러나 여기 모인 사람들의 눈은 예외 없이 노부나가에게 쏠려 있었다. 노부나가의 등장으로 인해 장례식장의 관심은 온통 그에게로 초점이 옮겨졌다.

이곳에는 이미 노부히데도 없다. 하물며 노부유키도 수많은 형제도, 가엾은 미망인들도 없다. 명배우 노부나가 한 사람의 등장으로 이천에 가까운 참석자들은 그만 존재가 지워진 듯했다.

노부나가는 유유히 주위를 노려보면서 불전 앞으로 나아갔다. 그리고 맨 처음 던진 말은 낯을 찌푸리고 있는 하야시 사도를 향한 것이었다.

"사도!"

"예."

기를 꺾기 위해서였다. 이런 곳에서 뜻하지 않은 말이 나오면 누구나 무심결에 대답할 수밖에 없다.

"수고가 많다, 곤로쿠."

"예."

"조심하거라."

시바타 곤로쿠는 그 말이 무슨 뜻인지 미처 판단할 겨를도 없이 그만 '예'라고 대답하고 말았다가 곧 입술을 깨물었다. 노부나가의 오만한 시선이 이번에는 이누야마 성의 노부키요에게로 향했다.

노부키요는 고개를 똑바로 들고 어깨를 추켜세웠다. 앞의 두 사람이 너무나 어이없이 당했기 때문에 이 멍청이에게 본때를 보여줄 생각이었다.

그러나 노부나가가 이번에는 어조를 누그러뜨리고 비아냥거리듯 말했다.

"지난번에는 수고가 많았다."

"예……"

대답하고 나서 노부키요 역시 얼굴이 빨갛게 물들었다.

노부나가는 그런 반응에 전혀 개의치 않는 모양이다. 그리고 아무에게도 말할 틈을 주지 않고 칼을 든 채 이미 불전의 향로 앞으로 나아가고 있었다.

사람들은 숨소리를 죽이고 노부나가 한 사람에게 모든 신경을 집중했다.

노부나가는 칼을 왼손에 든 채 아버지의 위패를 무섭게 노려보았다. 증조부인 다이운 선사가 쓴 '만쇼인 도간도겐 거사'란 문자가 나무로 된 위패에서 인생의 덧없음을 말해 주며 빛나고 있었다.

노부나가는 위패를 노려본 채 상자에 담긴 향을 한 움큼 집었다. 그러고는 손을 높이 쳐들어 위패를 향해 힘껏 내던졌다.

"아……"

지금까지 숨을 죽이고 있던 사람들이 일제히 웅성거리기 시작했다. 지금껏 이런 난폭한 분향이 과연 있었을까. 분향이 아니라 향을 내던진 것이다. 그러자 다음 순간,

"얏!"

노부나가는 크게 소리치고 넉 자 남짓한 칼을 오른손에 바꿔 쥐고는 무섭게 칼집 끝으로 마루를 찔렀다.

그 험악한 기세에 지금까지 웅성거리던 사람들은 저도 모르게 일제히 숨을 죽였다. 동시에 노부나가는 홱 하고 불상으로부터 등을 돌렸다.

분위기가 완전히 바뀌어버렸다. 이미 웃는 자도 없거니와 말리는 자도 없다. 통속적이고 판에 박은 듯하던 장례식의 공기는 이 기묘한

상주의 출현으로 대번에 팽팽하고 날카로운 긴장을 되찾았다.

그런 가운데서 하늘로 뻗친 자센 머리의 노부나가는 오만하게 방향을 바꾸어 그대로 본당 밖으로 사라졌다.

아마도 장례식이 진행되는 동안 소년대와 함께 비어 있는 성 세 군데를 지키러 갈 생각이었음에 틀림없다.

"아, 다음은 간주로 노부유키 님."

하야시 사도의 독촉으로 고미 신조가 당황하며 다음 분향자의 이름을 부를 때까지 사람들은 이것으로 이미 분향이 끝난 것이 아닌가 하는 착각에 사로잡혀 있었다.

두 개의 소용돌이

노부나가가 분향한 모습은 장례가 끝나자마자 가문의 큰 문제가 되었다.

그렇지 않아도 노부나가를 몰아내고 간주로 노부유키를 주군으로 세우려는 분위기가 농후한 때에 아버지의 위패에 향을 던지는 전대미문의 분향을 했기 때문에, 그 자리에서는 아무 말도 못했던 자들이 나중에 떠들기 시작한 것은 당연한 일이었다.

"킷포시 님은 분명히 돌아가신 주군을 저주하고 있어."

"그럴 수밖에 없지. 이와무로 부인을 연모하고 있으니까."

"어쨌든 아버지의 위패에 향을 던질 정도로 미워하는 사람에게 가문을 상속하게 할 수는 없겠지."

"아니, 주군도 이미 폐적하기로 결심하고 계셨지만 갑작스런 별세로 발표할 틈이 없었던 거야."

"그렇다면 집안에서 다시 상의하여 결정해야 하지 않겠나."

이것은 후루와타리 성만 아니라 스에모리 성은 물론 노부나가가 살던 나고야 성에서도 문제되고 있었다.

어디에서나 항간의 평판이 때로는 진실과 거리가 먼 경우가 있다. 노부나가는 아마도 어떤 구습도 인정하지 않고 자신의 길을 걷겠다는 맹세와 아버지의 죽음이라는 슬픔에 대한 분노를 나타낸 셈이었을 테지만, 구실이 생기기만을 기다리고 있던 속물들로서는 전혀 이해 못할 일이었다.

오늘은 노부히데의 장례를 치르고 난 뒤 초이레째 되는 3월 10일 오후다.

이날도 자주 흐리기 마련인 봄날과는 달리 활짝 개어 만쇼 사의 경내와 정원에 떨어진 꽃잎 위에 따스한 햇빛이 비치고 있었다.

세상을 뜬 노부히데의 정실이자 노부나가와 노부유키 형제의 어머니인 도다 부인은 성묘를 끝내고 객전에 들렀다.

"스님, 부탁이 있습니다."

차를 한 잔 공손히 마시고 나서 다이운 선사를 쳐다보았다.

다이운 선사의 외모는 미모로 이름난 오다 일족 중에서도 특히 뛰어났다. 게다가 이미 예순이 넘어 긴 눈썹이 희게 세었으므로, 이상화시켜 그린 고승의 그림을 연상케 했다.

"새삼스럽게 무슨 일인고?"

"사람들을 잠시……"

"아, 그런가. 모두 물러가 있게."

시승들을 물러가게 한 뒤 선사가 입을 열었다.

"무슨 걱정되는 일이라도?"

"예…… 지난번 가즈사노스케의 무엄한 분향 태도, 스님께서도 몹시 불쾌하셨을 겁니다."

"아니, 아니, 그렇지는 않아. 어떤가, 그것으로 모두 노부나가의 마음을 알게 되었을 텐데."

"죄송합니다마는 가즈사노스케에 대해 스님께 부탁드리고자 합니다."

"노부나가가 무슨 말을 했나?"

"아닙니다. 하지만 그 무엄한 분향 태도로 가문의 결속이 어려워졌습니다."

"역시 그렇겠군."

"스님, 부탁입니다. 가즈사노스케를 불러 스님께서 가문의 우려를 잘 말씀해주십시오."

"그게 무슨 말인가, 노부나가에게 상속을 단념시키라는 말인가?"

"예. 그렇지 않으면 가즈사노스케는 틀림없이 가문의 누군가에게 목숨을 잃게 되는 슬픈 처지에 놓일 겁니다."

"아니 이거, 어머니답지 않은 말을 하는군. 가문에 그런 분위기가 감돈다면 잘못을 바로잡아주어야 할 텐데도."

"하지만…… 그렇게 할 수 없을 정도로 가문의 증오가 가즈사노스케 한 사람에게 집중되어 있습니다. 이누야마와 기요스를 위시하여 시바타, 사쿠마, 하야시 형제 그리고 제 친정 오빠들까지도 가즈사노스케한테 심한 분노를 느끼고 있습니다. 부탁입니다, 스님. 속세의 인연으로 따지면 스님께서는 가즈사노스케의 증조부가 되십니다. 형제가 서로 싸워 목숨을 잃게 되는 일이 생기면 너무 가엾습니다. 스님이 직접 가즈사노스케를 설득하셔서 일신의 안전을 도모하도록 주선해주십시오."

도다 부인은 두 손을 잡고 말하면서 두 눈 가득 눈물을 머금었다.

"허허허허."

선사는 맑은 목소리로 웃기 시작했다.

"이거 묘한 말을 하는군. 아니, 어머니로서는 당연한 걱정인지도 모르지. 그러나 내 눈에는 그렇게 보이지 않아."

"그렇게 보이지 않으시다니요?"

"오다 가문은 앞으로 탄탄해질 거라 생각해. 만약 노부유키가 후계자가 된다면 어떨지 모르지만, 가즈사노스케가 있는 한은 아무도 손대지 못할 테니까."

"그럼…… 스님께서는 가즈사노스케가 어리석지 않다는 말씀입니까?"

"어리석기는커녕 불세출의 담력, 나마저도 접근할 수 없는 예봉銳鋒, 반드시 이 난세에서 일을 성취시킬 기린아로 보고 있지."

"어머나…… 아버지의 위패에 향을 던지는 난폭한 행동을 저지르는데도 말씀입니까?"

"바로 그 점이지. 그런 일은 평범한 생각과 뜻을 가지고는 할 수 없는 것. 주위를 제압하고 고인을 대하는 그 장한 기백 앞에 어찌 사소한 음모 따위가 맞설 수 있겠나. 두고 보면 알 거야. 어쩌면 천하인天下人의 그릇이 될지도 몰라…… 더구나 노부나가는 다른 사람의 자식이 아닌 바로 그대의 배를 아프게 하고 태어난 자식, 집안 사람들 말에 동요하지 말고 어머니인 그대만은 오로지 가즈사노스케를 믿어야 할 거야."

"그러다가…… 만약 살해되기라도 한다면."

"가문 중에 노부나가를 죽일 만한 사람이 어찌 있을 수 있겠나, 허허허허."

선사는 긴 눈썹 밑으로 즐겁다는 듯이 미소를 띠었다.

"물론 주의는 줄 생각이야. 머지않아 성묘하러 올 테니 그때 가즈사노스케에게 넌지시 말해 줄 참이야."

　그러나 도다 부인은 아직도 불안을 감추지 못하고 우두커니 선사만 쳐다보고 있을 뿐이었다.

아비 없는 자식

생모인 도다 부인이 걱정했듯이 이 무렵부터 문중과 중신들의 움직임에는 불온한 기색이 한결 더 가중되었다.

개중에는 기요스의 오다 히코고로가 중심이 되어 드디어 노부나가와 일전을 벌일 거라는 소문을 퍼뜨리는 자도 있었다.

"어째서 간주로 님을 제쳐놓고 기요스 성주가 중심이 된다는 말인가?"

"그럴 만한 이유가 있지. 큰 소리로 떠들 일은 아니지만, 실은 기요스의 히코고로 님도 이와무로 부인에게 연정을 품고 있거든."

"하지만 기요스의 가로가 돌아가신 주군에게 이와무로 부인을 권하지 않았는가?"

"그게 바로 난세의 책략이야. 교묘하게 주군을 농락하여 저승으로 보냈으니까 이번에 되찾아 자기 방을 장식하려 할 테지. 여하튼 이와무로 부인은 열일곱이라는 꽃다운 나이, 지난번 장례식 때의 하얀 소복 차림이 너무나 화사하지 않던가."

"그래, 아닌 게 아니라 그때도 기요스 성주는 때때로 자기 본분을 잊은 듯이 이와무로 부인에게 눈길을 보내더군."

"으음, 그렇다면 이번에는 여자 때문에 싸움이 벌어지겠군."

"그렇게 되겠지. 노부나가 님이 이와무로 부인에게 연문을 보냈다는 사실은 오와리에서 모르는 사람이 없어. 그러니 기요스의 성주도 여간 신경이 쓰이는 게 아닐 거야. 노부나가 님이 나고야에 데리고 가면 싸움을 통하지 않고는 빼앗을 길이 없을 테니까."

이런 풍문이 도는 가운데 시바타 곤로쿠와 하야시 사도 두 사람은 여기저기 뛰어다니며 무언가를 획책하고 있는 듯했다.

심상치 않은 공기를 간직한 채 이윽고 4월이 되었다.

이날 노부나가는 오랜만에 아쓰타의 가토 즈쇼의 집으로 다케치요를 보러 갔다.

물놀이가 그리워지기 시작하는 계절. 아직 좀 이르기는 했으나 겨우 헤엄을 배운 다케치요를 강으로 데려갈 생각으로 말을 타고 찾아갔다.

"다케치요, 집에 있느냐?"

여느 때처럼 무작정 정원에 들어가 보니 다케치요와 고쇼들이 나그네 차림의 한 무사를 둘러싸고 훌쩍훌쩍 울고 있었다.

"아니, 무슨 일이냐? 또 그대는 누구지?"

노부나가는 손에 들었던 채찍으로 툇마루를 탁 치고 앉아 나그네 차림의 사나이에게 물었다.

"예, 저는 아구이阿古居의 히사마쓰 사도노카미를 섬기는 가신 다케노우치 히사로쿠竹之內久六라 합니다."

"뭣이, 히사마쓰의 가신…… 그렇다면 다케치요의 생모가 재혼해

간 야쿠로彌九郎의 가신이란 말이냐?"

"그렇습니다."

"무슨 일로 여기 왔지? 다케치요는 소중한 나의 손님, 내 허락을 받지 않고 만나도 된다고 생각하나?"

"황송합니다마는 돌아가신 주군의 허락을 얻어 종종 생모님께서 보내신 선물을 전달하고 있었습니다."

이렇게 대답하자 일동은 다시 어깨를 떨구고 몹시 흐느껴 울었다.

"다케치요!"

"예…… 예"

"무슨 일이냐, 무언가 언짢은 소식이라도 들었느냐?"

"예……"

다케치요는 고개를 들고 입을 꼭 다문 채 꿀꺽 침을 삼켰다. 지기 싫어하는 소년이 울지 않으려고 필사의 노력을 기울이는 모습이 애처로웠다.

"다케치요의 부친 마쓰다이라 히로타다 님이 노부나가 님의 아버님보다 사흘 늦은 지난 6일에 세상을 떠났습니다."

"뭐, 다케치요의 오야지도 죽었단 말이냐?"

"예. 더구나 병사가 아닙니다. 가신이 찌른 상처가 원인이 되어……"

"으음."

노부나가의 눈이 묘하게 빛났다. 다케치요의 아버지가 가신에게 찔려 죽었다…… 이것은 즉각 오다 가문에게도 어떤 형태로든 영향을 미칠 수밖에 없는 사건이었다.

"그래, 다케치요의 오야지는 몇 살이었지?"

"예…… 스물 넷……"

"스물 넷…… 에 벌써 죽었단 말이로군. 그럼, 오카자키에는 누가 들어갔는가?"

이번에는 히사마쓰 사도의 가신이 대답했다.

"스루가駿河의 이마카와 요시모토今川義元 님이 즉시 성주 대리를 보냈습니다."

"원 이런, 그럼 다케치요 너는 정말 집 없는 아이가 되었구나. 그러나 울면 안 돼."

"예, 울지 않겠습니다."

"오야지가 없기로는 이 노부나가도 마찬가지야. 슬플 때는 큰 소리로 웃어야 해. 웃어넘겨야 하는 거야."

"예, 웃어넘기겠습니다."

"좋아, 오늘은 방해하지 않겠다. 히사마쓰의 가신, 다케치요를 잘 위로하도록 해."

"감사합니다."

"히사마쓰 야쿠로에게도, 다케치요의 생모에게도 내가 위로의 말을 하더라고 전해라."

노부나가는 내뱉듯이 말하고 재빨리 말 곁으로 달려갔다.

"그만 돌아가자."

오늘 노부나가를 수행한 사람은 그가 자랑하는 고쇼인 이케다 가쓰사부로池田勝三郎 한 사람뿐이었다.

가토 즈쇼노스케의 문을 나설 때는 언제나 질풍처럼 달리곤 했다. 이윽고 노부나가는 속력을 늦추고 말 위에서 골똘히 생각에 잠겼다.

"이마가와의 성주 대리가 오카자키 성에 들어갔다면 전쟁은 피하기 어려워."

"즉시 싸움을 걸어올까요?"

"당장 오늘내일의 일은 아니겠지만, 아무튼 오야지가 죽은 뒤 멍청한 집안의 녀석들이 소란을 떨고 있으니, 밖에서 볼 때는 절호의 기회라 생각하겠지."

"아닌 게 아니라 미노에서도 이쪽 동정을 살피고 있는 것 같습니다."

"바로 그거야. 어차피 내 영지를 여럿이 분할한다면 장인인 살무사가 몽땅 차지하려 할 것이 분명해."

"방심하면 안 되겠군요."

"하하하…… 방심은 처음부터 하지 않았어. 그러나 방심하지 않는다고 안심할 일이 아니야. 이누야마의 노부키요는 대수롭지 않으나 기요스의 히코고로와 오카자키에 진입한 이마가와의 군사 그리고 뒤에서 살무사가 슬슬 구멍에서 기어나오려고 노리고 있어. 좋아, 해보는 거야!"

노부나가는 이렇게 말하고 다시 철썩, 하고 말에 채찍을 가했다.

"해보시다니 무엇을 말입니까?"

가쓰사부로가 급히 뒤쫓아와서 물었다.

"닥치는 대로 해치우는 거야. 그렇지, 빠를수록 좋아, 빠를수록 말이야. 너는 성에 돌아가거든 곧 이누치요를 불러오너라. 나는 노히메에게 가 있겠다."

높이 떠오른 한낮의 태양이 내리쬐는 햇살, 아직 노란 기가 감도는 어린 나뭇잎의 물결, 모습은 보이지 않지만 하늘을 나는 종달새의 지저귀는 소리가 들려왔다.

그 밑으로 주종이 탄 말은 이윽고 직선을 그리며 성안의 숲으로 빨려 들어갔다.

신랑의 근성

노히메는 요즘 자기 마음이 급경사의 언덕을 내려가듯 빠른 속도로 노부나가에게 기울어지는 것이 이상하여 견딜 수 없다.

처음에는 냉정하게 뿌리치며 조롱할 만한 여유가 있었으나, 지금은 노부나가의 신변을 걱정하기 시작하면 가슴이 찔리는 듯 아파온다.

'애정이란 이렇게 안타까운 것일까.'

남다른 재녀才女라서 노부히데가 죽은 뒤 노부나가가 처한 위태로운 상황을 너무 잘 알고 있기 때문이기도 하다.

지금 문중은 완전히 둘로 갈라져 서로 다투고 있다. 더구나 노부유키 파는 점점 더 세력을 증대시키고 있는데 비해 노부나가 파인 히라테 마사히데는 점차 고립에 빠져들고 있었다.

직접적인 원인은 무엇보다도 분향소에서 노부나가가 보인 그 엉뚱한 행동이었다.

물론 다이운 선사만은 노부나가가 비범한 그릇임을 알고 있으나 세력이 될 수 없고, 히라테 마사히데의 장남인 고로에몬五郎右衛門마저도 지금은 은밀히 노부나가에게 반감을 품고 있다. 고로에몬이 손에 넣은 명마를, 말을 좋아하는 노부나가가 달라고 했기 때문이다.

"좋은 말을 갖고 싶어하는 것은 무사의 공통된 마음, 이 말은 드릴 수 없습니다."

고로에몬이 이렇게 대답하자 노부나가는 특유의 퉁명스런 어조로 비꼬았다.

"말만 좋다고 싸움터에서 공을 세우는 건 아니야."

이 말은 고로에몬의 마음을 크게 상하게 했다.

기요스 성에 있는 나고야 야고로가 지난번 전쟁놀이 때 완전히 어둠이 깔릴 때까지 사방으로 뛰어다니다가 녹초가 되어 '킷포시 님은 가공할 인물……' 이라며 혀를 내둘렀다는 말은 들었으나 아직 심복하지 않았고, 노부히데의 죽음이야말로 좋은 기회라며 사방에서 히코고로를 충동질하고 있었다.

가신의 집에 찾아가도 제대로 음식 대접조차 받지 못하는 것이 최근 노부나가의 처지였다.

그래서 노히메는 요즘에 되도록 노부나가에게 집에서 식사하도록 하고 직접 요리를 감독하고 있다.

다만 한 가지 마음 든든한 점은 아버지가 죽은 뒤 노부나가는 곳곳에 손을 써서 철포 만드는 기술자를 모았고, 지금도 나고야 성의 숲에서는 우렁찬 망치 소리가 들리는 일이었으나……

"노히메, 세 간짜리 창이 무기가 되던 시대는 이미 지났어."

"철포를 많이 만들어 반드시 명중시킬 수 있도록 아시가루足輕°를 훈련시키면 이보다 더 좋은 무기는 없어."

새로운 연구와 광기 어린 훈련. 이것은 어딘지 모르게 젊은 날의 아버지 도산을 연상시켜 노히메로서는 여간 믿음직스럽지 않았다.

따라서 노히메는 요즘 아버지께 띄우는 편지에 반드시 노부나가를 칭찬한다. 노부나가가 약한 줄 알고 혹시 아버지가 공격하기라도 하면 어쩌나 싶어 언제부터인지 모르게 확실한 남편의 지지자가 되어 있는 것이 이상했다.

"이봐, 노히메!"

노히메가 부엌에 가서 저녁 준비를 지시하고 돌아오자 노부나가는 언제 왔는지 벌렁 드러누워 천장을 빤히 노려보고 있었다.

"지금 이누치요와 가쓰사부로가 찾아올 거야. 중요한 일을 상의하게 될 테니 밤이라도 구워 내놓도록."

"군밤을 들면서 작전 회의를 하시렵니까? 그럼, 저는 자리를 피해 드리죠."

"아니, 그럴 필요 없어. 작전 회의가 아니니까."

"그런가요……"

노히메는 웃으며 손뼉을 쳐서 가가미노를 불러 밤을 가져오라고 일렀다.

"무슨 상의를 하시려는 거죠?"

"저어, 오카자키의 다케치요 말인데, 그의 아버지가 죽었어."

"예? 다케치요 님의……?"

"스물 넷의 젊음, 허무한 일이야. 가신에게 살해되었는데, 성에는 이마가와 성주 대리가 들어갔다는군. 아마도 가신 놈이 이마가와의 사주를 받았을 거야."

"서방님도…… 방심하면 안 됩니다."

"핫핫핫하, 나는 선수를 치겠어. 그런데, 노히메!"

"예."

"내가 여자를 한 사람 납치해 올 거야. 어때, 질투가 나나?"

느닷없는 말에 노히메는 순간적으로 멍해졌다가 당황하며 고개를 내저었다.

"그럼, 그 여자란?"

"이와무로 부인이야. 이 말은 아무에게도 하면 안 돼."

"어머…… 머리를 자르신 그 이와무로 부인을……"

"핫핫하, 역시 조금은 질투가 나는 모양이군."

"서방님…… 설마 정말로……"

약간 불안해져 한 걸음 다가앉았을 때 마에다 이누치요와 이케다 가쓰사부로가 경쾌한 발소리를 내며 복도를 건너왔다.

고육책에서 나온 유괴

노부나가는 두 사람이 단정하게 앉기를 기다렸다가, 늘 그렇듯이 결론부터 먼저 말했다.

"알겠나, 긴 설명은 않겠다. 오늘 밤 스에모리 성에 가서 이와무로 부인을 납치해 오겠다. 납치해 오거든 성 동남쪽에 있는 오래된 망루 안에 숨겨놓도록. 가쓰사부로는 망루를 청소한 뒤 기다릴 것. 그리고 이누치요는 이와무로 부인을 유인해 낼 것. 성까지 데려오는 준비는 내가 하겠어…… 왜 이런 일을 하느냐 하면."

노부나가는 여기까지 말하고 모두의 얼굴을 새삼스럽게 둘러보고 짓궂게 히죽 웃었다.

노히메는 숨을 죽이고 빤히 노부나가를 바라보고 있었다.

"기요스의 멍청한 히코고로 놈이 간주로와 곤로쿠에게 사십구재가 지나면 이와무로 부인을 소실로 달라고 청했다는 거야."

"어머, 사십구재가 지나서라니 너무 성급하군요."

"그대는 잠자코 있어…… 곤로쿠는 어떻게 해서든지 히코고로를 부추겨 나와 겨루게 할 생각을 가진 놈이라, 이와무로 부인이 승낙하면 그렇게 하겠다면서 곧바로 이와무로 부인에게 전했다는 거야."

이누치요와 가쓰사부로는 서로 얼굴을 마주 보았다. 그들도 이미 여자 이야기에 흥미를 가질 나이가 된 것이다.

"물론 이와무로 부인은 단호히 거절했어. 거절은 뻔한 일이지. 아직 오야지의 체취도 사라지지 않았고, 또 마타주로라는 자식이 있어. 히코고로 녀석은 정말 얼빠진 놈이야."

"그래서 도련님이 이와무로 부인을 구하시려는 거군요."

"아니, 앞질러 생각하면 안 돼. 이와무로 부인이 딱 잘라 거절하자 곤로쿠 녀석은 당황했어. 자기 편으로 만들려고 꾀어내는 히코고로에게 해줄 대답이 궁했던 거지. 그래서 사십구재가 지나면 어떻게든 손을 쓸 테니 이와무로 부인을 납치하라, 납치만 하면 여자란 별수 없는 것, 틀림없이 승낙할 거라고 대답했다는군."

노부나가는 재미있다는 듯 다시 한 번 목을 움츠리고 웃었다.

"따라서 그 전에 우리가 납치하는 거야. 어때, 묘안이 아니냐?"

"저어, 서방님……"

당황한 노히메가 다시 입을 열었다.

"그런 농간을 부려 일부러 적을 늘릴 필요는 없다고……"

"그대는 잠자코 있으라고 했어. 이게 어찌 농간이란 말이야, 잘 생각해봐. 내일 아침에 이와무로 부인이 스에모리 성에서 사라졌다…… 그러면 간주로와 곤로쿠는 대관절 무슨 생각을 할까? 대답해봐."

"아, 과연. 그렇게 되면 기요스의 히코고로 님이 유괴했다고 생각하겠지요."

"핫핫하, 그대도 겨우 깨닫게 되었군. 사십구 일도 못 기다리고 납치해 갔다…… 그렇더라도 곤로쿠 녀석은 원래 이와무로 부인을 히코고로에게 주기로 작정했으니까 그냥 덮어두겠지. 그러다 보면 드디어 사십구재 날이 온다."

"이거 재미있군요."

이누치요는 무릎을 쳤다.

"이와무로 부인을 내놓아라, 먼저 납치해놓고 무슨 소리냐, 이러면서 서로 싸우게 되겠군요."

노부나가는 이 말에는 대답하지 않고 다음 말을 이었다.

"실수가 있어서는 안 된다, 이누치요. 먼저 기요스와 곤로쿠 사이에 있는 가문의 분쟁이라는 싹을 잘라놓고 나서 곧바로 동쪽의 이마가와, 서쪽의 미노에 대한 방비를 굳혀야 하는 거야."

노히메는 아무 말도 하지 않았다.

'역시 이분은 나의 주인……'

불안한 가운데서도 종횡무진 기략을 짜내는 노부나가를 새삼스럽게 평가하는 노히메였다.

월하月下의 여자

스에모리 성의 안뜰에는 등꽃이 만발해 있다.

노부히데가 생전에 자주 바라보며 가련한 그대를 닮았다고 하던 꽃. 그 꽃 밑에 서서 이와무로 부인은 감개 어린 눈으로 하늘을 쳐다보고 있었다.

하늘에 걸려 있는 여드레 날의 달이 뿌옇게 주위를 비추었다. 단풍나무 잎의 냄새도 코를 간지럽혔다.

"혹시 거기 계신 분은 이와무로 부인이 아니신지요?"

석등 그늘에서 나와 말을 건 사람은 이 성의 수석 가로인 시바타 곤로쿠 가쓰이에였다.

"어머, 시바타 님이시군요."

"과연 달과 꽃 사이에 계시지만 달이나 꽃보다 아름다우신 분……"

"무슨 말씀을 하시는 거예요, 아직 주군의 상중인데."

"상중임은 아오나 한 가지 부인에게 어려운 문제가 생겼습니다. 원래 미인이란 죄를 짓기 쉬운 법……"

"희롱하지 마세요. 저는 혼자 있고 싶어요."

"실은 말입니다."

곤로쿠는 상대의 말 따위는 전혀 귀에 들리지 않는다는 듯이 말을 이었다.

"기요스의 히코고로 님 이야기를 부인에게 했다가 심한 꾸중을 들었는데, 이번에는 같은 성에 계신 부에 님이 부인을 꼭 소실로 삼겠다며 주선을 부탁해왔습니다."

"어림도 없어요. 주군의 혼령에 누가 됩니다."

"그렇지만 부인은 아직 열일곱, 이대로 혼자 평생을 사실 수는 없습니다. 간주로 님도 부에 님의 청을 거절할지, 아니면 히코고로 님의 청을 거절할지 무척 난감해 하고 계십니다. 부인의 본심을 이 곤로쿠에게 살짝 귀띔해주십시오. 그렇지 않으면 대책을 세울 수 없으니까요."

곤로쿠의 말대로 아내를 잃고 나서 줄곧 홀아비로 지내온 시바 요시무네 역시 이와무로 부인을 달라고 한 것은 사실이었다. 물론 곤로쿠는 식객인 부에 님, 즉 시바 요시무네 따위에게 줄 생각이 없었다.

히코고로 노부토모에게 무조건 이와무로 부인을 출가시키고, 히코고로의 수하 병사를 중심으로 반反 노부나가의 기치를 들 계획이었다.

그렇게 해서 일단 싸우겠다는 의지를 보이지 않는 한 노부나가는 절대로 물러서지 않을 것이다. 그러므로 곤로쿠는 부에 님의 제안을 다행으로 여겨, 최소한 이와무로 부인의 마음을 히코고로 쪽으로 돌려놓으려 했던 것이다.

"이와무로 부인, 이것은 간주로 님의 부탁이기도 합니다. 부에 님의 청을 거절하려면 히코고로 님과의 선약이 있다는 구실을 댈 수밖에 없습니다. 이 점을 잘 생각해주십시오. 그렇게 해서 부에 님의 청은 거절하겠습니다. 일단 이 말씀을 드려두는 바입니다."

"저어, 시바타 님. 그 일만은 제발…… 자식까지 있는 몸이므로……"

"그 점은 간주로 님도 잘 알고 계십니다. 그럼, 어쨌든 부에 님에게는 그렇게 전하겠습니다."

단호하게 거절당하기 전에 곤로쿠는 이렇게 말하고 도망치듯 연못 저쪽으로 사라졌다.

"이것 보세요, 곤로쿠 님. 도대체 나를 어떻게 생각하는 거예요……"

비록 연령의 차이는 있으나 손바닥에 올려놓고 핥기라도 하듯이 사랑해준 노부히데가 죽은 지 아직 한 달밖에 되지 않았다. 다른 남자는 생각할 수도 없었다.

"나를 매춘부나 되는 것처럼 천하게 보는구나. 주군…… 저는 주군만을 생각하고 있는데……"

달을 쳐다보며 중얼거리자 주르르 눈물이 치솟는 건 감상 때문만은 아니었다.

"저어, 이와무로 부인……"

등나무 밑에서 나와 연못의 흰 붓꽃 옆으로 왔을 때 또다시 이와무로 부인을 부르는 남자의 목소리가 들렸다.

"누구세요? 누구예요, 지금 나를 부른 사람이?"

"예, 마에다 이누치요입니다. 큰 소리는 내지 마십시오."

"아니, 마에다라고…… 가즈사노스케 님의 시동인 마에다 이누치요······ 도대체 어디 있나요?"

"여기 있습니다. 이 나무 울타리 밖으로 나오십시오. 은밀히 드릴 말씀이 있습니다."

"은밀히······ 내게 말인가요?"

"예, 신변에 닥친 위험에 대해 말씀드리려고 일부러 찾아왔습니다. 남의 눈에 띄지 않도록 어서······"

이 말에 이와무로 부인은 살며시 나무 울타리 밖으로 나왔다.

과연 그곳에는 마에다 가문의 장남으로 미남이란 소문이 자자한 이누치요가 늠름한 모습으로 서 있었다.

"나에게 닥친 위험이란?"

가까이 다가가자 느닷없이 이누치요는 얼른 급소를 찌르며 말했다.

"이겁니다. 죄송합니다!"

그러고는 그대로 이와무로 부인의 부드러운 몸을 두 팔로 받아 안았다.

망루의 비밀

오랫동안 방치하여 잘 열리지도 않는, 나고야 성의 망루에 있는 방에서 이와무로 부인이 어렴풋이 눈을 떴을 때는 이미 훤하게 날이 밝기 시작할 무렵이었다.

"아…… 여기가 어딘가, 또 그대는……?"

별안간 어젯밤 기억이 되살아나, 벌떡 일어나는 동시에 날카로운 소리를 지르고 본능적으로 흐트러진 옷자락을 바로잡았다.

"조용히 하시오. 여기엔 나밖에 없소."

그 말을 듣고 격자문으로 스며드는 햇빛 쪽으로 가만히 얼굴을 가져갔다.

"아, 당신은 킷포시 님……"

"놀랐나요, 이와무로 부인? 핫핫핫하, 걱정하지 마시오. 당신에게는 이곳이 가장 안전한 장소이기에 일부러 구출하여 데려온 것이오."

"이곳이…… 가장 안전하다니요?"

"당신은 시바타 곤로쿠와 기요스의 히코고로에게 납치되어 강제로 히코고로의 첩이 될 뻔했소."

"어머……"

"그뿐만 아니라 그 멍청한 놈들은 그 뒤에 이 노부나가에게 싸움을 도발할 속셈이오. 그렇게 되면 당장 이 노부나가가 기요스 성을 불태울 것이오. 물론 당신도 성과 운명을 같이할 수밖에 없죠. 그러면 마타주로도 만날 수 없기에 불쌍해서 데려온 거요. 무서워할 필요는 없소."

"예…… 예."

"굳이 말할 필요도 없이 나는 오다 가문의 주인, 당신도 마타주로도 내가 맡겠소. 잠시 동안 여기 있으면서 다른 사람의 눈에 띄지 않도록 하시오. 남의 눈에 띄면 스에모리나 기요스에서 반드시 빼앗으러 올 거요. 당신의 잔심부름은 가쓰사부로가 할 테니 이 노부나가가 좋다고 할 때까지는 여기서 움직이지 마시오. 어떻소, 아직도 내가 무섭소?"

"아뇨……"

이와무로 부인은 고개를 힘껏 가로저었다.

"어쩐지 거짓말 같은 느낌이 드는군요. 오늘 아침의 킷포시 님은 조금도……"

"킷포시가 아니라 가즈사노스케 노부나가요."

"어머, 미안합니다. 그러나 예전에 다정했던 킷포시 님과 오랫동안 만나지 못했기 때문에 처음 만나는 듯한 기분이에요."

"듣고보니 과연 당신은 내게 다정했소."

"예. 킷포시 님에게 참외와 감을 깎아주기도 하고 팥밥을 지어주기도 했지요."

"하하하하, 그럼 이번에는 이 노부나가가 매일 이곳으로 밥을 가져오게 하겠소. 떠들거나 의심을 하거나 해서 남의 눈에 띄면 안 돼요, 알겠소?"

"예, 그야 뭐……"

"아버지의 사십구재에 다시 와서 만나기로 합시다. 그때까지 아버지의 속죄를 위한 염불이라도 외시오."

"어머, 노부나가 님의 입에서 이렇게 부드러운 말을 듣게 되다니……"

"무엇이든 원하는 것이 있거든 가쓰사부로에게 말하시오. 언젠가는 마타주로와도 만나게 될 거요."

그러고는 부서진 벽 틈으로 밖을 내다보았다.

"오랜만에 비가 오는군. 여기서 바라보는 덴노보天王坊의 숲은 비취빛이군."

노부나가답지 않게 운치 있는 말을 하고는 얼른 계단을 내려갔다.

퀴퀴한 망루의 2층. 그러나 방에는 침구를 비롯하여 화장 도구에 이르기까지 갖가지 일용품이 정성스럽게 갖추어져 있었다.

죽음의 간언

이와무로 부인을 납치한 노부나가의 책략은 멋지게 성공했다.

일단 마무리되어가던 반 노부나가 파의 궐기는 이 책략으로 인해 감정상의 차질을 빚어 일시적인 준동으로 끝나고, 고지弘治° 2년 (1556) 5월에 하야시 사도 형제와 시바타 곤로쿠가 간주로 노부유키를 옹립하여 군사를 일으킬 때까지 몇 년 동안의 시간을 노부나가에게 벌게 해주었다.

어쨌든 노부히데의 사십구재 때 만쇼 사의 객전에 모인 오다 히코고로, 시바 요시무네, 시바타 곤로쿠 등 삼자 간의 문답은 볼 만했다.

"이제 드디어 사십구재도 끝나게 됐군."

히코고로가 의미 있는 시선으로 곤로쿠를 돌아보자 곤로쿠는 비꼬는 투로 말했다.

"그렇소. 오늘 이 제사에 이와무로 부인도 참석했더라면 좋았을 텐데."

"허어."

이번에는 부에 님이 입을 열었다.

"참석했으면 좋았을 텐데 왜 데려오지 않았소, 앓기라도 한다는 말이오?"

재혼 상대로 점찍었다가 히코고로가 선수를 치는 바람에 거절당한 부에 님은, 혹시 오늘 이 자리에서 다시 한 번 이와무로 부인을 만날 수 있을 거라고 생각했는지도 모른다.

"그런데 병이 아니라 납치를 당했으니 딱한 일이오. 스에모리 성 내부까지 괴한이 들어오다니…… 정말로 시끄러운 세상이오."

곤로쿠는 히코고로의 짓으로 생각하고 있기에 반은 빈정거림, 반은 비난하는 어조였으나 납치되었다는 말을 듣자 히코고로의 표정이 대번에 변했다.

"곤로쿠 님, 이상한 말씀을 하시는군."

"하하하…… 마음 상했다면 용서하시오. 납치된 것이 아니라 이와무로 부인이 도주했을지도 모르니까요."

"그게 무슨 소리요? 납치되었다느니 도주했다느니…… 도대체 이와무로 부인을 어떻게 했소?"

"이거, 내가 실언을 했소. 그 일에 대해서는 더 이상 말하지 않으리다. 미안하오, 미안하게 됐소."

"더더구나 이상하군요…… 곤로쿠 님. 설마 당신은 이 히코고로와의 밀약을 잊은 건 아니겠죠?"

"당치도 않은 말씀을 하시는군. 사십구재 이후에 이행하자고 그토록 다짐을 했는데, 밀약을 깨뜨린 사람이 누구란 말이오."

"그렇다면 이와무로 부인은 지금 스에모리 성에 없나요?"

"납치된 사람이 있을 리가 없지요."

"음험하기 짝이 없군…… 그러면 당신은 나와의 약속을 어기고 부인을 어딘가에 숨겼군요."

이렇게 말하고 히코고로는 깜짝 놀랐다는 듯이 부에 님을 노려보았다. 아마도 곤로쿠가 부에 님에게 이와무로 부인을 넘기려 한다고 생각했기 때문이다.

"내가 부인을 숨겼다는 말이오?"

"그렇지 않다면 누가 납치했겠소?"

"터무니없는 소리를 듣게 되는군. 음험한 사람은 내가 아니라 바로 히코고로 님이오. 오늘은 더 이상 이 일에 대해 말하지 않겠소."

노부나가는 상석에 앉아 코털을 뽑으면서 다투는 이야기를 듣고 있었다. 따라서 이와무로 부인의 일은 대성공을 거두었으나, 이 일만이 노부나가에게 떨어지는 불티는 아니었다.

아버지가 죽은 뒤 최초의 난관은 역시 오카자키로부터 닥쳤다. 오카자키 성주인 마쓰다이라 히로타다가 죽고 나서 그곳에 성주 대리를 들여보낸 이마가와 요시모토는 마침내 자기 군사軍師로 이마가와 가문의 초석이라 불리는 셋사이 화상雪齋和尙을 총대장으로 삼아 서부 미카와로부터 안조 성安祥城을 공격하기 시작했던 것이다.

안조 성에는 노부나가의 배다른 형인 사부로고로 노부히로가 살고 있는데, 셋사이와 마쓰다이라의 연합군에게 포위되어 눈 깜짝할 사이에 함락되고 노부히로는 포로로 잡히고 말았다.

"노부히로의 목숨을 살려줄 테니 인질인 마쓰다이라 다케치요를 즉시 돌려보내라."

승리한 이마가와 군의 교섭을 받은 노부나가는 이를 순순히 받아들일 수밖에 없었다.

아직 나고야 성에서 나와 싸워도 될 시기가 아니었다. 만약 노부나가가 성을 비운다면 동생인 간주로 노부유키와 그 일파가 즉각 노부나가의 배후를 찔러 돌아갈 성이 없는 궁지에 몰리게 될 것이 분명했다.

이러하여 미카와의 고아 마쓰다이라 다케치요(후의 이에야스)는 노부히데가 죽은 덴몬 20년(1551) 11월 9일, 노부나가와 헤어져 오와리를 떠났다.

인질이 교환된 장소는 가사데라笠寺였는데, 이렇게 해서 일단 화의가 성립되어 안도하고 있을 때, 드디어 노부나가 생애 최대의 위기가 닥쳤다.

다름이 아니라, 유일한 노부나가의 편으로 가문에서 오직 혼자서만 반 노부나가 파를 견제해오던 히라테 나가쓰카사타유中務大輔 마사히데가 노부나가의 난폭한 행위를 막기 위해 간언서를 한 장 남기고 마침내 할복했던 것이다.

그날은 덴몬 22년(1553) 윤 정월 13일이었다.

화창하게 갠 정원에는 이미 여기저기서 매화가 피기 시작하고, 오래된 매화의 나뭇가지에 아침부터 꾀꼬리가 찾아왔다.

해가 바뀌어 스무 살이 된 노부나가는 이날만은 성에 있으면서 아내인 노히메와 함께 엉뚱한 이야기를 화제로 삼고 있었다.

"그대의 오야지가 드디어 미노 일대를 몽땅 손에 넣었어."

"그래요. 이번 봄에는 마침내 오와리를 노려 고개를 들기 시작할지도 몰라요."

"그리고 가이甲斐의 다케다 신겐武田信玄 말인데."

"예."

"하야시 사도란 늙은이는 다케다 신겐을 일본에서 제일가는 무장이라 칭찬하면서 다케다의 법규를 내게 보여주더군."

"참고가 되던가요?"

"아니, 사사건건 모든 일을 그런 식으로 정해놓으면 숨도 제대로 쉴 수 없지. 일본에서 제일이라고는 할 수 없지만, 일단 이 노부나가의 선봉장 정도는 감당할 수 있는 사나이야."

"하야시 사도에게 그렇게 말했나요?"

"암. 그랬더니 그 늙은이가 몹시 화를 내더군."

"호호호호, 그렇다면 제 아버지인 살무사 따위는 문제가 되지 않겠군요?"

"그래. 마쓰다이라 단조彈正나 그대의 오야지 그리고 또 한 사람 모리 우마노카미毛利右馬頭(모토나리元就)는 고작 노부나가의 지방관 정도는 되겠지."

"어머, 어쩌면 그런 대담한 말을……"

노히메는 자못 즐거운 듯이 웃었다.

"그럼, 에치고越後의 우에스기 겐신上杉謙信 님은?"

"겐신 역시 다케다 신겐처럼 선봉장에 명하겠어."

"그렇다면, 히라테 마사히데 님은?"

"그는 내 호신용 칼과 같은 사람이지. 천하를 손에 넣거든 노인에게 두서너 지방을 맡겨야 할 거야. 그건 그렇고, 내가 종종 그대에게 말하듯 인물평을 했더니 하야시가 이렇게 말하더군. 마치 세 살 먹은 아이가 수염을 기른 듯한 말을 한다고…… 핫핫하, 나는 수염이 난 세 살 먹은 아이라는 거야."

"호호호…… 몸집이 큰 세 살배기 아이."

노히메를 비롯하여 옆방에서 대기하고 있던 이누치요, 가쓰사부로, 만치요 등도 일제히 웃었다. 이때였다.

"말씀드립니다!"

사색이 되어 뛰어든 사람은 히라테 마사히데의 장남 신자에몬甚左衛門이었다.

"무슨 일인가, 그렇게 당황하다니, 신자에몬?"

"말씀드립니다!"

"듣고 있어. 어서 말해, 무엇이 어떻다는 말이냐?"

"오늘 새벽에 아버님이 방에서 할복…… 숨을 거두셨습니다."

"뭣이, 노인이 죽었어……?"

"예. 다다미를 걷고 실내에 향을 피우고는 당당하게…… 당당하게…… 배를 열십자로 가르고…… 저희 형제가 발견했을 때는 이미 돌아가신 뒤였습니다."

"아니, 노인이 죽다니……? 웬만한 일에는 놀라지 않는 노부나가도 그만 이때에는 벌떡 일어나다가 팔걸이에 걸려 쓰러졌다.

"아뿔싸!"

뱃속으로부터 쥐어짜는 듯한 소리로 신음했다.

하나의 지주支柱

　노부나가는 현관까지 말을 끌어오게 하고 즉시 히라테 마사히데의
집으로 향했다.
　활짝 갠 날이었으나 윤 정월의 바깥바람은 살을 에는 듯한 서리 냄
새를 풍겼다.
　새파란 하늘 아래서 애마가 뿜어내는 숨이 새하얗기만 했다.
　'노인이 죽었다…… 그 생각이 깊은 노인이……'
　노부나가는 아직 마사히데의 죽음을 믿을 수 없었다.
　자신을 말로 어르기도 하고 꾸짖기도 했으나, 히라테 마사히데의
인물됨과 실력을 정확히 알고 있던 노부나가에게 있어 그는 아버지
인 노부히데 이상이었다.
　겉으로는 온후했지만 그 큰 머리 속에는 언제나 지략이 꿈틀거리
고 있었다. 예컨대 오다 가문과 미노의 사이토 가문을 맺어준 사람도
마사히데였고, 지금까지 노부나가가 가문에서 무사할 수 있었던 것

도 마사히데의 보좌 덕분이었다.

아버지에게 이세伊勢와 아쓰타의 신사에 헌금을 하도록 권하고, 오다 일족에게 노부히데의 위상을 높여준 것도 마사히데와 다이운 선사가 꾸민 일이었다. 또한 노부히데가 교토에 있는 궁전의 수리비로 돈 4천 관을 헌납할 때, 헌납금을 가지고 상경하여 공경 대신들에게 오다 가문의 근왕勤王 정신을 당당하게 알린 사람도 역시 마사히데였다.

『도키쓰구쿄키言繼卿記』란 일기를 후세에 남긴 야마시나 도키쓰구 경山科言繼卿을 오와리에서 접대하고, 조정으로부터 뇨보호쇼女房奉書°를 받아낸 렌가連歌° 작가인 소보쿠宗牧와도 친교를 맺는 등 히라테 나가쓰카사타유 마사히데의 이름은 오다 가문의 걸출한 외무 장관으로서 인근은 물론 교토의 궁중에까지 널리 알려져 있었다.

바로 그 마사히데가 지금부터 더욱 할 일이 많아진 노부나가를 남기고 갑자기 할복했으므로 노부나가가 아연실색하는 것도 무리는 아니었다.

마사히데의 집은 나고야 성 정문에서 그리 멀지 않았으나, 노부나가가 사는 후루와타리와는 상당히 떨어져 있었다. 문 오른쪽에는 구부러진 적송赤松이 자라고, 왼쪽에는 흰 매화가 만발해 있었다.

"나는 노부나가다, 곧바로 통과하겠다."

노부나가는 채찍 같은 소리를 던지며 문으로 들어서서 곁눈질도 하지 않고 현관 마루에 뛰어올라갔다.

알리러 왔던 마사히데의 장남 신자에몬보다도 노부나가가 먼저 도착했기 때문에 현관에는 마중하는 사람도 없었다.

"도련님이 오셨습니다."

당황하며 보고하는 문지기의 말에 깜짝 놀라 겐모쓰堅物와 고로에몬五郎右衛門 형제가 빨갛게 충혈된 눈으로 달려나왔을 때 노부나가는 이미 눈에 익은 마사히데의 방으로 성큼성큼 걸음을 옮기고 있었다.

"노인!"

노부나가는 직접 미닫이를 홱 열었다.

향내가 코를 찌르고 그 너머에는 하얀 수의 차림의 시체가 앞으로 엎어진 채 그대로 있었다. 아마 함부로 손을 댔다가는 노부나가의 분노를 살지도 몰라 형제는 손을 대지 않았을 것이다.

뒤집어놓은 다다미에 검게 피가 번지고, 오른손에 칼을 든 채 엎어져 숨을 거둔 노인의 옆얼굴은 반쯤 눈을 뜬 채 백랍처럼 투명해 보였다.

"노인!"

노부나가는 마사히데 옆에 한쪽 무릎을 꿇었다.

"아, 옷이."

겐모쓰가 당황하며 말렸다. 피로 더럽혀질 거라는 의미일 터이다.

"비켜! 가까이 오지 마라."

"예."

"고로에몬!"

노부나가가 뚫어지게 시체의 얼굴을 바라본 채 엄한 소리로 부르자 형제는 움찔했다.

형제는 노부나가가 앞서 말을 달라고 했다가 거절당한 일로 아직도 자기들을 미워하는 줄 알고 있었다. 아니, 그렇게 믿고 있기에 고로에몬은 하야시 사도나 시바타 곤로쿠에게 접근하기 시작했는데, 이것이 아버지를 죽게 만든 원인이 되지 않았나 싶어 지금도 그 자책감에 겁을 먹고 있었다.

"노인에 대해 자세히 말하거라. 어제는 어떻게 지냈느냐?"

"예. 어제는 평소보다 더 기분이 좋아 저희 삼형제를 불러 함께 차를 마셨습니다."

"그러고는?"

"그리고 어제도 오늘처럼 날씨가 좋았기 때문에 미닫이를 열고 정원의 매화를 바라보면서 꾀꼬리 울음소리에 귀를 기울이고……"

"그 다음에는?"

"그 다음에…… 아버님은 지금까지 사소한 일을 너무 생각했다는 등 묘한 말을 하셨습니다."

"사소한 일을……?"

노부나가는 양미간을 모으고 생각하다가 다시 입을 열었다.

"그러고는?"

"봄은 내가 부르지 않아도 찾아온다. 꽃, 꾀꼬리…… 이것으로 좋은 것이다…… 라고 수수께끼 같은 말을 하시고는 우리 세 사람이 등성한 뒤에는 하루 종일 글을 쓰셨습니다."

"뭣이, 글을 써서 남겼다는 말이지? 겐모쓰, 그 글을 이리 가져오너라."

형제는 별안간 안색을 바꾸었다.

"아마도 정신착란 속에서 쓴 글일 겁니다."

"뭐, 노인이 정신착란을?"

"예…… 예."

"닥쳐! 그대들은 유서를 보았군. 아까 성으로 달려온 신자에몬은 당당하게 할복했다고 분명히 말했어. 미쳐서 죽었다면 당당하다고 할 수 있느냐? 신자에몬이 나간 뒤 유서를 보고 내게 보여서는 안 되겠다고 생각한 게 확실해. 못된 것들, 어서 가져와!"

"예."

형제는 다시 얼굴을 마주 보았다.

허공을 향한 공양

형제가 유서를 감추려 한 것도 무리는 아니었다.

유서는 일찍이 그들이 들어본 적이 없을 만큼 격한 말로 점철된 노부나가에 대한 간언장諫言狀이었다.

"거듭 간언을 드렸으나 용납되지 않은 것은 마사히데가 불초한 탓, 이에 배를 갈라 목숨을 끊으려 합니다. 가엾은 소인의 죽음을 다소나마 불민하게 생각하신다면 다음에 적은 조목을 하나만이라도 이행해주십시오. 도련님께서 이행하신다면 저승에 가서라도 감사를 드리겠습니다."

서두는 이렇게 정감이 넘쳤으나 뒤이어 쓴 조목은 아주 엄한 것이었다.

첫째, 괴이한 차림은 반드시 시정할 것. 새끼줄 띠, 하늘로 뻗친 자센 머리는 웃음거리가 됩니다. 하카마를 착용하지 않고 외출하는 일은 물론 벌거숭이가 되는 것은 당치도 않은 일입니다. 오와리 사람들이 한탄하는 것은 바로 이 점입니다.

이런 식으로 머리 모양에서 젓가락을 쥐는 방법에 이르기까지 엄히 꾸짖는 어조로 면면히 적어놓았다. 때문에 만약 유서를 보여준다면 노부나가의 분노가 폭발하여 가문을 파멸시킬지도 모른다고 형제는 겁을 먹었던 것이다.

노부나가가 자기들에게 악감정을 품고 있기 때문에 이것이 괴로워 아버지가 죽은 것이 아닌가 하고 생각했던 형제였다. 그러므로 가능하다면 아버지가 정신착란으로 죽은 것으로 간주하여 노부나가에게 간언장을 보여주지 않으려고 했다.

형제가 주저하는 모습을 보자 노부나가는 창 밑에 놓인 탁자를 가리키며 다시 고함쳤다.

"유서가 바로 여기 있다. 고로에몬, 읽어라."

보기만 해도 떨리는 그 간언장을 읽으라고 하자 고로에몬은 두려움에 오금을 펴지 못했다.

"왜 머뭇거리느냐! 어서 읽어."

"예."

이렇게 되면 도리가 없다.

"워낙 착란상태에서 쓴 유서라……"

변명을 하고 언제 머리 위에 벼락이 떨어질지 몰라 떨면서 읽어내려가자 노부나가는 가볍게 눈을 감고 고개를 똑바로 든 채 미동도 않고 들었다.

그동안 고로에몬은 유서를 모두 읽고 삼남인 신자에몬도 돌아왔다.

노부나가는 여전히 눈을 감은 채 움직이지 않는다.

도대체 무얼 생각하고 있는 것일까?

잠시 동안 방 안에는 숨막히는 침묵이 흘렀다.

"그렇구나!"

노부나가는 갑자기 한마디 소리치고는 타오르는 눈을 번쩍 뜨고, 자기 앞에 유서를 바치며 겁을 먹고 있는 고로에몬에게 일갈했다.

"멍청한 놈!"

그러고는 얼른 유서를 빼앗았다.

"오늘은 세 사람 모두 출사하지 않아도 된다, 알겠느냐?"

"예."

"미쳐서 죽었다니……"

그런 헛소리는 하지 말고 삼형제가 잘 상의하여 장례를 치르도록…… 이렇게 말하려다가 노부나가는 도중에 말을 중단했다. 아버지의 마음을 모르는 자식들이 아무리 공양을 한다 해도 무의미하다고 생각했다.

노부나가는 뻘떡 일어나 빼앗은 간언장을 품에 넣고 그대로 현관으로 나갔다.

'노인은 죽었다…… 봄은 내가 부르지 않아도 찾아온다…… 꽃, 꾀꼬리…… 이것으로 좋은 것이다…… 라는 수수께끼 같은 말을 남기고.'

현관으로 나오자 자기 뒤를 따라왔던 마에다 이누치요가 말 두 필의 고삐를 잡고 기다리고 있었다.

노부나가는 이누치요에게 말도 걸지 않고 잿빛 돈점박이 애마에 올라타고는 무섭게 채찍을 가했다. 이런 일에는 익숙해 있기 때문에 이누치요 또한 아무 말도 묻지 않았다. 달려가는 방향은 성이 아니라 쇼나이가와庄內川의 둑이었다.

도중에 잿빛 돈점박이는 미친 듯이 속도를 내어 순식간에 이누치요와의 거리가 벌어졌다.

이누치요가 겨우 노부나가에게 따라붙었을 때 노부나가는 이미 말에서 내려 밑바닥의 조약돌이 훤히 보이는 겨울 강물에 들어가 옷자락을 붙잡고 있었다. 여전히 이글이글 타오르는 눈으로 무섭게 하늘을 쳐다보면서……

이누치요는 그것이 솟구치는 눈물을 눈꺼풀 속에서 말릴 때 노부나가가 하는 버릇이라는 것을 알고 있었다.

노부나가는 슬플 때마다 언제나 하늘을 쳐다본다. 아니, 쳐다보는 것이 아니라 노려보는 것이다……

"노인……"

노부나가는 다시 중얼거렸다.

"노인은…… 노인은…… 이 노부나가에게 지금부터는 혼자 걸으라는 말인가. 노인이 살아 있으면 의지하려는 마음이 생겨 내 발걸음이 늦어진다고 생각했는가……"

여기까지 말했을 때 눈물이 어린 빨간 두 눈에서 끝내 두 줄기 눈물이 주르르 얼굴을 따라 흘러내렸다.

"노인! 어째서 살아 있으면서 좀더 강해지라고 말하지 않았는가! 고집스런 노인 같으니라고!"

이번에는 하늘을 향해 소리지르는 듯한, 울부짖는 듯한 소리였다.

"이 세상에서 오직 한 사람…… 내 편이었던 노인! 노부나가가 노인에게 공양하는 물이야. 어서 마셔!"

그러고는 발을 들어 세차게 물을 찼다.

차디찬 물은 은빛 물보라가 되어 공중에 날았다가 그대로 노부나가의 몸 위에 떨어진다.

"노인!"

이미 노부나가는 완전히 떼를 쓰는 아이가 되어 있었다.

"자, 마셔! 마지막으로 입에 넣어주는 물이야! 공양하는 물이야! 노인은 바보라고! 형편없는 바보야!"

노부나가는 미친 듯이 물을 걷어차고는 두 손으로 옷자락을 거머쥔 채 엉엉 소리치며 전신을 떨면서 물속에서 발버둥을 쳤다.

싹트는 야심

히라테 마사히데의 죽음에 누구보다도 크게 놀란 사람은 미노의 살무사 사이토 야마시로 뉴도 도산이었다.

도산은 이나바야마 성의 넓은 방에서 시녀에게 허리를 주무르라 하며 아내인 아케치明智 부인에게 남을 업신여기는 듯한 특유의 어조로 말했다.

"여자란 별수 없다니까."

"예? 무어라 하셨나요?"

"여자 말이야. 일단 사내에게 안기면 그가 일본 제일의 사나이인 줄 알거든. 안기기 전까지는 제법 사람다운 말을 하다가도."

"어머, 그 말씀은 제게 하는 악담인가요?"

"아니, 여자…… 라고 했어. 물론 그대도 여자이긴 하지만 할망구니까 아무래도 좋아. 이건 노히메를 두고 하는 말이야."

"오와리로 시집가서는…… 어떻게 되었나요?"

"응, 오와리의 형편없는 멍청이에게 반하고 말았다니까."

"호호호……"

그 일을 가지고 말하느냐는 듯이 부인은 웃기 시작했다.

"그야 화목한 것보다 더 좋은 일이 어디 있겠어요?"

"어림없는 소리!"

도산은 혀를 찼다.

"이봐, 좀더 오른쪽을 주물러. 어깻죽지 말이다."

"예. 여기 말씀입니까?"

젊은 시녀가 말했다.

"그래. 너도 일단 사내 품에 안기면 홀딱 반해서 사족을 못 쓸 테지. 사내에게 속지 않으려면 여자는 평생 숫처녀로 지내야 해."

"어머, 쓸데없는 농담을……"

부인은 남편을 가볍게 나무랐다.

"그건 그렇고, 오와리에서 히라테 마사히데 님이 세상을 떠났다면서요?"

"바로 그 일이야. 마사히데마저도 결국 노부나가의 방종에 진력이 나서 배를 가르고 말았어. 히라테는 계산에 밝은 사나이였으니까 자기가 살아 있는 동안에 노부나가의 몰락을 보기 싫었던 거지. 그래서 얼른 죽어버린 것이 분명해."

"아니, 그런 일로 사람이 죽기까지 한단 말인가요?"

"암, 죽고말고. 그건 무사의 고집이라고 할까 치욕이라고 할까, 아무튼 이치에 닿는 것이니까…… 히라테까지 등을 돌린 천하의 멍청이에게 그대가 낳은 딸이 완전히 속아넘어간 거야."

"어머! 그대가 낳은 딸이라니…… 그럼, 주군의 딸은 아니라는 말씀인가요?"

"난 약간은 영리한 딸인 줄 알고 있었는데 변변치가 못해. 내가 요즘의 노부나가는 좀 쓸 만하냐고 물었더니, 일본에서 제일가는 대장의 그릇이라는 답장을 보내왔어. 젠장, 그 아이도 어리석기는 매한가지야."

"그럼, 노히메의 눈이 잘못되었다는 말인가요?"

"그야 뻔한 일이지. 일본에서 제일이라는 자가 그렇게 굴러다녀서야 어디 되겠어? 그래서 말인데 나도 금년에는 꽃놀이를 그만두고 싸움을 해야겠어. 굳어진 어깨도 풀리고 할 테니까."

부인은 깜짝 놀란 듯이 다기茶器를 닦던 손을 멈추고 남편을 바라보았다.

"저어, 오와리를 공격하시겠다는 말인가요?"

"물론이지. 일부러 딸까지 줬는데 남에게 빼앗길 수는 없으니까."

"하지만, 싸움이 벌어지면 노히메는…… 노히메는 어떻게 되나요?"

"그건 나도 몰라. 이쪽에서는 쳐들어가기만 하는 거니까. 죽이느냐 살리느냐는 그쪽에서 할 일이야. 어쩌면 일본에서 제일이라는 신랑과 함께 나기나타°라도 휘두르며 나를 죽이려들지도 몰라, 핫핫하."

"어쩌면…… 그런 심한 말씀을. 만약 싸움이 벌어진다면 어떻게 구출할 방법이 없을까요?"

"없어. 노부나가에게 반한 이상 딸이라 해도 위험하니 접근할 수 없어."

"계속 농담만 하시는군요…… 요즘에는 정말 농담이 지나치십니다."

농담이 아니라면 시녀가 듣고 있는 자리에서 어찌 그런 말을 하겠느냐, 이렇게 생각하고 안심했으나 사실은 그 반대였다.

도산은 이미 오와리를 공격할 준비를 완전히 갖추었기에 누가 듣건 거리낌 없이 말했던 것이다.

히라테 마사히데가 할복한 지 두 달.

지금 전국에는 벚꽃이 만발하여 이나바야마의 넓은 방에도 부드러운 봄바람과 함께 때때로 꽃잎이 날아들고 있었다.

살무사의 함정

"말씀드립니다."

시녀가 어깨를 끝내고 다리를 주무르기 시작했을 때 다른 시녀 하나가 들어왔다.

"이노코 효스케猪子兵助 님과 무라마쓰 요자에몬村松與左衛門 님이 뵈었으면 하고……"

도산은 끝까지 듣지도 않고 말했다.

"들라고 해라."

그러고는 시녀들을 내보냈다.

"나중에 또 부르겠다. 너희들은 물러가 잠시 쉬거라."

도산은 옷깃을 바로 여미고 아내에게 팔걸이를 가져오게 하여 오만하게 기대었다.

무라마쓰 요자에몬과 이노코 효스케는 들어오자 곧 보고했다.

"지시하신 대로 모든 일이 잘 되었습니다."

"그러냐."

도산은 크게 고개를 끄덕였다.

"오와리의 그 멍청이가 분명히 도미타富田까지 오겠다고 하더냐?"

"예. 태도로 보아 어쩌면 이곳으로 오라고 해도 어정어정 나타날지 모릅니다."

"그래, 그 정도로 나를 믿고 있다는 말이지. 헛헛허, 그게 바로 멍청이란 증거야. 이나바야마 성까지 오라고 하면 그 멍청이 사위는 어떨지 몰라도 노히메가 알아차리고 보내지 않을 거야. 그 아이는 멍청이도 아니고 내 편도 아니니까. 아니, 도미타까지 오면 충분해, 도미타에 오면 되는 거야."

도산은 가볍게 고개를 끄덕이고 계속 말했다.

"좋아, 만사가 뜻대로 되는군. 그럼, 도케 마고하치로道家孫八郎를 불러오너라. 마고하치로를 시켜 가신들에게 전하게 해야지. 오는 4월 5일에 오와리의 사위 가즈사노스케 노부나가와 처음으로 대면하기 위해 내가 도미타의 쇼토쿠 사正德寺로 간다고 말이다. 오와리에서도 쇼토쿠 사까지 올 것이므로 매사에 소홀함이 없도록 만반의 준비를 할 것…… 알겠지, 그 이상은 말하면 안 돼."

"알겠습니다. 그러면 곧 도케 님을 부르겠습니다."

"잠깐……"

도산은 일어나려는 두 사람을 다시 한 번 불렀다가 생각을 바꾸었다.

"아니, 됐어. 지시한 대로 했으면 그것으로 충분할 거야."

"예, 그럼."

두 사람이 나가자 부인이 걱정스러운 듯이 말했다.

"저어, 오와리의 사위와 도미타의 쇼토쿠 사에서 만나시는 겁니까?"

"그래. 이곳으로 오라고 하면 오지 않을 테니까. 그리고 노히메가 일본에서 제일이라고 자랑하는 사위인데 내가 언제까지나 얼굴도 모르고 있을 수는 없지. 마침 계절도 좋고 하니 종달새 노래라도 들으면서 유람하는 셈치고 만나고 오겠어."

"설마 유인하여 싸움을 걸려고 하는 것은……"

"핫핫핫하, 그대답지 않은 말을 하는군."

도산은 입술을 일그러뜨리고 재미있다는 듯이 웃었다.

"무릇 싸움이란 상대에게 빈틈이 있어 보이면 때와 장소를 가리지 않고 하는 거야. 그리고 난세에 태어난 이상 어떤 때라도 상대에게 허점을 보이지 않도록 대비하는 것이 무장의 마음가짐이야. 내가 해줄 말은 다만 그것뿐이야. 핫핫핫하."

이때 중신인 도케 마고하치로가 나타났기 때문에 부부의 대화는 이것으로 끝났다.

도산은 마고하치로에게도 사위인 노부나가가 오와리에서 오기로 승낙했으므로 도미타의 쇼토쿠 사에서 만나겠다, 그러니 수행원 천 명을 뽑아 위엄을 갖추게 하고 소홀함이 없도록 하라…… 이렇게 명했을 뿐 그 이상 아무 말도 하지 않았다. 그런데 실은 쇼토쿠 사에서 노부나가를 죽이고, 동시에 다른 별동대를 즉시 오와리에 침투시킬 계획을 은밀히 준비해놓았다.

노부나가는 이에 대해 어떤 대비를 하고 나올까?

표면적으로는 사위와 장인의 첫 대면이었다. 무장을 하고 만날 수는 없었다. 그러므로 어디까지나 정중하게 대접하는 것처럼 보이기 위해 천 명 남짓한 가신을 정선하여 가미시모裃° 차림으로 쇼토쿠 사에서 맞이하게 하고, 그 자리에서 노부나가만 죽인 뒤 즉시 무장하여 두 군데에서 오와리에 난입할 속셈이었다.

이 계획을 중신들에게도 밝히지 않은 처사는 과연 살무사다운 음험한 조심성에서였다. 아마도 살무사는 쇼토쿠 사에서 예의도 모르는 노부나가의 무례를 꾸짖고, 그 자리에서 일어난 돌발 사고로 위장하여 죽일 생각임에 틀림없다.

"헛헛허……"

도케 마고하치로가 넓은 방에 모인 중신들에게 도산의 명을 전달하고 사라지자 도산은 다시 소름끼치는 웃음을 웃었다.

"어째서 그렇게 웃으십니까?"

"히라테가 살아 있었다면 그 멍청이를 도미타까지 보내지 않았을 거라 생각하니 우스워서 그래. 아니, 걱정할 것 없어. 노부나가 녀석이 처음부터 겁을 먹고 이 도산에게 오와리를 건네주겠다고 하면 죽이지는 않겠어. 사위니까 어느 작은 성의 지방관 정도를 맡길 생각이야. 헛헛헛허……"

아내의 만류

    문제의 쇼토쿠 사가 있는 도미타 마을은 현재 기소가와木曾川 동쪽 기슭의 하기하라萩原와 오코시起의 중간인데, 당시는 미노와 오와리의 접경이었다.

    쇼토쿠 사는 이세의 나가시마長島와 쌍벽을 이루는 잇코슈一向宗°의 큰 사찰로 오와리와 미노 양쪽에서 모두 세납을 면제받는 유명한 명찰名刹이었다. 따라서 쇼토쿠 사의 문전 거리는 당시 7백여 호로 촌락을 이루고 번창을 거듭하고 있었다.

    위치로 보아 이나바야마 성과 후루와타리 성의 거의 중간쯤이므로 쌍방이 쇼토쿠 사에서 만나자고 한 것은 아주 공평한 듯이 보이지만, 한쪽은 미노 일대를 완전히 장악한 노웅老雄이고 다른 한쪽은 유일한 자기 편인 히라테 마사히데를 잃고 가문의 소요를 어떻게 다스려야 할지 애를 먹고 있는 겨우 스무 살의 노부나가다.

    그런 만큼 아버지의 사자가 와서 도미타의 쇼토쿠 사에서 회견하자는 제안을 하고, 노부나가가 이에 두말 않고 동의했다는 이야기를 들었을 때 노히메는 눈앞이 캄캄해지는 기분이었다. 이 일을 맨 먼저 알려준 사람은 노부나가의 시동인 아이치 주아미愛智十阿彌였다.

"아니, 주군이 선뜻 받아들였다고?"

노히메가 안색을 바꾸고 묻자 미모와 독설로 유명한 주아미는 빈정대듯 아름다운 입술을 일그러뜨렸다.

"일부러 살무사의 독을 쐬시려는 것이겠지요."

이렇게 대답하고 얼른 나갔다. 이 한마디로 미루어보아도 가문과 측근이 모두 회견에 불안을 느끼고 반대한다는 것을 잘 알 수 있다.

게다가 도산의 딸인 노히메까지도 '여기엔 무언가 있다'라고 생각했을 정도였다.

'이 일만은 무슨 수단을 써서라도 막아야 한다. 주군은 아직 아버지가 얼마나 무서운 사람인 줄 모르고 있다……'

노히메로서는 자기 아버지가 상상 이상의 악당임을 남편에게 고해야 한다는 것은 몸이 베이는 듯한 아픔이었으나, 그렇다고 이대로 내버려두면 이리 앞에 토끼를 놓아주는 듯 불안했다. 이에 노히메는 이날 저녁 노부나가가 돌아오자 갈아입을 옷을 들고 노부나가 뒤로 돌아가 일부러 시치미를 떼고 물었다.

"드디어 살무사를 만나게 되었다면서요?"

"누구에게 들었어?"

"호호호. 저는 어디에서도 냄새를 잘 맡아요. 그런데 살무사를 퇴치할 수단은 빈틈없이 마련하셨어요?"

노부나가는 뜻밖이라는 표정으로 옷을 갈아입던 손을 멈추고 노히메를 돌아보았다.

"그대는 마치 남 이야기하듯 말하는군, 살무사라 부르면서……"

"예. 살무사 새끼는 언제나 부모와는 남남이에요. 부모의 배를 물어뜯고 죽인 뒤 세상에 나오는 짐승이 살무사의 새끼니까요."

"흥, 소름끼치는 소리를 하는 여자로군. 그럼, 그대는 나에게도 부모를 죽이라는 말인가?"

힐문하는 듯한 시선에 노히메는 별안간 엄숙한 표정을 지었다.

"주군은 과연 소문대로 멍청이시군요."

"뭣이!"

"살무사의 새끼와 부모는 먹느냐 먹히느냐 하는 관계. 부모를 죽이지 않으면 부모가 새끼를 죽인다고 생각하시지 않나요?"

"허어……"

이번에는 노부나가가 엄숙한 표정을 짓고 눈을 크게 떴다.

"그럼, 그대는 내가 쇼토쿠 사에 가면 안 된다는 말인가?"

"예. 다시 한 번 저하고 이렇게 이야기를 나누고 싶다면 가지 마세요."

"왓핫핫하…… 이거 정말 우습군."

"무엇이 우습다는 말씀입니까? 저는 아버지에게 사위가 죽기를 바라지 않아요."

"왓핫핫하…… 점점 더 우스워지는군. 그대는 내게 반했어! 그대가 내게……"

이렇게 말하고 노부나가는 갑자기 노히메를 그 자리에서 끌어안았다.

"요 사랑스러운 것! 아버지보다 내가 더 소중해졌다는 말이군. 왓핫핫하……"

노부나가의 애무는 상대를 터뜨릴 듯 호방하기 짝이 없다. 양쪽 뺨은 물론 목덜미까지 입맞춤의 비를 퍼붓는 노부나가의 모습을 보고 시녀들은 눈이 휘둥그레져 옆방으로 도망쳤다.

노히메는 그 애무 속에서 얼굴이 빨개져 울어버리고 말았다.

'어째서 이토록 사랑하게 되었을까, 이런 기괴한 사람을……'

그리고 겨우 품에서 벗어나자 얼른 애교를 떨었다.

"그럼, 제 말을 받아들여 쇼토쿠 사에 가는 일은 중지하시겠지요?"

부끄러운 듯이 물었다. 그러나 노부나가는 아무렇지도 않다는 듯 고개를 흔들었다.

"아니, 그럴 수는 없어. 그것과 이것은 이야기가 달라."

노부나가는 태연스럽게 자리에 앉았다.

"차를 마시고 싶어. 그대를 사랑했더니 목이 마르군."

사나이의 맹세

노히메는 매서운 눈으로 남편을 노려보았다.

그토록 기뻐하면서 자기를 품어주었기 때문에 쇼토쿠 사에 가는 일을 단념한 줄 알았으나 노히메의 염려 따위는 전혀 문제시하지 않는 듯했다.

"주군!"

"차를 가져와!"

"차는 얼마든지 드리겠어요. 그러나 쇼토쿠 사에는 가지 마세요."

"그럴 수는 없어. 일단 가겠다고 사나이의 입으로 대답했으니까."

"주군은 아직 아버지의 무서움을 몰라요. 가게 되면 반드시 큰 후회가 남을 거예요."

"염려하지 않아도 돼. 그대의 아버지는 결코 사리를 모르는 악당이 아니니까."

"아니에요. 히라테 마사히데 님이 세상을 떠난 것을 알고 만나자고 했어요…… 틀림없이 무슨 계략이 숨어 있어요."

"왓핫핫하…… 이거, 또 우스워지는군."

노부나가는 큰 소리로 웃었다.

"그대가 가지 말라고 하면 할수록 더 가지 않을 수 없게 돼. 이것 봐, 당신까지도 그토록 무서워하는 미노의 장인, 그 장인과 무사히 회견을 끝내고 돌아오면 이미 가문의 소요는 수습된 거나 다름없어."

"그러면…… 그러면…… 무사히 돌아오실 자신이 있나요?"

"암, 물론 있지."

노부나가는 다시 쾌활하게 웃었다.

"이제 히라테 노인도 없어졌으니 이 노부나가도 활개를 치고 걸어 다니는 모습을 보여줘야 해. 기요스나 곤로쿠 따위를 찾아다니며 설 득하기보다는 장인을 만나 간담을 서늘하게 해주고 돌아오면…… 미노의 살무사도 감당하지 못하는 사나이라는 소문이 돌아 대번에 일이 해결된단 말이야."

"어머…… 그러다가 혹시 아버지가 싸움이라도 걸어오면?"

"나는 놀라지 않아. 오다의 가즈사노스케는 불사신이거든."

"그럼, 만약 싸움이 벌어져도 멋지게 물리칠 수 있다고……?"

노히메가 착잡한 감정을 누르고 다시 한 번 묻자 노부나가는 손을 내저으며 쉽게 대답했다.

"걱정할 것 없어. 미노의 장인을 지금 죽여서는 안 돼. 그보다도 어 서 차를 가져와. 물에 밥을 말아먹은 뒤 나이토內藤 노인을 만나겠 어. 내가 쇼토쿠 사로 떠난 뒤 성을 어떻게 지킬지 노인과 상의하기 로 약속했어. 이미 노인은 바깥 사랑채에 와서 기다리고 있을 거야."

히라테 마사히데가 죽은 뒤 측근의 가로는 나이토 가쓰스케內藤勝 助였다. 가장 윗자리에 있는 하야시 사도노카미 미치카쓰가 아직도 노부유키를 옹립하겠다는 희망을 버리지 않고 스에모리 성의 가로인 시바타 곤로쿠와 계속 연락을 취하고 있어, 성을 비운 동안의 대비를 충분히 해놓지 않으면 안 되었다.

'이렇게까지 말하는 걸 보면 무언가 생각이 있을 것이다.'

노히메는 불안감을 억제하고 식사 준비를 명하기 위해 옆방으로 갔다.

예복과 철포

도미타의 문전 거리에서는 이날 아침부터 여러 가지 소문이 나돌았다. 미노의 태수 사이토 야마시로 뉴도 도산이 사위를 만나기 위해 오는 것이므로 고작 백 명이나 이백 명 정도의 수행원을 데리고 올 줄 생각했는데, 예상과는 달리 한없이 행렬이 이어지고 있었다. 그것도 무장한 행렬이라면 또 모르지만 모두 가미시모를 갖추어 입은 근엄한 무사 천여 명이 각각 하인에게 자루가 두 간이나 되는 창을 들리고 나타나 광대한 쇼토쿠 사의 본당 툇마루를 메웠던 것이다.

"놀라운 일이야! 예복 차림의 무사가 이렇게 많이 모이다니, 일찍이 본 일이 없어."

"게다가 저마다 자루가 두 간이나 되는 큰 창을 들고 있어. 하인이 천 명이라면 합쳐서 이천 명. 과연 사이토 님의 위세는 대단해."

"정말 그래. 그렇다면 사위가 오더라도 들어설 자리가 없을 거야. 그러나저러나 천하의 멍청이라 불리는 오다 님은 대관절 어떤 모습으로 나타날까?"

"그것이 볼 만할 거야. 전혀 예의범절을 모르는 분이라는데, 장인은 저렇듯 격식을 차리고 있으니까 말이야."

이런 소문이 여기저기서 난무하고 있을 무렵, 먼저 도착하여 절의 객전客殿에서 휴식을 취하던 사이토 도산은 그 성깔 사나운 얼굴에 엷은 미소를 띠고 자리에서 일어나며 말했다.

"곧 사위가 도착할 테니 이쯤 해서 나가볼까."

"나가시다니 사위님을 맞이하시려는 겁니까?"

중신인 가스가 단고春日丹後가 깜짝 놀라 물었다.

"그렇다고 할 수 있지. 장인이 사위를 마중하러 나간다. 지금까지 이런 말을 들어본 적이 있나?"

"그것은…… 그것만은 중지하시는 편이 좋겠습니다. 주군은 미노의 태수이십니다."

"호호호, 걱정할 것 없어. 우선 그 멍청이의 얼굴부터 보아두려는 거야."

도산이 일어나자 미리 지시를 받았던 근시 서른 명 정도가 벌떡벌떡 일어나 뒤를 따랐다. 도산은 현관을 나와 근시 서른 명과 함께 말을 타고 천천히 거리로 나갔다.

날은 활짝 개고 이미 녹음이 우거진 나무 위에서는 종달새가 맑은 소리로 지저귀고 있었다.

"아, 저분이 바로 사이토 님이 아닌가. 머리를 빡빡 깎으셨어."

"직접 사위를 맞이하러 가시는 모양이야."

"정중하신 분이야. 자기가 윗사람인데도."

이 말을 듣고 도산은 벙실벙실 웃었다.

결코 정중하게 맞이하러 가는 것이 아니다. 객전에 안내한 뒤 어떻게 죽일까 생각하여, 미리 주위의 상황 등을 알아놓겠다는 살무사의 조심성에서였다.

마을 어귀에 이르자 절의 참배객들이 묵는 여인숙 한 채가 나타났다.

도산은 말에서 내려 고쇼에게 말고삐를 건네고 여인숙 2층으로 올라갔다. 고쇼는 교묘하게 말을 숨기고 여기저기에 잠입했다. 도산은 이곳에 숨어 장지문 틈으로 사위의 멍청한 모습을 천천히 관찰하려는 것이다.

"아, 나타났습니다. 선두가 저 숲을 나오고 있습니다."

"그러냐."

도산은 여전히 엷은 웃음을 띠고 있었다.

"일본에서 제일가는 사위의 행렬에는 말이 여러 필이냐?"

"아닙니다. 말은 적은 듯하고…… 앗, 맨 앞에는 젊은이들이 도보로 걸어오고 있습니다."

"흥, 그 멍청이가 자랑하는 소년대로군. 얼마나 되느냐?"

"질서 정연하게 4열로 서서 보조를 맞추고 있습니다. 약 이백 명 정도……"

"하하하…… 이백 명의 골목대장이로군. 선두가 이백 명이라면 모두 합쳐 오백 명쯤 데려왔겠군."

상대는 여기에는 대답하지 않고 계속 보이는 대로 말을 이었다.

"다음은 활부대입니다. 모두 젊고 씩씩해 보이는데 모두 걸어서 오고 있습니다."

"인원은?"

"아, 줄잡아 삼백 명은 될 것 같습니다."

"뭣이, 활부대가 삼백…… 묘한 멍청이로군. 좋아, 유사시에는 그들 몰래 활시위를 잘라 쓰지 못하도록 해야겠군. 그 다음은 사위 녀석의 말이냐?"

"아니, 말은 아직 보이지 않습니다. 아, 다음은 철포대입니다."

"뭐, 철포?"

도산도 그만 눈이 휘둥그레져 일어났다.

"하기는 노히메의 편지에도 노부나가가 철포를 가졌다는 말을 했었어. 이삼십 자루 가량 되느냐?"

"아닙니다. 이삼십 자루 정도가 아닙니다. 활부대와 비슷하여 삼백 자루 정도는 되는 것 같습니다."

"삼백!"

도산의 얼굴이 긴장되고 눈언저리에서 번개가 쳤다.

"선두가 이백, 활이 삼백, 철포가 삼백……"

하고 손가락을 꼽다가 이번에는 무릎을 세워 밖을 내다보는 동시에 '앗!' 하고 외쳤다.

당시는 철포 한 자루도 구하기 어렵다고 하여 귀중하게 여기던 시대였다. 도산 자신도 갖은 수단을 써서 철포를 입수하여 겨우 백 자루가 될까 말까 하는 정도였다.

그런데 이게 웬일인가! 천하의 멍청이가 어떻게 해서 손에 넣었는지는 모르나 확실히 삼백 자루 이상, 자못 자랑스럽게 아시가루 부대에게 메게 하여 질서 정연하게 대열을 이루고 오는 것이 아닌가.

이미 선두의 소년대는 여인숙 앞에 거의 도달했는데 행렬은 아직 끝날 것 같지 않았다.

"앗, 이번에는 창부대입니다."

"뭣이, 창부대?"

창부대라면 도산도 천 명을 데리고 왔다. 그것도 두 간이나 되는 자루가 달린 도산이 자랑하는 정예를……

그러나 이것도 활부대와 철포대 육백과 대항하기에는…… 하고 계산하면서 다시 장지문 밖을 내다보고는 상처 입은 호랑이처럼 나직하게 신음했다. 창부대가 예사 창부대가 아니었던 것이다. 마치 빨랫줄을 떠받치는 장대같이 긴 세 간이나 되는 자루, 그것을 모두 붉게 칠하고 끝을 하늘로 향한 채 다가오고 있었다.

"창부대가 약 육백이나 됩니다! 아, 중앙에 말이 보입니다. 기마는 약 서른 기."

"그만 됐다!"

도산은 고쇼를 꾸짖고 이번에는 빨려들 듯이 장지문에서 떠나지 못했다.

지금 눈앞을 지나가고 있는 것은 철포대. 분명히 장난감이 아니다. 신품인 남만철南蠻鐵°의 총신이 빛나 탐스러워 보이는 묵직한 다네가시마°이다. 사위인 노부나가는 그 뒤를 따르는 창부대 육백 명의 한가운데에 자기가 자랑하는 잿빛 돈점박이 말을 타고 있었다.

"으음."

도산은 또다시 신음했다. 그토록 정연하게 무장한 대열의 중앙에 일본에서 제일이라는 사위는 한쪽 어깨를 걷어붙이고 말에 올라 있었던 것이다. 그뿐만이 아니다. 머리는 여전히 위로 뻗은 자센, 허리띠는 굵은 새끼줄이었다. 허리에 찬 두 칼 모두 자루가 길었고, 입고 있는 한바카마半袴(복사뼈가 있는 데까지 내려오는 하카마袴)는 호랑이와 표범 가죽을 섞어 만든 진귀한 것이었고, 옷은 큼직한 무늬가 있는 가타비라°였다. 허리에는 부싯돌 주머니, 표주박, 주먹밥 주머니 따위를 매달고 있어서 의젓한 하카마 차림으로 온 뉴도 도산은 마치 미치광이에게 조롱을 받는 듯한 기분이었다.

말만은 이 부근에서는 찾아볼 수 없을 정도의 명마였다.

용모 또한 도산에 지지 않을 정도로 오싹했다. 이러한 노부나가가 주위를 노려보며 창밖을 지날 때까지, 도산은 꼼짝도 않고 숨죽인 채 바라보고 있었다.

"으음, 과연……"

창부대 뒤에는 도보부대 삼백 정도를 거느리고 있어 총 천 팔백 정도 될 것 같았다. 이렇게 되면 예복을 입은 무사와 창 천 자루로는 상대할 수 없다.

행렬이 지나간 뒤에도 도산은 잠시 동안 일어나려 하지 않았다.

'좋아, 이렇게 된 이상 대면한 자리에서 그 무례한 차림새를 꾸짖고 대번에 베어버리는 도리밖에 없다.'

그런 뒤 대장을 사로잡고 있으므로 소란을 떨지 말라고 겁을 주고 철포 삼백 자루와 창 육백 자루를 고스란히 빼앗는 수밖에 없다. 과연 살무사는 효웅이었다.

이윽고 다시 대담한 미소를 되찾고서 조용히 말했다.

"모두 돌아가자."

귀공자의 출현

노부나가의 모습이 쇼토쿠 사의 본당 앞에 나타났을 때부터 예복 차림의 미노 무사들 사이에서 별안간 웅성거리는 소리가 들리기 시작했다.

모두들 뉴도 도산의 깊은 계략에 대해서는 알지 못하였다.

따라서 웃는 자가 있는가 하면 무시당했다며 화를 내는 자도 있고, 잡담을 하는 자와 옷소매를 잡아당기는 자 등 큰 소동이 일어났다.

"과연 듣던 대로 놀라운 기인이야."

"그 한바카마를 좀 보게, 호랑이와 표범이 아닌가."

"호랑이와 표범으로 미노의 살무사에게 겁을 주려는 것인지도 몰라."

"아니, 그 허리에 매단 것은 또 뭐란 말인가. 부싯돌 주머니는 알겠는데, 저 자루는?"

"저것이 바로 유명한 노부나가의 군량일세. 배가 고프면 언제든지 말을 탄 채로 먹을 수 있는 주먹밥이야."

"아, 그렇다면 우리 노히메 님은 완전한 제물이군. 가엾게 됐어."

"바로 그거야. 미노에서 제일가는 기량을 가지고 태어나 일본 제일의 멍청이에게 출가했어. 대신 오와리 일대를 선물로 장인에게 바치게 될 테지."

이런 말이 오가는 가운데 노부나가는 미노의 중신인 안도 다테와키安藤帶刀의 안내를 받아, 객전과는 회랑 하나를 사이에 둔 서쪽 휴게소 주위를 노려보면서 들어갔다. 거기서 잠시 휴식하고 있는 동안 객전에서는 장인과 사위가 대면할 준비를 하기로 했다.

아직 장인인 도산이 돌아오지 않았기 때문이기도 했으나, 어쨌든 쌍방이 준비를 갖춘 뒤 금으로 수놓은 병풍을 치고 객전 중앙에서 인사를 나누고 나서 술과 음식으로 향연을 벌인다는 수순이었다. 그사이에 도산이 기회를 보아 노부나가를 죽이겠다는 계략이다.

오다 쪽에서 대면할 장소에 함께 자리하는 사람이라고는 노부나가의 칼을 드는 사람 하나뿐이었으나 상대는 향응을 위해 수많은 사람이 접근할 수 있다. 소동이 일어나면 와아, 하고 대번에 우르르 몰려가 에워싸면 노부나가가 죽었는지 살았는지 외부에 알려질 우려가 없다.

도산이 객전에 태연한 모습으로 돌아왔다. 바로 이때였다. 좀 전에 노부나가와 근시를 안내했던 휴게소로 통하는 회랑을 건너 유유히 객전 쪽으로 걸어오는 사람을 보고 일동은 그만 눈이 휘둥그레졌다.

"아니? 저 사람은 누군가?"

낯선 이는 도산이었다.

단정히 가타기누를 입고 짙은 감청색 하카마 자락을 끌면서 오고 있었다. 윤이 나는 헝겊으로 머리를 묶었으며 금은으로 장식한 작고

가느다란 칼을 차고 똑바로 고개를 쳐들고 오는 그 인물에게는 주위를 압도하는 기품이 있었다.

"저 사람이 누구냐고 묻고 있지 않느냐?"

도산은 다시 한 번 옆에 있는 홋타 도쿠堀田道空에게 작은 소리로 물었다. 도쿠 역시 눈이 휘둥그레졌다.

"휴게소에는 사위님과 고쇼 밖에는 아무도……"

여기까지 말했을 때,

"앗!"

도산이 무릎을 치고 동시에 숨을 죽였다.

"으음."

"누구인지 아시겠습니까, 주군?"

"알았어! 저 사람은 노부나가, 노히메의 남편이야."

"예? 그 멍청이……"

말하다 말고 도쿠도 숨을 죽였다.

"그러고 보니 과연!"

노부나가는 아버지의 장례 때도 고치지 않고, 히라테 마사히데가 죽으면서까지 간언했으나 듣지 않았던 하늘로 뻗친 자센을 드디어 내리고, 허리에 매었던 새끼줄 대신 긴 하카마를 입어 난생처음 다이묘의 모습으로 돌아왔던 것이다. 그것을 보고 도산은 다시 신음했다. 이렇게 의상 하나로 변하는 인간을 도산은 어디에서도 본 일이 없었다.

조금 전까지는 도깨비도 깔아뭉갤 듯한 악동으로 보였으나 지금은 물 찬 제비와도 같은 귀공자로 변해 있다.

'어쩌면 일본에서 제일가는 사위일지도 모른다……'

노부나가는 눈도 깜박이지 않고 빤히 바라보는 도산 쪽으로 한 치의 빈틈도 없는 늠름한 모습으로 건너와서는, 주위의 시선을 무시하고 적당한 거리를 두고 털썩 앉았다.

주위는 모두 적…… 이라는 것을 모를 리 없는데도 고쇼 하나 거느리지 않고 오다니 대담하다고 할지 뻔뻔스럽다고 할지…… 노부나가는 앉는 동시에 조용히 흰 부채를 무릎에 세웠다.

드디어 도산은 홋타 도쿠에게 눈짓을 보냈다. 죽이라는 신호가 아니라, 소개를 한 뒤 지정된 자리에 안내하라는 신호였다.

"오다의 주군이십니까?"

도쿠가 노부나가 곁으로 오면서 손을 짚고 인사했다.

"그렇소."

노부나가가 대답했다.

"그대는?"

"홋타 도쿠입니다. 방금 야마시로 뉴도 도산 공이 도착하셨으니 정해진 장소로 가시지요."

노부나가는 가볍게 끄덕이고 천천히 일어나 병풍 안으로 들어갔다.

"가즈사노스케 노부나가입니다."

"오오, 사위로군, 잘 왔네. 어서 앉게."

"장인 어른."

"왜 그러나?"

"노히메는 훌륭한 아내입니다. 오늘도 이 노부나가의 신상을 몹시 걱정해주더군요."

그 말을 듣는 순간 도산은 등줄기가 오싹해짐을 느꼈다.

전혀 자기를 두려워하지 않는 젊은이, 그런 사람을 이 효웅은 처음 만났던 것이다.

사위의 속셈

사이토 도산은 약점을 보이지 않으려는 살무사의 본능에 따라 잔뜩 몸을 도사렸다.

"노히메가 사위의 신상을 걱정하다니 대체 무엇 때문일까?"

시치미를 떼고 노부나가에게 물었다.

"그야 장인께서 무슨 계략이라도 꾸미고 있는 줄 생각했기 때문이겠지요."

"바보 같은 것! 내가 사위를…… 왓핫핫하, 그래서 사위는 무어라고 대답했나?"

노부나가는 짐짓 활달하고 명랑한 표정을 지으며 살무사와 똑바로 시선을 마주쳤다.

"미노에도 여러 가지 복잡한 사정이 있다, 장인께서도 이 점을 잘 알고 있으므로 굳이 이 가즈사노스케를 적으로 돌리지는 않을 것이라고 했습니다."

"허어, 그랬더니 그 어리석은 것이 납득하던가?"

"아닙니다."

노부나가는 다시 엄한 표정으로 돌아왔다.

"아버지에게는 살무사라는 별명이 붙었다고 하더군요."

"왓핫핫하, 버릇없는 말을 했군! 노히메가 그런 말을 했다는 거지. 이거, 무례한 딸을 두어서 미안하네."

노련하게 말을 받아넘겼으나, 속으로는 완전히 자기가 졌음을 간파했다. 한낱 기름 장수에서 미노의 태수로까지 출세한 몸이므로 상대를 평가하는 뉴도 도산의 안목은 예리하다.

'노히메가 일본에서 제일가는 신랑이라고 한 말이 완전한 거짓말은 아닌 것 같다……'

그런 생각을 하자 이만한 젊은이가 달리 어디에 있었던가 하고 마음속으로 얼른 비교해보는 살무사였다.

'그렇다, 만약 주베에十兵衛가 있다면 기질은 다르지만 이 녀석과 비등할지 모른다.'

주베에란 아케치 부인의 조카로 노히메와는 이종 사이인 아케치 주베에 미쓰히데光秀를 말한다. 그러나 이 주베에 미쓰히데는 뉴도 도산에게 포술砲術과 병법, 축성築城과 불전佛典 등의 학문을 전수받고 지금은 어디서 활용할까 하고 각지로 돌아다니고 있다.

도산이 만난 젊은이들 가운데 그 미쓰히데에게도 없는 강인함이 노부나가의 전신을 감싸고 있는 느낌이었다.

준비한 술상이 병풍 안으로 날라졌다. 고쇼가 술병을 들고 두 사람의 붉은 잔에 따르기 시작했다.

조금 전까지만 해도 여기에서, '무례한 놈!' 하며 노부나가의 잔에 술이 넘칠 때 한칼에 베어버리려던 도산이었으나 역시 효웅인지라 상대의 인물을 꿰뚫어보고 한 치의 허점도 없다는 것을 알자 대번에 태도를 바꿨다.

"이것으로 오와리와 미노는 굳게 맺어졌어. 경사야, 경사스러워. 그런데 이 뉴도의 어리석은 딸이 사위에게 아케치 주베에 이야기는 하지 않던가?"

도산은 십년지기라도 되는 듯이 말을 건넸다. 그러나 노부나가는 아직 마음을 허락하지 않고 있었다.

이것만으로는 오늘의 목적이 달성되지 않았던 것이다. 다시 한 번 무섭게 쐐기를 박아 그것을 빌미로 오다 가문의 노부나가 반대파를 제압하지 않으면 여기까지 온 보람이 없어진다.

"주베에는 의외로 하찮은 사나이라고 노히메가 말했습니다마는…… 그건 그렇고, 모처럼 여기까지 온 김에 영식인 요시타쓰義龍 님과도 잔을 나누고 싶군요. 이 자리에 불러주셨으면 합니다."

"오오, 그렇군, 그래."

도산은 이제야 깨달았다는 듯이 옆에 대기하고 있던 안도 다테와 키를 손으로 불렀다.

"요시타쓰는 어디 있나? 어서 이리 오라고 전하라."

도산이 턱으로 지시하자 이와 동시에 미노의 가신들이 당혹해 하며 웅성거렸다.

요시타쓰는 이때 벌써 자리를 차고 일어나 쇼토쿠 사를 떠났기 때문이다.

살무사의 굴복

미노의 사기야마 성에 살고 있는 도산의 적자 요시타쓰에게는 오다 가문에서 노부나가의 여동생이 노히메와 교환 형식으로 출가해 있다.

따라서 노부나가와 요시타쓰는 이중으로 처남 매부 사이였다.

그런데 이 여섯 자 세 치의 거구에 힘이 장사인 요시타쓰는 이미 스물여섯이 되었는데, 지금은 자기가 뉴도 도산의 친아들이 아니라고 굳게 믿고 있다.

도산이 주군인 도키 씨를 죽이고 애첩을 아내로 삼았을 때, 요시타쓰는 이미 그 부인의 뱃속에 있던 주군의 자식이라고 그럴듯한 말을 해준 자가 있었기 때문이다.

무엇을 숨기랴, 이런 말을 퍼뜨린 자 가운데는 노부나가의 아버지인 노부히데의 모략도 끼어 있었던 것이 사실이다.

노부히데는 도산(히데타쓰秀龍)과 요시타쓰 부자가 사이좋게 힘을 합하면 오와리가 위험하다고 생각했던 것이다.

그런데 미노의 가신 중에서도 여기에 호응하여 책략을 꾸미는 자가 나타나 어느 틈에 당사자인 요시타쓰까지 이것을 굳게 믿었다.

"아버지가 아니라 나의 원수."

요시타쓰 도산에게 원한을 품고, 도산이 죽으면 자신은 성을 도키 씨로 바꿀 생각이었다.

그런 만큼 요시타쓰는 오다 가문과의 혼담을 달가워하지 않았고, 천하의 멍청이란 별명을 가진 노부나가를 사이토 가문의 사위로 삼은 데 대해 무어라 말할 수 없는 불만과 반감을 가지고 있었다.

그러나 아직도 도산이 굳게 영지를 제압하고 있기 때문에 도산의 명을 어기지 못하고 오늘도 쇼토쿠 사까지 오기는 했으나, 한쪽 어깨를 벗어붙인 노부나가의 말 탄 모습이 본당의 정원에 나타나자 분연히 자리를 박차고 돌아갔다.

"그런 무례가 어디 있단 말이냐! 천하의 멍청이와 인척으로서 잔을 나눈다면 후세까지 웃음거리가 된다. 말리지 마라, 말린다면 베어 죽이겠다."

여섯 자 세 치의 거구에 힘이 장사인 요시타쓰의 격노인 만큼 아무도 말리지 못했고, 이 일을 도산에게 보고할 틈도 없었다.

노부나가는 과연 요시타쓰가 없다는 사실을 알고 만나겠다고 했을까, 아니면 모르고 한 말일까? 별안간 좌중이 웅성대기 시작했기 때문에 도산은 불끈 성을 내며 주위를 노려보았다.

"어떻게 되었느냐, 요시타쓰는…… 어서 부르지 않고 무얼 하느냐!"

견디다 못해 홋타 도쿠가 뉴도 앞에 두 손을 짚고 머리를 조아렸다.

"황송합니다마는, 요시타쓰 님은 갑자기 피로를 느끼고 먼저 돌아가셨습니다."

"뭣이…… 피로?"

도산은 당황했다. 흘끗 노부나가를 바라보았다.

"그 도깨비와 같은 놈이 피로하다니!"

"예…… 예, 그런데 참으로 갑작스럽게."

"아니, 그대들은 무엇 때문에 여기 있었느냐? 어째서 그런 방자한 짓을 방치했느냐 말이다."

도산은 요시타쓰를 잘 알고, 노부나가의 인물됨도 알았기 때문에 거짓말을 할 수 없었다. 지혜로운 자가 자기 꾀에 넘어간 꼴이 된 것이다.

"자네가 들은 바와 같네. 아니, 피로한 게 아니었어. 아마 사위가 들어올 때의 그 기이한 모습에 놀랐을 테지. 내 자식들은 그 정도의 인물밖에는 안 되는 것들이라네. 미안하네."

노부나가는 단정히 무릎에 손을 얹은 채 대답했다.

"놀란 것이 아니라 화가 났을 겁니다."

"뭐…… 뭐라고 했나?"

"하하하…… 이 가즈사노스케는 예의도 모르는 멍청이라 여겨 화를 내고 돌아갔을 테지요. 미안하게 됐습니다."

노부나가의 말에 도산도 중신들도 그만 고개를 떨구고 말았다.

무장으로 크게 압도당했을 뿐 아니라 접대하는 자리에서도 노부나가에게 업신여김을 당한 것이다.

"준비한 식사를 가져오너라."

도산은 당혹스러워 하며 그 자리를 얼버무렸다.

"그런데 말일세……"

"이 도산은 힘만을 믿어. 이것이 난세를 살아가는 방법이지. 난세에 힘이 약하다는 건 하나의 죄라고 믿고 있어."

"허어."

"안타까운 일이지만 이 도산이 보살피지 않으면 내 자식들은 몇 년 안으로 자네 문 앞에서 말을 매게 될 거야. 이 일을 잘 기억해두게."

문 앞에서 말을 맨다는 것은 항복하여 부하가 된다는 뜻, 이것이 효웅인 도산이 처음 만난 자기 사위에게 보내는 마음으로부터의 감회였다.

노부나가는 이 말에는 대답하지 못하고 물에 만 밥을 맛있게 먹고 있었다.

아마도 노부나가는 이러한 도산의 약한 소리를 미노의 중신들 앞에서는 듣고 싶지 않았을 것이다.

미노에는 미노 나름의 사정이 있다.

생각이 모자라 화를 내고 얼른 돌아간 도산의 아들이 늙은 아버지가 한 말을 들었다면 어떻게 했을까……

"지금이야말로 도산을 죽이고 도키 씨의 원한을 갚을 때."

이런 잠꼬대 같은 소리를 하며 육친의 피를 흘리게 했을지도 모른다.

어쨌든 사위와 장인의 회견은 결국 노부나가의 독무대로 막을 내렸다.

도산은 멀리까지 노부나가와 말 머리를 나란히 하고 나가 배웅하고, 헤어질 때 일부러 오다 가문의 가신에게 들으라고 덧붙여 말했다.

"이 뉴도는 필요할 경우에는 언제든지 원군을 보낼 테니, 이마가와 가문에 대한 경계를 굳게 하고 충분히 힘을 기르게."

말할 나위도 없이 이것은 오다 가문의 내분을 종식시키려는 도산 나름의 깊은 생각에서 나온 성원이었다.

돌아오기를 기다리는 사람

후루와타리 성의 내전에서는 아까부터 노히메와 이와무로 부인이 마주 앉아 자못 침착한 모습으로 세상 이야기를 나누고 있었다.

한때는 오래된 망루의 2층에 숨겨져 있어 행방불명이라고 알려졌던 이와무로 부인이었으나, 지금은 후루와타리의 외딴 성곽에서 노부히데의 막내아들을 키우면서 표면적으로는 조용히 살아가고 있다.

노히메보다도 젊고 계속 혼자 살았기 때문에 아직 스무 살이라고 믿기지 않을 만큼 앳돼 보였다.

"정말로 여자는 지혜가 얕고 또 죄가 많아요."

이와무로 부인이 말했다.

"저는 처음에 이곳 주군은 난폭하고 무서운 분, 그리고 스에모리 성의 노부유키 님은 착하고 훌륭한 분이라 생각했어요."

"호호호……"

노히메는 손등을 입에 대고 웃었다.

"그렇게 보시는 것은 당연한 일, 결코 지혜가 얕아서는 아니에요."

"그런데 노부나가 님은 일부러 저를 구해주시고 모자가 같이 살도록 배려해주셨어요. 반면에 스에모리 성의 노부유키 님은 나와 아이를 갈라놓고 기요스의 히코고로 님의 소실로 납치해 가려고 했어요."

"어머…… 어쩌면 그런 일을."

노히메는 마치 처음 듣는 이야기라는 듯이 교묘하게 맞장구를 치고 있었으나, 마음속은 평온하지 않았다.

도미타의 쇼토쿠 사로 간 노부나가가 과연 무사할지 아닐지, 그 일이 마음에 가득 차 있었다.

"그런 일로 인해 제가 이곳 주군에게 구출된 뒤 기요스의 히코고로 님은 마침내 시바의 부에 님을 살해하고 말았어요. 이 일을 저는 최근까지 모르고 있었어요. 그런데 모리야마 성守山城에 계신 마고사부로 노부미쓰 님의 부인이 오셔서 처음부터 부에 님이 살해될 때까지의 일을 자세히 이야기해주었어요."

모리야마 성의 오다 마고사부로 노부미쓰는 노부히데의 동생으로 노부나가에게는 숙부이며, 그 부인은 이와무로 부인과 같은 아쓰타의 신관인 다지마 히젠田島肥前의 딸이다.

따라서 이와무로 부인과는 어렸을 적부터의 친구로, 일부러 찾아와서 그 '죄 많은 여자' 이야기를 했던 모양이다.

"부에 님은 그때 아무것도 모르고 낮잠을 자고 있었다고 해요."

"어머, 낮잠을……"

"그때 별안간 히코고로 님이 많은 사람을 거느리고 들어와 베개를 걷어차며, 내놓아라! 어디 감췄느냐? 내놓지 못하겠느냐! 고 외치면서 칼을 휘둘렀다나봐요."

"이와무로 님을 부에 님이 숨긴 줄로 알고……"

"예. 부에 님은 무슨 일인지 몰라 당황하며 천장 위로 도망쳤는데, 거기서 무참하게 난자를 당해 돌아가셨다고 해요. 돌아가실 때까지 내놓아라! 모른다는 말만 되풀이하다가…… 정말 나는 죄가 많아요."

"이와무로 님, 부인의 죄가 많기 때문이 아니라 죄가 많은 것은 우리 주군이에요. 부인을 숨긴 것은 주군이 한 일이기에."

"아니, 그렇지 않아요."

이와무로 부인은 당황하며 손을 내저었다.

"그뿐이 아니에요. 나는 모리야마 성의 부인에게 여자의 죄가 깊다는 참회의 말을 듣게 되어 여간 난처하지 않아요."

"참회라니요?"

노히메는 이미 이와무로 부인과의 대화가 귀찮아 견딜 수 없었다. 그러나 이 모든 것을 젊은 나이에 홀로 규방을 지키는 불우한 여자의 하소연이라 생각하니 싸늘하게 말을 막을 수도 없어 귀만은 밖으로 열어놓고 맞장구를 치고 있었다.

"부인, 제발 이 말만은 누구에게도 하지 마세요. 정말로 소름끼치는 일이에요…… 모리야마 성의 부인이 간통했다는 거예요."

"예? 그 가리하 님이……"

"예…… 그래요. 모리야마의 주군은 계속 폐를 앓고 계셔서 아버님 장례에도 참석하지 못하셨어요. 그분의 병환이 죄라면 죄일 수 있어요. 그만 어쩌다가 주군의 근시인 사카이 마고하치라던가 하는 사람과…… 자기도 거의 깨닫지 못하고 몽롱한 가운데 몸을 맡겼다고 울면서 참회하더라구요."

"어머……"

그만 노히메도 숨을 죽이고 이와무로 부인을 바라보았다.

이와무로 부인이 무엇 때문에 이런 말을 하는지 노히메는 알 것만 같다. 이와무로 부인 자신도 젊음에 넘쳐 때때로 허망한 공상으로 괴로워하기 때문일 것이다.

그러나 현재 독신인 이와무로 부인과는 달리 남편이 있는 몸으로 간통을 했다니 온당치 못한 행동이었다. 더구나 모리야마 성의 숙부 마고사부로 노부미쓰는 모습도 성격도 일족 중에서는 노부나가와 가장 많이 닮은 성질이 급하기로 유명한 사람이다.

'만일 이 일이 숙부님께 알려진다면 그야말로 가문에는 큰 소동이……'

이렇게 생각하고 좀더 자세히 물으려고 하는데 갑자기 밖에서 인마의 소리가 들리고, 앞장서서 달려온 노부나가의 자랑스런 소년대가 파도와 같은 소리로 귀환을 알렸다.

"문 열어라!"

"주군이 돌아오셨다!"

지금까지 이야기에 열중해 있던 이와무로 부인은 얼굴이 빨갛게 상기되어 소녀처럼 들떠 있었다.

"어머, 무사히 돌아오셨네요, 어머나."

노히메도 비로소 안도의 가슴을 쓸어내렸으나 곧 성질이 다른 또 하나의 두근거림을 느끼기 시작했다

'이와무로 부인이 혹시 주군에게 연정을 품고 있는 건 아닐까?'

아닌 게 아니라 이와무로 부인 역시 노부나가의 신변을 염려하여 귀환했다는 소리를 들을 때까지 움직일 수 없었던 것이다.

"부인, 주군이 들어오실 때까지 저도 여기 있으면 안 될까요? 무사하신 모습을 보고 싶어요."

이와무로 부인이 순진하게 말하는 바람에 노히메도 웃을 수밖에

없었다.

"좋아요, 천천히……"

"아니에요. 두 분께 방해가 되지 않도록 얼굴만 뵙고 곧 물러가겠어요."

이와무로 부인은 귓불까지 빨갛게 되어 가만히 고개를 가로저었다.

그 아내에 그 남편

노부나가가 들어온 때는 그로부터 4반각半刻(30분)이 지난 뒤였다. 회랑 입구까지 마중을 나간 노히메는 떠날 때와는 완전히 달라진 귀공자를 발견하고 그만 어안이 벙벙했다.

아니, 노히메보다도 이와무로 부인의 놀라움이 훨씬 더 컸다.

이와무로 부인은 상대가 노부나가임을 알았을 때, 흡사 소녀와도 같은 목소리로 말했다.

"어머, 주군이시다! 노부나가 주군이셔! 정말 훌륭하셔라……"

그러고 나서 자신의 무례함을 곧 깨닫고 꺼져가는 듯한 작은 목소리로 말했다.

"무사히 돌아오신 것을 축하드립니다."

"이와무로 부인이군. 마타주로도 잘 있겠지?"

"예. 곧잘 장난도 칠 정도가 되었어요."

"노부나가의 소중한 막내 동생이니 잘 키우도록 해요."

"예."

"노히메!"

노부나가는 아직 물끄러미 자기를 바라보는 아내에게 처음으로 정감 어린 시선을 보내며 말을 걸었다.

"장인은 기분이 좋았어. 장차 이 사위에게 미노를 고스란히 넘기겠다고 하더군."

노히메는 그러나 아직 대답은커녕 인사도 하지 않았다. 똑바로 노부나가를 쳐다보면서, 상대가 왠지 모르게 가까이 하기 어려운 낯선 사람처럼 여겨졌다.

어제까지만 해도 자기 무릎을 베고 누워 코털을 뽑거나 귀지를 후비게 하면서 멋대로 굴던 그 킷포시가 자기 남편인지, 아니면 지금 여기에 의젓하게 앉아 있는 귀공자 가즈사노스케 노부나가가 자기 남편인지……

어쨌든 무사히 돌아오게 되어 다행이라는 생각에 뒤이어 저도 모르게 아득한 봄 안개 속을 한없이 더듬는 듯한 적막감을 느꼈다.

마침내 노부나가를 바라보는 노히메의 눈에 희미하게 눈물이 맺혔는데, 눈물이 점점 더 큰 구슬로 부풀어올랐다.

"저어, 무사히 돌아온 모습을 뵀으니 저는 이만……"

이와무로 부인은 당황한 듯이 인사하고 물러갔으며, 미리 노부나가의 지시를 받았는지 고쇼들도 어느 틈에 사라지고 없었다.

"아니, 왜 울고 있나?"

"……"

"그대의 아버지는 그대가 걱정하던 것처럼 어리석지는 않았어. 처음에는 나를 죽일 생각인 듯했으나 도중에 태도를 바꾸어, 내 자식들은 내가 죽으면 몇 년 못 가서 사위의 문 앞에 말을 매게 될 거라며 나를 치켜세우더군. 꽤나 재미있고 능청스런 노인이야. 그러나 쇼토쿠 사에서는 미안하게도 이 노부나가의 독무대였어."

"주군!"

별안간 노히메는 볼멘소리로 불렀다.

"왜 그러나, 내 옷차림이 마음에 들지 않는다는 말인가?"

"주군! 전처럼 여기에 배를 깔고 엎드리세요."

"뭐라고?"

"지저분한 손으로 코딱지를 후비고 천장을 노려보며 손톱을 깨무세요. 아니, 이 무릎을 베고 쿨쿨 잠들어보세요."

"그대가 반한 남편이 무사히 돌아오자 약간 흥분한 모양이군."

"자, 어서 탁탁 먼지를 털어보세요. '밥!' 하고 큰소리를 질러보세요. 주군, 어째서 그렇게 점잖은 얼굴로 앉아만 계신가요? 그까짓 미노의 하찮은 살무사 한 마리를 멋지게 다루었다고 해서 그게 무슨 큰 공로란 말인가요. 나의 주군은 그런 분이 아니었어요! 얼마나 큰 그릇인가, 닦으면 얼마나 빛이 날까…… 대지와 같고 하늘과 같으며 구름과 같고, 격류와 같은 분이었어요. 그러한 남편으로 돌아와주세요. 자, 주군! 이 무릎에, 제 남편으로 돌아와주세요……"

말하는 사람도 여간이 아니었다.

과연 미노의 효웅이 높이 평가하던 딸다웠다. 마음속으로는 무사히 돌아와 여간 기쁘지 않으면서도, 그까짓 살무사 하나를 멋지게 다루었다고 해서 무엇이 그리 대단하냐고 사랑스러운 남편을 채찍질하는 그 격렬함.

"하하하하하."

노부나가는 웃기 시작했다.

"쇼토쿠 사에서는 이 노부나가의 독무대였으나 여기 돌아와서는 그렇지가 못하군, 노히메!"

마지막 말은 평소와 다름없는 기합 소리였다.

노히메는 바로 그 말을 듣고 싶었던 것이다. 재빨리 일어나 춤을 출 때 쓰는 부채를 가져왔다.

노부나가가 얼른 일어나 어깨 위로 부채를 폈다.

인생 오십 년
천하에 비한다면
덧없는 꿈과 같은 것
한 번 태어나서
죽지 않는 자 그 누구인가

춤을 좋아하는 노부나가가 킷포시 시절에 익힌 아쓰모리敦盛°의 한 대목이다.

노부나가의 춤사위에 담긴 놀라운 기백에 노히메는 숨이 막힐 듯한 아름다움을 느꼈다.

춤이 끝나자 노부나가는 다시 단정히 앉았다.

"오노!"

"예."

"삶이란 죽음의 곁면. 엎드리는 건 일어나기 위해서지. 일어난 노부나가를 잘 지켜보도록, 알겠나?"

"일어난 노부나가를?"

"그래. 가즈사노스케 노부나가는 살무사 한 마리를 이겼다고 해서 일부러 의복을 바꾼 것은 아니야. 나는 기다리고 기다린 끝에 일어날 때가 왔음을 직감했기 때문에 일어난 거야. 일어났으니 움직이지 않으면 안 돼. 움직이는 데에는 순서가 있지. 잘 지켜봐, 내가 오노를 싫증나게 만들 정도로 하찮은 남편인지 아닌지."

"주군! 그 말씀을 어디선가 히라테 노인이 듣고 있을 거예요."

"알고 있군, 그대도 노인의 근성을."

"예. 그 말씀을 듣고 안도했어요. 무사히 돌아오신 것을 축하드립니다."

"왓핫핫하…… 그대는 이것으로 내게 세 번 반했어. 좋아, 약속하지."

"주군! 무엇을……?"

"나는 그대를 일생 동안 삼백삼십 번 반하게 만들겠어."

노부나가가 정색하며 말하자, 이제는 완전히 닮은 부부가 된 노히메는 가볍게 고개를 저었다.

"아니…… 삼백삼십…… 아니, 3세世나 5세까지도."

어느 틈에 주위에는 어둠이 깔리기 시작하고, 회랑 너머의 사랑방 마루에서는 발돋움을 하고 선 시동이 난등에 불을 켜고 있었다.

숙부의 추방

노부나가는 노히메에게 말한 대로 스무 살에 히라테 마사히데가 간언을 하다가 죽자 때가 왔음을 깨닫고 일어난 것이다.

이것은 말하자면 소년기와 결별하고 오다 일족의 지도자로서 새벽을 맞았다는 의미다.

아침을 맞은 노부나가가 제일 먼저 할 일은 일족의 화합이고 힘의 집결이었다. 그러기 위해 필요한 미노의 살무사 뉴도 도산과의 제휴는 훌륭하게 성공했다. 이제부터는 가문의 노부나가가 반대파 중에서 설득할 수 있는 자는 설득하고, 부득이한 자는 차례로 제거해나가야 한다.

여러 가지 정보를 종합해보니 스루가의 이마가와 요시모토가 대군을 이끌고 상경할 의사가 있음은 조금도 의심할 여지가 없었다.

따라서 일족이 분열된 채로 상경하는 군사를 맞는다면 이마가와 군이 지나간 뒤 오다라는 이름을 가진 잡초는 한 포기도 남지 않을 것이다.

"그러면, 이 일에 대해 벌써 충분한 복안을 가지고 계신가요?"

노부나가는 쇼토쿠 사에서 돌아온 이튿날 아침, 노히메와 함께 조반을 먹고 전에 없이 느긋하게 시동더러 머리를 올리게 하고 있었다.

이미 자센 머리가 아니라 단정한 오리와케°였다.

"어제 이와무로 부인의 이야기로는 기요스의 히코고로 님이 이와무로 부인을 주군이 숨겼다는 사실을 안 뒤부터 깊은 원한을 품고 공공연하게 발설하고 다닌다고 해요."

"기요스 성주가 무슨 말을 했는데?"

"오다의 종가는 바로 우리다, 노부히데도 마사히데도 죽은 지금에 와서 곁가지인 멍청이 따위에게 큰소리를 치게 할 수는 없다, 두고 보라, 반드시 본때를 보여 지옥에 떨어뜨리겠다고."

"흥, 그런 소리를 했군."

"그리고 히라테 노인의 죽음을 기회로 노부나가를 쳐서 오다 가문을 바로 세워야 한다고……"

"곤로쿠와 사도가 그랬겠지."

"예. 그리고 도다 님과 이누야마의 노부키요 님도."

"지나칠 만큼 잘 알고 있어. 염려하지 않아도 돼. 그보다도 이와무로 부인이 어릴 적 친구인 모리야마 성의 가리하라던가 하는 여자를 찾아갔었다는 말은 하지 않던가?"

노히메는 흠칫 놀라 노부나가를 쳐다보았다.

"어떻게 그런 일을 다 아세요?"

"어떻게 알게 되었어. 그 말은 하지 않던가?"

"했어요. 부에 님이 기요스의 히코고로 님에게 살해되던 때의 일과, 여자는 죄가 많다며 참회의 말까지 하고 돌아갔대요."

232

차마 간통 이야기까지는 하지 못하고 말끝을 흐렸는데, 그 말을 듣고 노부나가는 혀를 찼다.

"엉덩이도 가볍지만 입도 가벼운 여자로군. 참회의 말까지 하다니."

노부나가는 모리야마 성주의 부인 가리하의 간통 사건까지도 잘 알고 있는 모양이었다.

"오늘은 모리 산자에몬과 이누치요, 그리고 만치요 이렇게 세 사람만 따라오너라. 멀리 가게 될 것이다."

머리 손질이 끝나자 노부나가는 옷을 갈아입고 현관을 나섰다.

정치에 관한 사무는 오다 미키노스케와 나이토 가쓰스케에게 맡기고 노부나가는 여전히 가장 높은 자리에서 사방의 움직임을 살펴보고 있었다.

멀리 가는 경우는 늘 있는 일이기 때문에 마에다 이누치요나 니와 만치요는 노부나가를 따라 말을 달려 성문을 나섰다. 다만 모리 산자에몬은 고쇼들보다 약간 나이가 든 측근이어서 무엇 때문에 멀리 데리고 가는지 약간 이상하게 여겼다.

늦봄이라기보다는 벌써 초여름, 평소 같았으면 싱그러운 잎이 우거진 숲을 빠져나가 곧바로 강변을 향해 서쪽으로 질주하는 노부나가였다.

그리고 거기서 말에게 풀을 뜯게 하거나 물을 먹이고 또 발을 식혀주면서 다시 맹렬하게 달릴 채비를 했다.

그런데 오늘은 성문을 나서자 말 머리를 곧장 북쪽으로 향했다.

'아니, 어디로 가는 것일까?'

이누치요도 만치요도 고개를 갸웃했으나 그 이상 생각할 겨를이 없었다. 노부나가의 말은 워낙 빠르기로 유명한 잿빛 돈점박이였으므로 낯선 길에서 우물거리고 있다가는 그대로 주군을 놓치게 될 것이 뻔했다.

'아무래도 모리야마 성으로 향하는 것 같다.'

겨우 노부나가를 놓치지 않을 만한 거리에서 이누치요가 말과 함께 먼지와 땀으로 범벅이 되어 뒤를 돌아보니, 니와 만치요의 모습은 보였으나 모리 산자에몬은 이누치요의 시야에서 멀어질 만큼 뒤떨어져 있었다.

그러나저러나 모리야마 성에는 무엇 때문에 가는 것일까?

모리야마 성의 성주 오다 마고사부로 노부미쓰는 이누치요가 보기에 노부유키 파는 아니었으나 그렇다고 결코 노부나가 파도 아니었다.

노부미쓰는 노부히데와는 나이 차이가 많은 동생으로 서른 정도 되었을 뿐이다. 게다가 스물네다섯 살 무렵부터 계속 가슴을 앓아 재작년부터는 누워서 지내기가 일쑤여서 양쪽의 어느 모임에도 별로 모습을 나타내지 않고, 간혹 참석하는 경우에는 반드시 누군가를 꾸짖는다. 따라서 모두가 경원하는 인물이었다.

'그 숙부를 노부나가 쪽에서 찾아간다. 무엇 때문에⋯⋯?'

이런 생각을 할 여유가 생긴 것은 이미 노부나가가 모리야마 성의 성문 앞에 도착하여 말에서 내렸을 때였다.

'아아, 그렇군. 드디어 간주로 님을 정벌하기 시작할 모양이다.'

뭐니뭐니 해도 저쪽의 중심 인물은 간주로 노부유키, 이제부터 가풍을 굳게 세우려 한다면 확실한 노부나가 파로 정해지지 않은 중간 세력을 우선 자기 편에 가담시키고 나서 교섭에 임하는 것이 순서다. 그러기 위해 일부러 직접 찾아가다니 드디어 주군도 적극적으로 나서는구나⋯⋯ 이누치요는 이제야 납득했다는 표정으로 훌쩍 말에서 내렸다.

"후루와타리 성주님이 오셨다. 성문을 열고 안내하라."

큰 소리로 문지기에게 고하고 노부나가의 말고삐를 벚나무 줄기에 매었다.

이때서야 겨우 만치요와 모리 산자에몬이 도착했다.

"너무 늦었어."

노부나가는 몹시 언짢은 표정으로 산자에몬을 턱으로 가리켰다.

"그대가 먼저 들어가서 내가 직접 할 말이 있어서 왔다, 소홀히 대하면 숙부라도 용서치 않겠다는 뜻을 전하거라."

이누치요는 의아한 생각이 들었다.

중간 세력을 설득하러 왔으면서도 이렇게 고압적으로 나올 수 있단 말인가. 그러다가는 성질이 급하기로 유명한 마고사부로 노부미쓰와 정면으로 논쟁을 벌이게 될 것 같다.

'하기야 미노의 살무사조차도 꼼짝 못하게 한 주군, 나름의 생각이 있으시겠지······'

"알겠습니다."

산자에몬은 깜짝 놀란 표정으로 앞장서서 문으로 들어갔으나, 그보다 더 놀란 사람은 모리야마 성의 문지기였다.

오와리의 한 무법자가 사방이 떠나갈 듯 쩌렁쩌렁 울리는 큰 소리로 '숙부라도 용서치 않겠다, 분명하게 이 뜻을 전하라' 하고 호통을 쳤으므로 누군가가 즉시 보고하러 달려갔을 것이 틀림없다.

이윽고 모리 산자에몬은 모리야마 성주의 측근인 사카이 마고하치로와 나란히 노부나가를 맞이했다.

"음, 네가 사카이 마고하치로냐?"

"예."

"얼굴을 들어라."

"예."

"이런 낯짝이었군."

마고하치로는 희고 갸름한 얼굴을 빨갛게 물들이고 부들부들 떨었다.

성주의 부인 가리하와 불의를 저지르고 있는 마고하치로. 노부나가의 말이 송곳처럼 가슴을 찔렀음이 분명하다.

"과연 뻔뻔스럽게 생긴 얼굴이군. 낯을 깨끗이 씻도록 해. 네 얼굴만이 아니라 주군 얼굴에 먹칠을 하지 말란 말이다."

"예. 주의가 모자라 죄송합니다."

"뭐, 주의가 모자란다고……?"

"예…… 예."

"모자라는 게 아니야, 너무 지나쳐. 고약한 놈."

이 말을 던지고 곧장 안으로 들어갔다.

"노부나가 님이 분노하며 찾아왔다. 웬일일까?"

노부나가가 처음부터 무섭게 나오자, 이러한 소문이 삽시간에 온 성안에 퍼진 것은 당연한 일이었다.

노부나가는 마고하치로의 안내로 사랑방에 들어갔다.

방 안에는 이미 노부나가의 내방을 알고 숙부인 노부미쓰가 단정한 옷차림으로 앉아 있었다. 하지만 그 안색은 무서울 만큼 창백했다. 노부나가 이상으로 분노가 치밀었으나 꾹 참고 있는 눈치였다.

"갑작스런 내방이라 마중도 나가지 못해 실례가 많네. 듣건대 이 노부미쓰에게 직접 할 말이 있다고 하는데, 내용에 따라서는 받아들일 수도 있으나 그렇지 않은 경우에는 내 의견을 충분히 개진할 걸세."

노부나가는 그런 소리는 귀에 들어오지 않는다는 듯 성큼성큼 다가가 상좌에 털썩 앉았다.

"멍청한 놈들아, 단둘이 할 말이 있다고 했는데 알아듣지 못했느냐. 물러가라!"

천장이 떠나갈 듯한 소리로 사카이와 모리, 이누치요와 만치요를 한꺼번에 꾸짖었다.

"예."

모두 일제히 고개를 숙이고 물러갔다.

"목소리가 우렁차군. 자네 목소리에 내 가슴까지 시원해지는군. 미리 말해두겠는데, 이 노부미쓰는 큰 소리에 놀랄 정도로 허약한 사람은 아니야."

"숙부!"

"왜 그러나?"

"숙부는 지금 이 노부나가가 한 말을 혀에 올려놓고 충분히 맛볼 마음의 여유가 있는지 우선 그 대답부터 듣고 싶군요."

"뭐, 내게 마음의 여유가 있느냐고⋯⋯?"

"그래요. 보아하니 유감스럽게도 울화를 이기지 못해 갈팡질팡하는 것 같군요. 사람이 서로 마음을 터놓고 이야기할 때 울화처럼 방해되는 건 없고, 또 통하지 않는 말을 자꾸 되풀이하는 것처럼 불쾌한 일도 없죠. 어떤가요, 마음이 가라앉았습니까?"

"으음."

노부미쓰는 눈을 치뜨고 노부나가를 노려보았다.

그 역시 대쪽같은 기질, 이 말을 듣고 노부나가를 다시 바라보니 그토록 무섭게 노한 듯이 보였던 노부나가의 눈은 이미 맑게 개어 노했던 그림자조차 찾아볼 수 없었다.

"좋아!"

노부미쓰는 크게 고개를 끄덕였다.

"혀에 올려놓고 충분히 맛보겠어. 말해보게."

노부나가는 비로소 빙긋이 웃어보였다.

커다란 수수께끼

"자, 말해보게. 이 노부미쓰의 울화가 사라졌다는 걸 자네도 알 수 있겠지?"

"좋아요, 잘 음미해보십시오. 음미하는 값으로 가토河東의 두 군郡을 드리지요."

"가토의 두 군을 음미하는 값으로?"

이렇게 내뱉고 마고사부로 노부미쓰는 조용히 눈을 감았다.

"알겠습니까? 스루가의 이마가와 요시모토가 상경을 위한 싸움을 벌이겠다는 뜻은 이미 의심할 여지가 없어요. 그 싸움이 벌어지기 전에 오와리의 단결을 반드시 성사시키는 일이 가장 급선무입니다."

"으음."

"그러므로 이 노부나가는 아버지 노부히데의 유명遺命에 따라 여기서 엄하게 기풍을 바로잡아 단결을 굳힐 생각입니다."

"으음, 과연……"

노부나가는 여전히 눈을 감고 있는 숙부의 얼굴을 다시 똑바로 바라보았다.

노부미쓰는 노부나가의 말 한마디 한마디를 혀에 올려놓고 자세히 음미하는 듯했다.

"숙부님!"

"무슨 말인지 어서 말하게."

"병약한 몸으로는 미카와에 가까운 땅을 지키지 못합니다. 따라서 오늘부터 이 성을 접수합니다. 아셨습니까?"

"뭐…… 뭐…… 뭣이?"

노부미쓰는 깜짝 놀라 눈을 떴다.

"그럼, 이 노부미쓰더러 어디로 가란 말인가?"

"모릅니다!"

"뭣이, 모른다고……? 모른다면, 그럼 대체할 땅도 주지 않겠다는 말인가?"

"물론입니다. 내일부터는 가신과 가족이 떠돌이 신세가 되겠죠. 아니면 이 노부나가의 명을 어기고, 미노의 살무사를 굴복시킨 나의 정예와 일전을 벌이시겠습니까?"

"으음."

노부미쓰는 다시 눈을 감았다.

"이건, 너무 매운 맛이로군."

"이 모리야마 성은 제 판단에 따라 동생인 마고주로 노부쓰구에게 맡길 것입니다. 일전을 벌일 결단이 없다면 어서 물러날 준비나 하시지요."

"물러날 준비…… 물러날 준비라……"

"어떤가요, 물러날 준비 말고 다른 방법이 있습니까?"

"이 많은 가신과 가족을 데리고는…… 어느 누구의 식객이 될 수도 없고, 갑자기 강도로 변할 수도 없고……"

"강도가 된다면 노부나가의 위신을 깎는 일, 즉각 오백 자루의 다네가지마로 토벌할 겁니다."

"그럼, 이 노부미쓰는 누구의 옷소매에 매달려 잠시 시간을 벌면서 그 후의 대책을 세워야 할 텐데……"

"그럴 수 있다면 왜 그렇게 하지 않습니까?"

"말은 쉽지만 사백이 넘는 식객을 받아줄 만한 성은 별로 없을 텐데……"

노부미쓰는 곰곰이 생각했다.

"그렇군!"

노부미쓰는 갑자기 무슨 생각을 했는지 무릎을 탁 쳤다.

"음미하는 값은 가토의 두 군……이었군!"

노부미쓰의 목소리는 들떠 있었다.

"아셨습니까?"

노부나가의 눈도 다시 이전의 날카로움으로 돌아와 있었다.

"용건은 끝났다. 산자에몬, 이누치요, 만치요!"

크게 손뼉을 치고 모두를 불렀다.

세 사람 뒤로 노부미쓰의 측근인 사카이 마고하치로도 겁먹은 얼굴로 들어왔다.

"용무는 끝났어. 모두 듣거라. 이 성은 지금부터 노부미쓰의 손에서 접수하여 나의 아우 마고주로 노부쓰구에게 맡긴다. 노부미쓰가 이에 불복하여 조속히 성에서 떠나지 않을 때에는 당장 화살을 받게 될 것이다. 노부미쓰!"

"으음……"

"알겠지? 좋아, 이틀 안으로 철수하도록. 명을 어기면 모반으로 간주할 테다."

때려부수듯이 말하고 노부나가는 바람처럼 사라졌다.

"뭐, 성을 접수하러 왔었다고?"

"어찌 그럴 수가, 혈육인 숙부가 아닌가."

"그렇다면 순순히 돌려보낼 수 없어."

소문을 전해 들은 중신들이 칼을 들고 성문으로 달려나갔을 때 이미 노부나가 주종의 모습은 우거진 숲 너머로 사라지고 있었다.

속이는 자

여기는 기요스 성에 있는 히코고로 노부토모의 거실이다.

사방의 문을 활짝 열어놓아 시원하게 불어오는 동남풍을 쐬면서 성주인 히코고로를 둘러싸고 있는 사람들은 스에모리 성의 간주로 노부유키와 그 가로인 시바타 곤로쿠, 하야시 사도의 동생 미마사카 노카미, 그리고 히코고로의 가로 사카이 다이젠, 이렇게 다섯 사람이다.

그들 앞에는 각각 술잔이 놓여 있으나 이 자리에는 한 사람의 시녀도, 시동도 없는 것을 보면 무언가 중요한 밀담을 나누고 있음이 분명하다.

"정말 어이가 없어 말도 나오지 않는군."

이렇게 말한 사람은 성주인 히코고로 노부토모이다.

"기린도 늙으면 느린 말과 진배없다는 말이 있습니다."

사카이 다이젠이 맞장구를 쳤다.

"미노의 살무사라 불리는 도산이 우리와의 약속을 깨고 그 멍청이를 순순히 후루와타리로 돌려보내다니."

"그것도 그냥 돌려보낸 것이 아니라, 앞으로 자기가 후원하겠다는 말까지 했으니 이는 분명히 우리에 대한 배신입니다."

토해내듯 하야시 미마사카노카미가 말했다.

"이렇게 된 이상 살무사와 사이가 나쁜 아들인 요시타쓰와 연락해 두지 않으면 도리어 우리가 위험해질 겁니다. 그러나저러나 그 멍청이의 어디가 그토록 뉴도 도산의 마음에 들었는지 모르겠군요."

"그게 바로 늙은 탓이죠. 사람이 나이가 들면 자식에 대한 사랑이 각별해지니까요. 아무튼 뉴도는 몹시 사랑하던 막내딸을 멍청이에게 주었으니 말입니다. 역시 딸에 대한 애정이 사위에게로 옮겨졌다고 보아야겠죠."

사카이 다이젠은 자못 지혜로운 듯이 말을 계속했다.

"아들인 요시타쓰와 손을 잡을 필요도 있으나, 오히려 저는 이 기회에 스루가의 이마가와 요시모토 공에게 기대는 편이 상책이라 생각합니다. 요시모토 공은 틀림없이 상경하려 할 겁니다. 그렇다면 이 오와리는 반드시 지나가야 할 길목이므로 우선 오와리부터 평정하라고 제의하면 두말 않고 힘을 빌려줄 것이 틀림없습니다."

사람은 자신의 성격 여하에 따라 의견도 대번에 변하는 것이다.

노부나가는 어디까지나 남에게 의지하지 않고 독자적으로 행동하는데 반해 이 일파는 노부나가를 제거하기 위해서라면 누구에게 무릎을 꿇어도 좋다고 생각했다.

노부나가의 뜻이 시대를 내다본 데서 오는 독립에 있다면 이 일파의 뜻은 사사로운 원한에 뿌리박고 있기 때문이었다.

"그럼, 일단 쌍방에 모두 밀사를 보내는 것이 어떻겠습니까? 미노의 요시타쓰에게도, 스루가의 이마가와 요시모토 공에게도."

"그래, 그게 좋겠군. 준비는 용의주도하지 않으면 안 돼."

히코고로가 하야시 미마사카노카미의 의견에 찬성하여 일단 매듭지었을 때였다.

"아뢰옵니다."

잘 내다보이도록 되어 있는 마루 끝에서 히코고로의 고쇼가 두 손을 짚었다.

"웬일이냐, 무슨 용무라도 있느냐? 이제 끝났으니 가까이 오너라."

"예."

고쇼는 허리를 구부린 채 발을 끌며 입구까지 와서 말했다.

"모리야마 성에서 사자가 왔습니다. 무언가 중대한 일이 벌어진 듯 가로이신 사카이 다이젠 님이나 성주님께 직접 말씀드리겠다고 합니다."

"그 사자의 이름은?"

다이젠이 옆에서 물었다.

"측근으로 있는 사카이 마고하치로 님이라고 합니다."

"뭣이, 마고하치로가……?"

말하고 나서 다이젠이 모두에게 설명했다.

"사카이 마고하치로는 저의 일족으로, 실은 모리야마 성주 노부미쓰 님의 동정을 살피도록 어릴 적부터 들여보냈던 사람입니다. 그러니 이리 불러도 괜찮다고 생각합니다."

"그런가, 그렇다면 들여보내라. 모리야마 성에 중대한 일이 생겼다니 마음에 걸리는군."

히코고로가 이렇게 말하자 시동은 알았다는 듯이 물러갔다.

"사카이 마고하치로라면 혹시 성주의 부인 가리하와 이상한 소문
이 나도는 사나이가 아닌가?"

이번에는 간주로 노부유키가 불쑥 말했다.

"하하하…… 이 모든 것은 간주로 님을 위해 노부미쓰 님의 속마
음을 탐색하려는 충성심에서 나온 일입니다."

다이젠은 아무렇지도 않다는 듯이 웃으며 말했다.

"안타깝게도 가리하 님은 마고하치로를 잊지 못해 고민하고 있는
듯합니다."

이때 당사자인 마고하치로가 안내되어 왔으므로 모두 입을 다물었
다.

"모리야마에서 온 사자라지, 이리 가까이 오게."

히코고로는 팔걸이에 기댄 채 그를 맞았다.

"무슨 중대한 일이 생긴 모양인데, 여기 있는 사람들은 그대도 알
고 있듯 나와는 절친한 사람들뿐이니 어려워 말고 이 자리에서 말하
게."

"예."

마고하치로는 나뭇잎에서 반사된 햇빛을 받아 희다기보다도 창백
해 보이는 얼굴을 들었다.

"저희 주군이신 오다 마고사부로 노부미쓰 님이 오늘 모리야마 성
에서 추방당했습니다."

"뭣이, 추방…… 누구에게?"

"후루와타리의 노부나가 님으로부터입니다."

"그 멍청이가 그런 소리를 했다는 말인가?"

"예. 오늘 다섯 점 반(9시)쯤 측근인 모리 산자에몬 님 외에 고쇼
두 사람을 데리고 질풍처럼 달려와 이틀 안으로 성을 비워라, 그렇지

않으면 일전을 불사하겠다는 통고를……"

"모두 들었겠지. 드디어 시작했어, 그 멍청이가."

히코고로는 어이가 없다는 듯이, 그러나 약간 즐거운 듯이 희미하게 웃으며 말했다.

"그래서 모리야마 님은 무어라고 대답했나?"

"대신할 토지를 달라고 하셨습니다. 그러자 병약하여 도움이 되지 않아 추방하는 자에게는 한 치의 땅도 주지 못하겠다고 거절했습니다."

"아니, 그걸 묻는 게 아니야. 일전을 불사할 생각인지, 그대로 성을 내줄 생각인지를 묻는 거야."

"일전을 불사하겠다, 그러면 기요스 성에서 후원해 주실 수 있는지 여부를 꼭 알아오라고……"

"잠깐 기다리게. 여러분, 들으셨지요? 모리야마 님은 우리가 도우면 일전을 벌이실 생각인 것 같습니다."

그러자 옆에서 사카이 다이젠이 입을 열었다.

"죄송합니다마는, 그 일은 좀 무모하다고 생각합니다. 어쩌면 노부나가 님이 미노의 뉴도 도산에게 원군을 청해놓고 왔는지도 모릅니다. 이 때문에 갑자기 강력하게 나온 거라면, 우리가 함부로 군사를 동원할 경우 돌이킬 수 없는 사태가 발생할지도 모릅니다."

"으음, 좀 생각해볼 문제로군. 이보게 모리야마의 사자, 지금 당장 싸움을 벌인다는 것은 좀 생각해야 할 일이야. 우리가 후원하지 못하겠다면 그때는 어떻게 하실까?"

"그때는……"

사카이 마고하치로는 붉은 입술을 앞니로 꼭 깨물었다.

"가신들을 거느리고는 유랑도 할 수 없다, 시기를 기다렸다가 원한을 풀 때까지 기요스 님의 옷소매에 매달리겠다. 그대가 가서 잘 부탁하라고 하셨습니다."

"허어, 시기를 기다렸다가 원한을 풀겠다고?"

"예. 가족과 가신을 합치면 모두 사백이십 명 남짓으로 이 인원이 흩어지면 원한을 풀 수 없고 또한 그날부터 잠자리조차 없는 형편인데, 기요스 성에는 부에 님이 계시던 남쪽 성곽이 빈 채로 있을 터이니 그곳을 의지할 수밖에 없으므로 잘 부탁하라고…… 어느 정도 저축해 놓았기 때문에 그 이상의 폐는 끼치지 않겠습니다. 부디 노부미쓰 님의 뜻을 용납하시도록 간곡히 부탁하라는 말씀이었습니다."

"과연 난처한 일이군. 아무튼 상대는 이름난 무법자, 내가 모리야마 님을 돕는다면 당장 무모한 짓을 할지도 모르니 이것 역시 골치 아픈 일이지만 좋아, 마침 이 자리에 스에모리 성의 간주로 님도 오셨으니 잘 상의하여 오늘 밤 안으로 반드시 회답하는 사자를 보내겠네. 그대는 돌아가 모리야마 님에게 그대로 전하게."

"예. 아무쪼록."

"알겠어. 다이젠, 배웅하도록 하라"

"왓핫핫하……"

다이젠과 마고하치로가 일어나 나가자, 히코고로는 그만 배를 움켜쥐고 웃었다.

"그 멍청이가 중립적 위치에 있어서 우리가 가장 우려하던 모리야마 님을 일부러 적으로 만들었군. 간주로 님, 제가 간주로 님의 권고로 모리야마 일행에게 잠시 동안 남쪽 성곽을 빌려주기로 했다…… 고 대답해도 되겠지요? 사오백의 군사는 일단 유사시에 큰 힘이 될 겁니다. 그들을 그냥 뿔뿔이 헤어지게 한다면 아쉽기 짝이 없는 일이지요. 노부나가 그 멍청이는 재미있는 짓을 한다니까, 왓핫핫하……"

    히코고로는 이렇게 말하고 참을 수 없다는 듯이 다시 한 번 불쑥 튀어나온 배를 누르며 웃었다.

지혜로운 자의 계략

기요스의 오다 히코고로 노부토모가 모리야마 성의 오다 마고사부로 노부미쓰에게 사자를 보낸 시간은 그날 밤 넉 점(10시)이 지나서였다.

사자는 기요스의 지혜주머니라 불리는 가로의 우두머리 사카이 다이젠으로, 그는 모리야마 성의 객실에서 노부미쓰의 창백해진 얼굴을 보자 동정을 금할 수 없다는 표정으로 노부미쓰를 위로했다.

"참으로 어처구니없는 분입니다, 노부나가 님은. 혈육인 숙부님을, 그것도 오랫동안 병상에 계신 분을 대체할 토지도 드리지 않고 추방하다니……"

노부미쓰는 대답도 하지 않고 핼쑥해진 얼굴로 다이젠을 바라보았다. 촛불에 비친 얼굴이 고뇌에 찬 귀신을 보는 듯했다.

"두 분은 각별히 친밀한 사이이므로 저도 격의 없이 말씀드리겠습니다. 다행히 오늘 일찍 핀 창포꽃을 보시기 위해 스에모리 성의 간주로 님도 기요스에 오셨다가, 이 무슨 무모한 행동을 하는 형님이냐, 하시면서 잔을 놓고 눈물을 뚝뚝 흘리셨습니다."

노부미쓰도 이 자리에서는 훌륭한 연기자였으나 과연 사카이 다이젠도 놀라운 배우여서 표현과 태도에 한 치의 허점이 없는 사자의 역할을 했다.

"저희 주군도 노부나가 님의 무례에 분개하시고, 간주로 님의 권고를 받아들여 모리야마 님 일가를 남쪽 성곽에 모시기로 결정하셨습니다."

"그런가, 한번 싸워보지도 못하고 이렇게 되다니 안타까운 일이기는 하지만."

"따라서 노부나가 님에게는 되도록 거역하지 마시고 내일 중에라도 신속히 옮기시라는 말씀이 계셨습니다. 저 역시 안도하고 말을 달려 분부를 전하러 왔습니다."

이렇게 말하고 나서 다이젠은 노부미쓰 뒤에 엎드려 있는 사카이 마고하치로에게 말을 걸었다.

"마고하치로 님, 다행한 일이 아니오?"

"예."

사실 마고하치로는 일이 어떻게 될지 걱정하고 있었기 때문에 다시 다다미에 머리를 조아렸다.

"저희 주군께서는 여기서 일전을 벌이지 못해 안타깝다는 말씀만 계속 하십니다마는, 일단은 기요스 성주님의 후의에 의지했다가 시기를 기다리는 것이 상책이라고 가신 일동이 주군에게 진언하던 참입니다."

"그러실 테지요. 그러면 모리야마 성주님, 저는 지금부터 남쪽 성곽으로 모실 절차를 마고하치로 님과 자세히 상의하고 돌아갈 터이니, 성주님은 건강을 생각하셔서 곧 침소에 들도록 하십시오."

"그런가. 그럼, 일전을 벌이려던 생각은 거둘 수밖에 없겠군……"

노부미쓰가 자못 안타깝다는 표정으로 자기 방으로 돌아가자, 기요스 제일의 지혜주머니인 사카이 다이젠의 태도가 돌변했다.

"마고하치로, 불똥을 자르고 좀더 불을 밝히도록. 아무도 듣는 사람이 없겠지. 일단 옆방을 살펴보도록 하게."

"예. 아무도 없습니다."

"좋아, 그럼 여기 앉게. 자네와 가리하 부인 사이의 일을 노부미쓰 님은 깨닫지 못했겠지?"

"예…… 예. 그 일에 대해서는 부인에게도 특히 주의하시라고……"

"그렇다면 좋아. 그리고 지시했던 대로 후루와타리 성에 있는 이와무로 님에게 종종 부인을 보내는 일은 계속 하고 있겠지?"

"그 일도 지시하신 대로 하고 있습니다."

"그런가……"

기요스 제일의 지혜주머니는 크게 고개를 끄덕이고 다시 한 번 주위를 둘러보면서 목소리를 낮추었다.

"인간이란 야심과 색정에는 약하기 마련이어서 지금 기요스의 주군은 오기가 발동했어. 하다못해 사흘 동안만이라도 이와무로 님을 옆에 두지 않으면 무사의 체면이 말이 아니라고. 흐흐흐흐."

"하지만, 가로님."

마고하치로는 겁을 먹은 듯이 한발 다가앉았다.

"우리 성주님이 후루와타리의 노부나가 님에게 추방되어 기요스의 식객이 되신다면 가리하 부인을 이와무로 님에게 보낼 수는 없지 않겠습니까?"

"하하하…… 염려 말게. 거리낌 없이 보내도 되네."

다이젠은 자신만만하게 흰 부채로 가슴을 두드렸다.

"노부나가 님에게 맞서 일전을 벌일 생각이라면 몰라도, 나가라는 말에 순순히 성을 나서는 거야. 이쪽에서는 전혀 다른 마음이 없음을 알리기 위해서라도 지금처럼 계속 찾아가도록 하는 것이 좋아."

"그러나……"

마고하치로는 여전히 불안했다.

그가 두려워하는 점은 가리하 부인의 입이 가볍다는 것이었다.

어렸을 적 친구라 하여 안심하고, 자기와의 간통 사실을 이와무로 부인에게 고백한다면 이와무로 부인의 입에서 노부나가에게, 다시 주군인 노부미쓰의 귀에 들어가는 날에는 당장 간부姦夫의 목은 날아간다. 마고하치로는 되도록 가리하 부인을 이와무로 님과 만나게 하고 싶지 않았다.

"그러나 어떻다는 말인가, 마고하치로? 설마 그대는 나와의 약속을 잊지는 않았을 테지."

"아니, 결코 잊지 않았습니다마는……"

"잊지 않았다면 이제 와서 망설일 것 없지 않은가? 알겠나, 이 다이젠이 기다리고 기다리던 기회가 드디어 도래했어. 노부나가 녀석과 나의 지혜를 겨룰 때가 온 거야. 하하하…… 마고하치로, 좀더 이리 가까이 오게. 자네한테만은 나의 비책을 말해주겠어."

다이젠은 이렇게 말하고 다시 한 번 날카로운 눈으로 주위를 둘러보았다.

꿈에 매달리는 자

사실 지금에 와서 사카이 다이젠은 기요스의 오다 히코고로 노부토모를 끝까지 섬길 생각은 없었다.

이유는 여러 가지다. 히코고로가 주군으로 섬기기에는 기량이 좀 모자른 탓도 있으나, 실은 그 자신이 미노의 살무사처럼 천성적으로 음모를 즐기기 때문이기도 했으며, 그 밖에 최근 이마가와 요시모토로부터 밀사가 온 것도 직접적인 원인이 되었다.

대관절 누가 오다 일족의 내분을 자세히 알려 주었는지는 알 수 없으나, 이마가와 요시모토는 간주로 노부유키와 노부나가의 불화를 위시하여 이누야마 성의 사정도, 기요스의 사정도 손바닥 들여다보듯 알고 있었다. 그리고 지금 오다 일족을 파멸할 계책을 세운다면 자신은 필요에 따라 언제든지 대군을 보내 후원할 뿐만 아니라, 사카이 다이젠에게 오와리 지역을 주어 다이묘로 삼겠노라고 했던 것이다.

"알겠지만 이 말을 입 밖에 내면 안 돼. 나는 우선 간주로 님에게 이누야마와 기요스와 모리야마의 군사를 모아 거사하여 노부나가를 제거하게 한 뒤, 곧바로 이마가와 군을 끌어들여 그들과 힘을 합쳐 일거에 잔당을 소탕할 생각이야. 그렇게 되면 자네에게도 반드시 성 하나를 줄 테니 마음에 담아두도록 하게."

다이젠의 말을 들은 마고하치로의 눈에 점점 야릇한 빛이 감돌기 시작했다.

당연한 일이었다. 지금까지는 노부미쓰의 측근에 있으면서 불안한 가운데 남의 시선을 피해가며 위태롭게 사랑의 다리를 건너고 있었을 뿐이며, 건넌다 해도 아무런 희망이 없었다.

'발각되면 목이 달아난다……'

이렇게 생각하며 끊임없이 노부미쓰의 기색을 살폈다. 그러니 사랑이 그대로 지옥이었다.

"그러면…… 대망을 위해서라도 가리하 부인을 이와무로 님에게 가시도록 해야겠군요."

"당연하지."

다이젠은 천천히 고개를 끄덕였다.

"이 중요한 거사 준비가 끝날 때까지 히코고로 님을 잘 조종하지 않으면 안 돼. 정욕에 대한 집념 때문에 노부나가가 눈치를 채게 만드는 경솔한 짓을 하면 큰일이야. 그러므로 종종 가리하 부인을 이와무로 님에게 보내게. 상대가 무슨 말을 하건 히코고로 님에게는 가리하 부인이 열심히 이와무로 님을 설득하고 있다, 이와무로 님도 차차 마음이 움직이기 시작하니 절대 서두르지 말라고 전하는 거야. 귀찮은 아이 달래듯이 말이야."

"알겠습니다."

"오래지 않아 모든 꿈이 이루어질 거야, 마고하치로. 뜻하지 않은 원군이 기요스에 오게 되었어. 이를 계기로 모두가 거사할 각오를 하지. 늦어도 8개월, 빠르면 반 년이야. 그동안에 이 다이젠은 먼저 노부나가의 목을 베고, 그 다음에는 스에모리와 기요스를……"

말하다 말고 다이젠은 히죽 웃었다.

"다음에는 말이지, 빠르면 내년 정월쯤 자네도 한 성의 주인이 되어 가신들로부터 신년 축하를 받을 수 있을 거야. 곧 기요스 성으로 옮겨야 하니 준비를 단단히 하고 가리하 부인과의 일도 주의하도록."

"예…… 예"

"여자에게 늘 비위만 맞추려 하지 말고 때로는 강하게 대해야 하는 거야."

"그것은 저도……"

"그래, 그 일에는 자네가 더 능란한 것 같아. 자네를 바라보는 부인의 눈이 오늘 저녁에도 미칠 듯이 불타고 있었어. 그러나 거듭 말하지만 성급한 노부나가가 눈치 채게 해서는 안 돼. 머지않아 자네가 독차지할 테니까. 그날을 생각해서라도 방심하지 말게."

기요스 제일의 지혜주머니는 또한 교묘한 선동가이기도 했다.

다이젠은 일족의 말단에 있는 사카이 마고하치로가 완전히 색정과 야망의 포로가 될 것임을 간파하고 자리를 떴다.

"기요스의 성주는 자신이 파멸한다는 사실도 모르고 잠도 자지 않은 채 나를 기다리고 있겠지. 세상 일이란 정말 재미있어. 그럼, 노부나가를 제거할 때까지, 알겠나?"

"예…… 예. 가슴 깊이 새기겠습니다."

마고하치로는 얼른 다이젠을 현관까지 나가 배웅했다. 말에 오른

주종 열두 명 등의 다이젠 일행이 초롱을 밝히고 성문을 나서자 종종 걸음으로 창고를 향해 걸음을 옮겼다.

내일 성에서 나가기로 결정된 노부미쓰의 소지품을 조금이라도 정리해놓아야 한다고 생각했기 때문이었다.

사랑에 모든 것을

노부미쓰는 이미 잠든 모양이다.

객실을 정리하던 시동들도 침소 옆방으로 물러가 성안은 조용한 가운데 으스스하기만 하다.

이미 시각은 이럭저럭 아홉 점(12시)쯤 되었을 것이다.

노부미쓰의 고소데小袖(통소매의 평상복)와 가타기누와 하카마 등을 비롯하여 인롱印籠, 문갑 등을 차례로 정리해서 나가모치°에 넣고 잠자리에 들 생각으로 부지런히 손을 놀리던 마고하치로는 계속 마음이 떨렸다.

지금까지 기요스의 충신이라 여기던 일족의 어른인 사카이 다이젠에게 뜻밖에도 음모에 대한 이야기를 들었기 때문이다.

'우선 노부나가를 제거하고 나서 스에모리 성의 간주로와 기요스의 히코고로, 그리고 이누야마 성의 노부키요와 주군인 노부미쓰까지……'

과연 가이도海道° 제일의 다이묘인 이마가와 요시모토가 뒷받침을 한다면 그것은 결코 꿈이 아닐 것이다.

"대관절 다이젠 님은 이 마고하치로에게 어느 성을 맡길까?"

그 성에서 성주의 아내가 된 가리하와…… 생각만 해도 전신이 무섭게 달아오른다.

부스럭부스럭 어디서 묘한 소리가 났다.

"아니, 쥐라면 이렇게 큰 소리가 나지는 않을 텐데……"

이따금 돌아보았으나 어디에도 아무 이상이 없었다.

그러자 이번에는 '흐흐흐……' 하는 숨죽인 소리까지 들렸다.

"아, 마님……"

마고하치로는 깜짝 놀라 입구로 달려갔다. 이곳은 가리하 부인의 거실보다도 훨씬 더 노부미쓰의 침소와 가깝다.

이곳까지 찾아오다니 혹시 노부미쓰가 잠에서 깨면 어쩌려는 걸까?

"저어……"

마고하치로는 가만히 입구의 문을 열고 속삭였다.

"안 됩니다. 희롱을 해도 좋을 때가 아닙니다."

작은 소리로 말하고 밖을 내다보았으나 역시 조용하기만 한 심야일 뿐이었다.

"정말 이상하다…… 분명히 웃음소리가 들렸는데."

다시 조용히 문을 닫고 돌아오자 이번에도 '흐흐흐흐' 하고 아까보다 더 크게 웃는 소리가 들렸다.

"아……"

마고하치로는 웃음소리가 뒤쪽 복도의 입구에 놓인 큰 나가모치

속에서 들린다는 것을 깨달았다. 얼른 달려가 뚜껑을 열었더니 갑자기 웃음소리가 커졌다.

"호호호호…… 바보 같은 마고하치로."

둥근 초롱 불빛 속에서 흰 잠옷에 빨간 허리띠를 맨 여자의 모습이 나타났다.

"내가 아까부터 여기 숨어 있는 줄도 모르고 혼자 중얼거리고 고개를 흔들고, 대관절 무슨 생각을 하고 있었어?"

"모, 목소리가 너무 큽니다."

"걱정하지 않아도 돼. 문에서 주군의 침소까지는 칸막이가 네 군데나 있어. 낮에 시녀더러 여기서 소리를 내게 하고 들리는지 시험해 보았어."

"그렇더라도 여기는 아직……"

"괜찮아. 나는 얼마나 기다렸는지 몰라. 어서 안아줘, 죄 많은 이 몸을."

이렇게 말하고 스물넷의 불타는 가슴을 마고하치로에게 안겨왔다.

"마고하치로, 나는 죄 많은 여자가 되기로 단단히 각오했어."

"부인, 목소리가 너무 큽니다."

"목소리가 커서 만약 주군의 귀에 들어간다면 그때는 우리 둘의 목이 잘리면 그만…… 남자들은 싸움과 야심에 목숨을 거는데, 여자가 사랑에 목숨을 건다고 해서 나쁠 것은 없어."

"그렇더라도 일부러 위험한 다리를 건널 필요는……"

"아니…… 아니, 그렇지 않아."

가리하는 더욱 힘을 주어 마고하치로를 끌어안았다.

"사랑에 살고 사랑에 죽는 것이 여자의 소망이야. 오늘도 후루와타리의 이와무로 님을 찾아가 진지하게 이야기를 나누었어. 이와무로 님은 노부나가 님에게 목숨을 바칠 모양이야."

"예? 노부나가 님에게……"

"그렇다니까."

가리하는 꿈을 꾸듯이 말했다.

"기요스 성주 이야기는 들으려고도 하지 않았어. 무슨 인연으로 노부나가 님의 동생을 낳았는지 모르겠다며 한탄하더군. 세상이 무어라 하건 노부나가 님에게 매달려 뜻을 이루겠다…… 그 때문에 노히메 마님에게 심한 보복을 당하는 것쯤은 각오하고 있다면서 울었어. 가엾게도 이와무로 님은 아직 노부나가 님의 사랑을 받지 못해 몹시 괴로워했어…… 하지만 나는 이렇게 남의 눈을 속여가며 그대와 즐기고 있어. 자, 좀더 꼭 껴안아줘. 마고히치로, 둘이서 지옥으로…… 지옥에서 맺어지는 달콤한 책고責苦로……"

가리하는 노히메나 이와무로와는 전혀 다른 유형의 여자였다.

아니, 이지理智에 앞서 금단의 열매를 먹는다면 대부분의 여자가 이렇게 되는지는 알 수 없으나, 어쨌든 가리하는 그때그때의 밀회에 목숨을 거는 여자였다.

스물여섯 살의 마고하치로는 여자의 격한 정열에 압도되어 잠시 자신을 잊고 있었다.

음탕한 여자

"그대들은 거기서 무얼 하고 있느냐?"

덜컥 문이 열리고 촛대를 든 노부미쓰의 얼굴이 떠올랐을 때 마고하치로는 눈앞이 캄캄해졌다.

"옛."

얼른 뒤로 물러나 다다미에 넙죽 엎드리니 노부미쓰도 가리하도 볼 수 없었다.

주군의 눈을 피해가며 거듭해 온 불의. 오늘 드디어 단죄를 받을 때가 온 것이다……

'한 성의 주인이 될 꿈을 꾸다가 결국 여기서 목이 달아나게 되는구나……'

그런데 이상하게 원통하지도 안타깝지도 않았다.

노부미쓰와 노부나가가 손을 잡게 될까 두려워 동정을 살피려고 모리야마 성에 잠입한 마고하치로였으나 노부미쓰가 격렬하기는 해도 인정이 두터운 것에 감동하여 어느 틈에 마음으로부터 존경하게 되었다.

그 마음은 가리하 부인과 이런 사이가 된 뒤부터 이상하게도 한층 더 이상한 형태로 증폭되었다. 불의를 저지르고 있다는 자격지심이 병든 노부미쓰의 불행에 죄책감과 동정을 불러일으키곤 했다.

'나는 주군을 위해 죽어도 좋다……'

때때로 이런 생각까지 들었으나 그만 오늘과 같은 결과를 낳게 되었다.

혹시 여기서 자기가 먼저 칼을 들면 노부미쓰를 죽이고 도망칠 수 있을지도 모른다.

하지만 마고하치로에게는 그럴 마음이 없었다. 아마도 그는 선인인가보다. 지금도 싸늘한 칼날이 목으로 날아오리라 생각하면서도 다다미에 납작 엎드려 움직이지 않는다.

"한밤이 가까워졌는데 도대체 여기서 무얼 하고 있었느냐?"

노부미쓰가 다시 한 번 꺼림칙하다는 듯이 물었다.

"주군!"

느닷없이 마고하치로의 뒤에서 울먹이며 호소하는 듯한 가리하의 목소리가 들렸다.

"마고하치로는 무엄합니다. 마고하치로가 저를 무섭게 꾸짖으며……"

마고하치로는 뜻밖의 말에 자기 귀를 의심했다. 아양을 떠는 가리하의 말에는 전혀 공포감이 없다.

'도대체 이게 어떻게 된 일일까?'

이런 생각을 했을 때 가리하는 별안간 촛대를 든 남편의 가슴에 몸을 던졌다.

"저는 벌써 한 달이 넘게 주군을 가까이 모시지 못했어요. 듣자 하니 이 성에서도 하루 이틀 안으로 떠나신다면서요? 이 성은 저로서는 처음 주군과 인연을 맺은 잊지 못할 장소, 그러므로 주군 곁에 가서 이런저런 이야기를 나누려고 여기까지 오자……"

"여기까지 오자 어떻게 되었다는 말인가?"

"마고하치로가 주군의 침소에 가지 못하게 했습니다."

"마고하치로, 사실이냐?"

"예…… 예."

마고하치로는 무어라 대답해야 할지 몰라 다시 한 번 머리를 조아렸다. 전신에 진땀이 흐르고 머리끝까지 떨려왔다.

"주군!"

가리하의 목소리는 달콤하게 녹아들 듯 한층 더 교태를 더했다.

"마고하치로를 꾸짖어주십시오! 마고하치로는 주군의 건강에 해롭다며 저더러 방으로 돌아가 혼자 자라며 마치 자기가 주군이나 부모라도 되는 듯한 말투였습니다. 그러나 저는 그렇지 않다, 주군께서는 이미 쾌차하셨다고 언성을 높였지만 막무가내였습니다."

이 말을 듣고 마고하치로는 아연실색했다.

이것이 과연 '여자는 죄가 많은……' 하고 계속 입버릇처럼 말하며 자기 가슴에 매달리던, 세상 일에 어두운 여자의 말일까.

"그런가?"

노부미쓰는 가리하의 교태에 속아 한 손을 그녀의 어깨에 얹은 채 마고하치로에게 시선을 돌렸다.

"마고하치로."

"예."

"그대는 이 노부미쓰의 건강을 염려해서 그랬겠지만, 부부간의 일까지 개입하는 건 지나치다고 생각지 않느냐?"

"예, 황송합니다."

"그것 봐, 마고하치로. 주군도 이처럼 나를 기다리고 계셨어. 주군, 제가 침소로 모시겠어요."

가리하는 여봐란듯이 말하고 한층 더 매달린 팔에 힘을 가한다.

"마고하치로. 앞으로는 주의하거라. 심야에 이런 장소에서 다투다가 혹시 다른 사람의 눈에 띄어 가리하가 공연한 의심을 받으면 어떻게 하겠느냐. 충성이 지나치면 폐가 될 수도 있다. 그러나…… 모두다 내 몸을 생각하는 우직한 그대의 충성심에서 나온 일이니 오늘 밤에는 꾸짖지 않겠다. 기요스에 가면 남의 성이므로 앞으로 각별히 조심해야 한다."

이렇게 말한 뒤 그대로 가리하를 안듯이 하고 자기 침소로 돌아갔다.

발소리가 멀어질 때까지 마고하치로는 깊이 머리를 조아린 채 움직이지 않았다.

너무도 엄청난 가리하의 거짓말. 그녀의 거짓말이 아니었다면 마고하치로의 목은 제대로 붙어 있지 않았으리라.

그런데도 마고하치로는 목숨을 건져 기쁘다는 생각보다도 부인의 정체를 알았다는 서글픔에 사로잡혔다.

'가리하 부인은 늘 내게 악담만 하던 주군에게 항상 그렇게 교태를 부렸던 것일까?'

그렇지 않다면 주군이 그토록 쉽게 가리하의 거짓말을 믿었을 리가 없다. 노부미쓰는 나름대로 가리하가 의지하는 남자는 자기뿐이라며 확신하고 있다. 그렇게 확신하는 건 부인이 노부미쓰에게 교태를 부린다는 증거였다.

'음탕한 여자……'

마고하치로는 갑자기 안색을 바꾸고 일어났다.

아내를 도둑맞은 노부미쓰가 아내를 완전히 믿고 있는데도 그녀의 마음을 훔친 마고하치로는 질투의 화신이 되어 있었다.

마고하치로는 가만히 문을 열고 고양이처럼 발소리를 죽여 노부미쓰의 침소로 다가갔다. 가리하가 어떤 감언으로 노부미쓰를 대하는지 알고 싶어서……

남자들이 야심을 달성하기 위해 어떤 거짓말을 하는지 반성해본다면 사랑이 생명인 여자의 수법도 이해가 되겠지만, 오늘 밤의 마고하치로는 여기까지 생각할 여유가 없었다.

마고하치로는 온 신경을 귀에 집중하고 미닫이 옆으로 기어갔다.

둘째 성 출입

    노부나가는 활짝 열어젖힌 사랑방에 앉아 모리 산자에몬의 보고에 가만히 귀를 기울였다.

    "모리야마 성에서는 먼저 사카이 마고하치로가 기요스에 사자로 갔습니다."

    "아, 그랬을 테지."

    "그러자 이번에는 기요스에서 사카이 다이젠이 모리야마에 가서 모든 것을 결정한 모양입니다."

    "으음."

    "이튿날 즉시 노부미쓰 님은 여자들을 모두 데리고 성에서 나와 기요스의 남쪽 성곽으로 들어갔습니다. 표면적으로는 주군의 분부를 거역할 생각이 없는 듯하나, 옮기는 동시에 간주로 님을 위시하여 시바타와 하야시 등이 모두 노부미쓰 님 앞에 모여 무언가 밀담을 나눈 흔적이 보이므로 방심해서는 안 될 겁니다."

노부나가는 대답하지 않고 말을 돌렸다.

"산자에몬, 그대는 숙부의 부인 가리하의 행실에 대해 듣지 못했나?"

"아, 그 일이라면 약간……"

"누구에게 들었는지 말해보라."

"예. 성을 접수하기 위해 모리야마에 갔을 때, 노부미쓰 님의 가로인 가도다 이와미角田石見 님이 성을 인도하기 위해 남았다가 이상한 말을 했습니다."

"이와미가 무어라 하던가?"

"우리 주군은 기량은 뛰어나시지만 좀 답답하신 분이다. 그래서 노부나가 님에게 성을 빼앗겼다고."

"허어, 묘한 말을 했군."

"예. 그래서 그 말만으로는 알 수 없으므로 어째서 그러냐고 물었더니, 부인을 도둑맞고도 모르고 계신다, 아니 모르시는 것만이 아니라 주군 침소에까지 수고양이처럼 숨어든 수상한 놈을 발견하시고도 자신의 건강을 우려하여 숙직을 하고 있었다며 눈물을 흘리고 상을 주셨다, 간부姦夫에게 상을 준 남편은 일본 전체를 찾아보아도 없을 것이다, 그러한 주군이므로 성을 빼앗긴 거라고 불쾌한 낯을 지었습니다."

"핫핫하, 그거 재미있군. 으음, 간부에게 상을 주었다는 말이지."

"주군! 주군은 이 일을 알고 계셨습니까?"

"아니, 몰랐어. 몰랐지만 그런 답답한 성주였기에 기요스가 내 손에 들어온 거야. 참, 그리고 내년에는 이 후루와타리에서 기요스 성으로 옮길 생각이야. 오와리 전체를 지배하려면 기요스 성이 필요해. 내가 한 말을 숨길 필요는 없어. 어디 가서든 말해도 좋아."

"황송합니다마는, 그런 말을 하시면 상대는 점점 더 반의叛意를 굳힐 텐데……"

"산자에몬."

"예."

"그렇지 않으면 반의를 버릴 사나이냐, 히코고로가?"

"그야 물론……"

"그럴 테지. 걱정할 것 없어. 성을 이미 손에 넣었으니 내년 봄에 옮길 거라고 소문을 퍼뜨리게."

노부나가는 이렇게 말하고 벌떡 일어나 기지개를 폈다.

"그럼, 둘째 성으로 이와무로 부인과 마타주로를 만나러 갈까."

모리 산자에몬은 씁쓸한 얼굴을 하고 아무 말도 하지 않았다.

매일 실시하는 맹훈련에 대해서는 마음으로부터 고개를 숙이는 그였으나 이와무로 부인을 방문하는 일만은 곤란하다고 생각했다.

어쨌거나 아버지인 노부히데가 살아 있을 때부터 노부나가가 연문을 보냈다는 소문이 난 이와무로 부인이다. 아버지의 애첩이었던 이와무로 부인의 거처에 아들인 노부나가가 출입한다는 것은 세상의 상식과 너무 동떨어진 행동이다.

더구나 둘째 성으로의 출입을 부인인 노히메가 막기는커녕 "천천히 계시다 오세요"하고 웃으면서 보내주기 때문에, 주군도 주군이지만 마님도 특이한 분이라고 노인들은 이맛살을 찌푸리고 비난하고 있다. 더구나 산자에몬이 간언한다고 해서 귀를 기울일 노부나가가 아니었다.

"으음, 간부에게 상을 내렸단 말이지. 과연 숙부님다워, 다시 봐야겠어. 핫핫핫하……"

노부나가는 당황하며 일어나는 마에다 이누치요에게 때려부술 듯한 목소리로 말했다.

"따라올 것 없다."

그러고는 그대로 복도로 나왔다.

조금 전까지만 해도 촉촉이 내리는 초여름의 비가 대지를 적시며 연못가의 창포꽃 봉오리에 떨어지고 있었으나 지금은 그친 모양이었다.

'그랬구나, 숙부님이……'

복도 끝에서 나막신을 신고 밖으로 나온 노부나가는 일부러 허리를 굽혀 짙은 보랏빛 꽃이 벌어지려 하는 창포꽃 봉오리 하나를 가지째 꺾어 들고 둘째 성으로 향했다.

복장도 머리 모양도 바꾸었으나 여전히 바깥 현관으로는 출입하지 않았다. 둘째 성의 중문으로 들어서자 태연하게 이와무로 부인의 거실과 이어진 정원을 나막신 소리를 내고 걸으면서 몇 번이나 혼자 웃었다.

성질이 급하고 신경이 날카로운 노부미쓰 숙부가 가리하의 불의를 모를 리 없다. 알면서도 분노를 참고 간부인 마고하치로에게 상을 내렸다면 그 다음 이야기는 들을 필요도 없다.

아마도 노부미쓰는 마고하치로가 기요스의 첩자라는 사실을 알고, 어디까지나 조심하면서 아무것도 모르는 어리석은 사람인 체 꾸미고 기요스 성에 들어가려는 것이 분명하다.

'그런 뒤에는 어떠한 계략으로 기요스 성을……'

하고 생각하자 저절로 웃음이 치밀었다.

그리고 노부나가가 내년 봄에 기요스로 옮기겠다고 한 호언장담이 히코고로의 귀에 들어가면, 히코고로는 더욱 초조하여 노부미쓰와 손을 잡을 것이 틀림없다.

"어머, 노부나가 님은 혼자서 무엇을 즐기시나요?"

정원을 돌아오는 노부나가의 모습을 발견하고 마루에 있던 이와무로 부인은 소녀처럼 빨갛게 얼굴을 물들이면서 말을 걸었다.

"이와무로 님, 마타주로도 잘 있겠죠?"

"예…… 예. 원 이런, 창포꽃 봉오리가 벌써 이렇게 커졌군요."

온몸으로 넘칠 듯한 애교를 떨면서 노부나가의 손을 바라보는 이와무로 부인에게 노부나가는 천연덕스러운 표정으로 창포꽃을 건넸다.

"그야 꽃도 제철이 되면 요염해지기 마련이오…… 또 4반각쯤 방해를 해야겠소."

"예, 좋아요. 그러나저러나 주군은 말씀이 험하십니다."

이와무로 부인은 얼른 마루에 방석을 깔고, 타오르는 듯한 눈으로 노부나가를 바라보며 가까이 앉아 창포꽃에 볼을 비벼댔다.

"어머, 이 짙은 보랏빛이 너무 가련해 보여요."

그 다소곳한 모습을 보고 있으려니, 가리하가 마고하치로에게 했다는 말이 전혀 근거 없는 말은 아니었던 모양이다. '목숨을 걸고 노부나가 님을 설득하겠다……' 라고 한 말이……

"노부나가 님."

"예……"

"노부나가 님은…… 오래 전에 제게 연문을 보내셨어요……"

"그렇소, 오야지를 비아냥거리려고……"

"그때 저는 그저 노부나가 님이 무섭기만 하여……"

"지금은 더 무서운 사나이가 됐소. 조심해야 할 거요."

"어머, 또 그런 말씀을…… 지금은 조금도 무섭지 않아요. 노부나가 님의 마음속에 깊이 숨겨져 있는 인정…… 이제는 저도 잘 알고 있어요."

"그래서?"

"노부나가 님, 최근에 저를 자주 찾아주시는데 혹시……"

말하다 말고 빨갛게 얼굴을 붉혔다.

"그 응석으로 이번에는 제가 연문을 보낸다면 어떻게 하시겠어
요?"

이와무로 부인은 용기를 내어 말하고 있다는 듯 노부나가의 옆얼
굴을 똑바로 바라봤다.

노부나가는 천천히 오른쪽 콧구멍에 집게손가락을 쑤셔넣었다.

"좋소, 그럼 연문을 기요스의 성문 앞에 떨어뜨리고 올까요?"

"어머…… 히코고로 님은 싫어요."

"그럼, 히코고로가 싫어 날 좋아하는 거라고 세상에 알리면 재미
있을 텐데."

이 말에 이와무로 부인은 깜짝 놀랐는지 입을 다물었다.

노부나가는 일부러 손끝으로 코딱지를 뭉쳤다.

"사랑은 맹목이란 말도 있소. 그럼, 어디 연적인 히코고로 녀석의
숨통이라도 끊어놓을까요?"

"노부나가 님!"

"예……"

"노부나가 님은 저를 희롱하러 오셨나요?"

"그렇게 보이나요, 이와무로 님에게는?"

이와무로 부인은 안타깝다는 듯 시선을 돌렸다.

"저는 역시 마타주로를 낳은 어미라는 말씀인가요?"

노부나가는 대답 대신 비가 갠 하늘을 쳐다보며 이번에는 무심히
왼쪽 콧구멍을 후비기 시작했다.

"왜 말씀이 없지요? 역시 저를 희롱하러 오셨군요."

"이와무로 님."

"예."

"이 노부나가는 태어나면서부터 비뚤어진 사람이오."

"무슨 말씀입니까?"

"나는 남이 하는 대로는 절대로 하지 않소. 좋아하는 여자에게 좋아한다고도 하지 않고, 울고 싶을 때도 눈물을 흘리지 않아요. 기쁠 때도 즐거워하지 않고 실의에 빠졌을 때도 탄식하지 않소."

"어머……"

"인생의 모든 면에서 남의 의표를 찌르는 사람이 바로 나요, 알겠소? 그리고 또 하나, 마음으로 맹세한 것이 있소. 오십 년이라는 인간의 수명을 다하기는 바라지 않으나, 오로지 이 난세를 종식시킬 수 있는 길을 열었으면 하는 바람이 있다오."

"난세를 종식시킬 수 있는 길을?"

"그렇소. 많은 여자가 안심하고 즐겁게 살 수 있는 새로운 세상의 기틀을 마련하고 싶소."

이와무로 부인은 노부나가의 뜻하지 않은 진지한 말을 듣고 저도 모르게 자세를 바로 했다.

"좋아하는 여자에게 좋아한다고도 하지 않고……"

"이것이 마음의 소원, 만약 내가 소원에 어긋나는 일을 한다면, 노부나가는 하찮은 녀석이라고 비웃어도 좋소."

"어머……"

이와무로 부인은 눈을 크게 뜬 채 잠시 동안 노부나가를 꼼짝 않고 응시했다.

노부나가는 빙긋이 웃고 화제를 바꿨다.

"이 후루와타리 성에서 지내는 것도 금년이 마지막, 이와무로 님도 함께 옮기겠소?"

"저어…… 어느 성으로 옮기시는데요?"

"기요스."

이렇게 대답하고 노부나가는 다시 시치미를 떼는 표정으로 돌아왔다.

"히코고로 녀석이 내게 맞서려고 하여 부득이 공격해서 그리로 옮기려 하는데, 이와무로 님은 기요스를 싫어하니 옮긴 뒤에는 만날 수 없을 것 같아 이렇게 종종 얼굴을 보기 위해 찾아오는 거라오."

"그럼, 기요스의 히코고로 님을?"

"그 전에 이마가와 군과 일전을 벌이게 될 것이오. 이마가와 요시모토가 미카와의 오가와 성緒川城을 공격하고 있으니까. 오가와 성에서 농성 중인 미즈노 노부모토水野信元를 도와준 후 즉시 기요스를 공격할 거요."

노부나가는 이 엄청난 일들이 마치 아무렇지도 않다는 듯이 말했다.

"아 참."

노부나가는 갑자기 생각났다는 듯이 이와무로 부인을 바라봤다.

"기요스 성에는 부인의 어릴 적 친구인 가리하 님도 있을 텐데요."

"예. 모리야마 님과 같이 기요스의 식객이 되었다는 말을 들었어요."

"그렇다면 은밀히 귀띔을 해주는 것이 좋겠소. 오가와 전투가 끝나면 내가 곧 기요스로 쳐들어가겠노라고. 무언가 마음의 준비를 해야 할 테니까."

"예…… 예."

"원 이런, 이야기에 정신이 팔려 너무 늦어졌군."

노부나가는 오늘도 역시 무엇 때문에 왔는지 큰 수수께끼를 남긴 채 일어났다.

"잘 계시오, 또 오겠소. 마타주로를 찬 데서 재우지 마시오."

이와무로 부인은 마루에 서서 노부나가의 뒷모습을 황홀한 듯 언제까지나 바라보고 있었다.

책략 겨루기

노부나가는 그 뒤에도 계속 이와무로 부인의 거처를 찾았다.

이것이 연정 때문이 아니란 사실을 깨달은 이와무로 부인은 여간 슬프지 않았으나, 세상의 소문은 그 반대였다.

"드디어 노부나가 님이 이와무로 부인에게 손을 댄 모양이야."

"세상에 널린 것이 여자인데 정말 난처한 사람이라니까."

"그 소문을 듣고 기요스 성주가 격노했다니 이제 충돌은 피할 수 없게 됐어."

"색정에 못 이겨 싸움을 한단 말인가."

"아무튼 이 세상은 색色과 욕심의 무대야. 더구나 기요스 성주는 그 때문에 옛 주군인 시바 부에 님까지 죽인 사람이니까."

세상의 관심이 차차 노부나가와 이와무로 부인에게 집중되고 있는 이 해 초가을, 후루와타리 성에서 나온 약 이천 명의 노부나가 군은 전과 다름없이 어마어마한 창부대를 선두로 하여 아쓰타를 향해 행진하고 있었다.

미카와와 오와리의 접경에 가까운 오가와 성의 태수 미즈노 시모쓰케노카미 노부모토를 구원하기 위한 출진으로, 진두에는 노부나가가 잿빛 돈점박이 애마에 올라 당당한 모습을 과시하고 있었다.

아쓰타에서 육로와 수로의 두 부대로 나뉘어 미카와로 들어가 파죽지세로 오가와 성 전면에서 이마가와 군을 격퇴하려는 것이다.

"지난번에는 안조 성에서 노부히로 님이 포로로 잡혀 오카자키의 마쓰다이라 다케치요 님과 인질 교환으로 겨우 생명을 구했는데, 이번에는 이길 수 있을지……"

"이번에는 이길 거야. 오다 군은 그 뒤로 맹훈련을 계속했으니까, 그리고 미즈노 시모쓰케노카미의 군사도 아주 강하다니까……"

사람들이 질서 정연하게 아쓰타로 향하는 오다 군을 바라보고 있는 바로 그 시각에, 후루와타리 성의 진두에 서 있는 또 한 사람의 노부나가는 느긋한 얼굴로 노히메와 이야기를 나누고 있었다.

"미카와의 싸움은 마고쥬로 님만으로도 충분할까요?"

"암, 이마가와 군은 이미 우리 원군이 출발했다는 사실을 알면 포위를 풀고 철수할 생각을 할 테니 걱정할 것 없어."

"그러나저러나 마고주로 님을 대신 보내고 주군은 이곳에 남으시다니 대관절 무엇을 하시렵니까?"

"나 말인가? 나는 그대를 지키고 있겠어. 숙부는 너무 방심한 나머지 그만 부인을 가신에게 도둑맞고 말았어. 그대도 결코 안심할 수 없는 여자니까."

"어머, 농담을 할 때가 아니에요."

노히메는 웃으면서 남편을 노려보았다.

"혹시 출진하신 틈에 미노의 아버지가 공격해올지 몰라 경계하시는 건?"

"핫핫하…… 무슨 일이 일어날지 묵묵히 지켜보기나 해. 나는 지금 오가와에 가 있는 거야. 잠시 남의 눈에 띄지 않게 여기 누워서 결과를 기다리겠어."

이렇게 말하고 오랜만에 자리에 벌렁 드러누워 "베개"하고 능청을 떨었다.

출진 부대의 진두에 선 또 다른 노부나가는 다름 아닌 모리야마 성에 들어간 동생 마고주로 노부쓰구였다.

그리고……

같은 시각 기요스에서는 성에서 제일가는 지혜주머니인 사카이 다이젠이 남쪽 성곽에서 온 마고하치로에게 여전히 침착하고 자신만만 태도로 질문을 던지고 있었다.

"분명히 노부나가가 출진했다는 말이지?"

"예, 틀림없습니다. 아쓰타에 모인 수부와 선원들의 이야기입니다마는, 총 수는 약 이천이고 그 중에서 배로 가는 자는 팔백 명쯤 된다고 합니다. 선발대가 이미 배로 출발하는 것을 제가 직접 보고 왔습니다."

"그럼, 노부나가는 육로로 가는가, 배로 가는가?"

"육로로 가는 척하고 실은 배로 갈 모양입니다."

"그렇겠지, 배편이 빠를 테니까."

다이젠은 천천히 고개를 끄덕였다.

"그건 그렇고, 아까 자네가 가리하에게 들었다는 이야기는?"

"예, 마님이 다이젠 님께서 이르신 대로 헛된 일인 줄 알면서도 이와무로 님을 방문했을 때, 이와무로 님이 입 밖에 낸 이야기입니다."

"으음…… 이와무로 님이 무슨 말을 했다고 하던가?"

"노부나가 님이 오가와에서 돌아오면 즉시 기요스를 공격하겠다, 그렇게 되면 위험하므로 아쓰타의 친정에 가서 전화戰火를 피하는 것이 분별 있는 일이라고 했답니다."

"뭣이, 오가와에서 돌아오면 즉시……"

다이젠은 말하다 말고 천천히 눈을 감았다.

그들 또한 스에모리 성의 동지들과 상의하여 노부나가가 출진한 틈을 타서 후루와타리를 공격할 생각이었기 때문에 별로 놀랄 일은 아니었다.

혹시 오가와로 가는 척하던 노부나가 군이 도중에 진로를 바꿔 허를 찌르면 어떻게 할지를 가장 경계하고 있었으나, 벌써 선두가 배를 탔다면 그럴 우려는 없는 듯했다.

"흐흐흐……"

잠시 후 다이젠은 웃으면서 눈을 떴다.

"그래, 이 일을 모두 노부미쓰 님에게 말했나?"

"예. 아니, 친정에 가서 난을 피하라고 했다는 것만은 말씀드리지 않았습니다."

"그러면, 노부나가가 오가와에서 돌아오면 즉시 이 성을 공격할 거라는 말은 했겠군."

"예, 말씀드렸습니다."

"노부미쓰 님이 무어라 하시던가?"

"드디어 사태가 긴박해졌다, 한시도 지체할 수 없다고 하시면서 곧 중신들을 불러 무언가 상의하시는 것 같았습니다."

"그런가. 마고하치로……"

"예."

"드디어 때가 왔어. 모리야마 성에서 쫓겨날 때의 울분에 어울리지 않게 노부미쓰 님은 결단을 내리지 못하는 듯 보였으나, 저쪽에서 먼저 공격해 온다면 일어서지 않을 수 없을 거야. 틀림없이 궐기할 거야. 그렇다면 삼사 일 안으로 일은 결정돼. 좋아, 수고가 많았네. 돌아가서 계속 노부미쓰 님의 동정을 살피도록."

"알겠습니다."

마고하치로가 공손히 머리를 숙였을 때였다.

"가로님께 말씀드립니다."

옆방에서 안내를 담당하는 젊은 무사가 들어왔다.

"남쪽 성곽에 계신 노부미쓰 님의 가로인 가도다 이와미 님이 방금 말을 달려 사자로 왔습니다."

"뭣이, 가도다 이와미…… 같은 성에 있으면서 말로 달려오다니 거창하군. 좋아, 이리 안내하라."

젊은 무사를 물러가게 한 뒤 다이젠은 마고하치로에게 턱으로 지시했다.

"이쪽에서 결단을 촉구하러 가려고 했는데 저쪽에서 먼저 왔군. 기회는 무르익었어. 좋아, 자네는 잠시 물러가 있게."

"알겠습니다."

마고하치로가 얼른 마루에서 사라지는 동시에, 복도에 거친 발소리를 내며 가도다 이와미가 들어왔다.

"다이젠 님, 급한 일 때문에 주군의 사자로 왔소이다."

무골武骨인 가도다 이와미는 앉기도 전에 내쏘듯이 말하기 시작했다.

"노부나가 님은 분명히 배를 탔다고 하오. 그리고 오가와에서 돌아오면 즉각 기요스를 공격하기로 결정했다는 거요. 망설일 수가 없소."

"허어, 그 말이 사실이라면 과연 망설일 수 없군요."

"그런데도 우리 주군은 아주 중대한 일이니 중신들을 소집하여 상의하자고 하시면서, 기요스 성주님의 각오를 알기 전에는 결정할 일이 아니라고 슬그머니 겁을 내신단 말이오."

"그게 무슨 말이오, 우리 주군의 각오를 알기 전이라니……?"

"그렇다면 나는 솔직한 성격이니 툭 터놓고 말하겠소. 오늘 남쪽 성곽에서 싸리꽃을 감상하는 연회를 엽니다. 곧바로 준비에 착수하여 해질 무렵의 일곱 점 반(5시)에 기요스 성주님을 위시하여 가로들을 모두 초대합니다. 나는 그 초청을 담당한 사자, 드릴 말씀은 이것뿐입니다…… 아시겠지요, 다이젠 님?"

"원 그렇게도 성급하시다니…… 마치 벼락이 떨어지는 듯해 무슨 말씀인지 잘 이해되지 않습니다."

"말귀를 못 알아들으시는군. 지금 당장 결단을 내리지 않으면 안 된다는 말이오. 이쪽 성주님을 비롯하여 모두 오셔서 우리 주군의 두려움을 씻어주시고, 내일이라도 기요스의 군사와 함께 후루와타리를 공격하기로 결정하자는 것이 우리 가신들의 참뜻이란 말이외다."

"으음, 주군을 모시고 가서 노부미쓰 님을 설득하라는 말씀이군요."

"아니, 설득이라기보다도 이쪽 성주님의 결심을 강하게 밀고나가면 그것으로 결정되는 거예요. 그럼, 꽃놀이의 초대에 모두 응해주시겠지요?"

사카이 다이젠은 듣고 있기가 우스워 그만 웃음을 터뜨리고 말았다.

"잘, 알겠습니다. 사자의 말씀을 그대로 주군에게 전하고 참석하기로 하지요."

"그 말을 듣고 안도했소이다. 그럼, 여러 가지 준비도 있고 하니 이만 실례하겠소."

가도다 이와미는 무뚝뚝한 무골로 알려진 사람이다. 상대의 대답을 듣기가 바쁘게 얼른 방에서 뛰쳐나갔다가 금방 되돌아왔다. 부채를 놓고 그냥 나갔던 모양이다. 히죽 웃으며 집어들고 다시 한 번 다이젠에게 "실례"하고는 현관으로 달려갔다.

그런데 과연 가도다 이와미는 그토록 경술하고 창자가 빠진 무사일까……?

이와미가 떠난 뒤 사카이 다이젠이 혼자 히죽히죽 웃고 있을 때, 현관의 기둥에 매었던 말고삐를 풀고 훌쩍 말에 오른 이와미도 또한 비로소 빙긋이 웃고 말에 채찍을 가했다.

고조가와五條川의 맑은 수면은 이미 가을빛이었다. 우거진 억새풀에 섞여 여기저기에 명물인 싸리꽃이 만발해 있었다.

그 사이를 누비고 지나가 남쪽 성곽의 정문에 들어선 이와미는 말에서 내리며 크게 소리질렀다.

"급히 무장을 갖춰라. 히코고로도 가로들도 모두 이리로 올 것이다. 한 놈도 남기지 말고 죽여 성을 고스란히 손에 넣어야 한다. 어서 무장을 서둘러라!"

현관에 서 있던 오다 마고사부로 노부미쓰는 그렇게 외치는 이와미의 말에 가볍게 고개를 끄덕일 뿐 별다른 말은 하지 않았다. 물론 벌써부터 성곽으로의 출입은 엄격히 금지되어 강아지 한 마리도 밖으로 나갈 수 없었다.

─2권에서 계속─

≪ 미노 · 오와리의 성 배치도 ≫

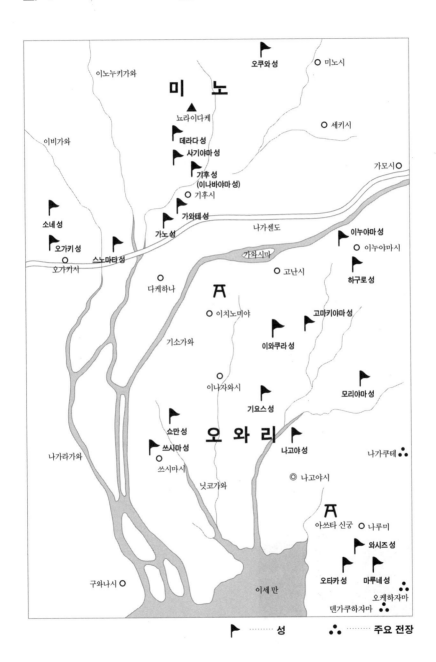

이노누키가와

오쿠와 성

미노시

미 노

뇨라이다케

세키시

이비가와

데라다 성

사기야마 성

기후 성
(이나바야마 성)

가모시

기후시

소네 성

가와테 성

나가센도

이누야마 성

오가키 성

가노 성

이누야마시

스노마타 성

가와시마

오가키시

하구로 성

다케하나

고난시

이치노미야

고마키야마 성

기소가와

이와쿠라 성

이나자와시

모리야마 성

기요스 성

쇼만 성

오 와 리

쓰시마 성

나고야 성

나가쿠테

쓰시마시

닛코가와

나고야시

아쓰타 신궁

나루미

와시즈 성

오타카 성

마루네 성

구와나시

이세 만

오케하자마

덴가쿠하자마

▶ ········ 성   ∴ ········ 주요 전장

285

《 오다 가 계보 》

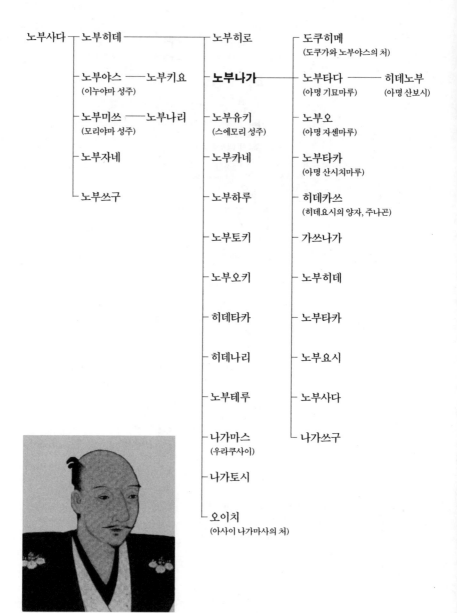

```
노부사다 ┬ 노부히데 ──────── 노부히로 ──────── 도쿠히메
       │                                (도쿠가와 노부야스의 처)
       │
       ├ 노부야스 ── 노부키요    노부나가 ┬ 노부타다 ──── 히데노부
       │  (이누야마 성주)                 │ (아명 기묘마루)  (아명 산보시)
       │
       ├ 노부미쓰 ── 노부나리   ├ 노부유키  ├ 노부오
       │  (모리야마 성주)          (스에모리 성주)  (아명 자센마루)
       │
       ├ 노부자네            ├ 노부카네  ├ 노부타카
       │                                (아명 산시치마루)
       │
       └ 노부쓰구            ├ 노부하루  ├ 히데카쓰
                                        (히데요시의 양자, 주나곤)

                            ├ 노부토키  ├ 가쓰나가

                            ├ 노부오키  ├ 노부히데

                            ├ 히데타카  ├ 노부타카

                            ├ 히데나리  ├ 노부요시

                            ├ 노부테루  ├ 노부사다

                            ├ 나가마스  └ 나가쓰구
                            │ (우라쿠사이)

                            ├ 나가토시

                            └ 오이치
                               (아사이 나가마사의 처)
```

◈─오다 노부나가

≪ 센고쿠 시대의 방위 · 시각표 ≫

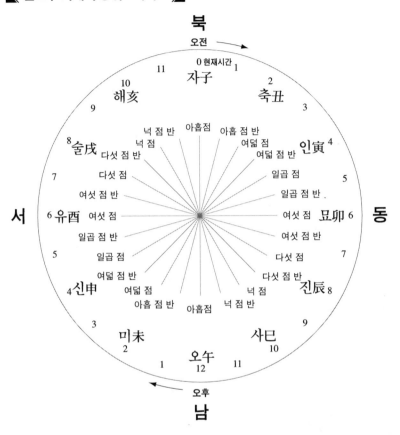

북

오전

0 현재시간

11 · 1

자子

10

해亥 · 축丑

9 · 2 · 3

넉 점 반 · 아홉점 · 아홉 점 반

넉 점 · 여덟 점

술戌 · 인寅

다섯 점 반 · 여덟 점 반

다섯 점 · 일곱 점

서 · 여섯 점 반 · 일곱 점 반 · 동

유酉 · 여섯 점 · 여섯 점 · 묘卯

일곱 점 반 · 여섯 점 반

일곱 점 · 다섯 점

여덟 점 반 · 다섯 점 반

신申 · 여덟 점 · 넉 점 · 진辰

아홉 점 반 · 넉 점 반

아홉점

미未 · 사巳

오午

오후

남

≪ 센고쿠 시대의 도량형 ≫

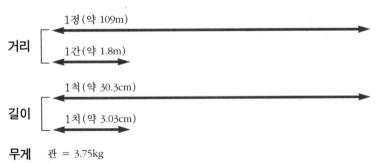

거리
1정 (약 109m)
1간 (약 1.8m)

길이
1척 (약 30.3cm)
1치 (약 3.03cm)

무게 관 = 3.75kg

:: 무가 사회의 녹봉의 단위이기도 함. 1관은 10석石.

《 센고쿠 시대의 머리 모양 》

자센(가미)茶筅(髮) │ 남자 머리 모양의 한 가지. 머리카락을 뒤로 모아서 묶고, 끈으로 감아 올려 짧은 막대처럼 되게 한 다음, 그 끝을 흐트러뜨린 모양.

사카야키月代 │ 남자가 관冠이 닿는 이마 언저리의 머리카락을 반달 모양으로 밀었던 일. 또는 그 부분.

나게즈킨投頭巾 │ 두건의 일종. 사각의 주머니에 머리카락을 넣고 뒤쪽으로 접어 쓴다.

소하쓰總髮 │ 남자가 머리카락을 묶는 모양 중 하나. 이마에 사카야키를 하지 않고 머리카락 전체를 길러 묶었던 것.

지고와稚兒髷 │ 소녀가 머리카락을 묶는 모양 중 하나. 머리 위에서 좌우로 높게 고리를 만든다.

《 센고쿠 시대의 복식 》

노바카마野袴 | 옷자락에 넓은 단을 댄 무사들의 여행용 하카마.

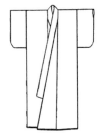

우치카케打掛け | 여자 옷 위에 걸쳐 입는 띠를 두른 긴 옷.

진바오리陣羽織 | 전쟁터에서 갑옷 위에 걸쳐 입는 소매 없는 겉옷.

가쓰기被衣 | 신분이 높은 여자가 외출할 때 얼굴을 가리기 위해 머리에서부터 쓰는 홑옷.

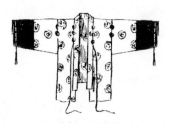

요로이히타타레鎧直垂 | 비단으로 화려하게 만들어 갑옷 안에 입는 옷.

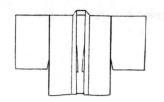

짓토쿠十德 | 칡 섬유로 짠 소맷자락이 넓고 옆을 꿰맨 여행복.

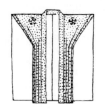

가타기누肩衣 | 어깨에서 등으로 걸쳐지는 무사의 소매 없는 예복.

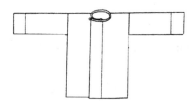

고소데小袖 | 옛날 넓은 소매의 겉옷 안에 받쳐 입던 속옷. 현재 일본옷의 원형.

하오리

하카마

하오리羽織 | 옷 위에 입는 짧은 겉옷.
하카마袴 | 겉에 입는 아랫도리. 허리에서 발목까지 덮으며 넉넉하게 주름이 잡혀 있고, 바지처럼 가랑이진 것이 보통이나 치마 모양의 것도 있음.

≪ 주요 등장 인물 ≫

킷포시吉法師 (오다 노부나가織田信長) | 1534~1582 |
오다 노부히데의 적자로 관례를 올리고 이름을 노부나가로 개명하지만 상식 밖의 행동과 기발한 옷차림으로 천하의 멍청이'라는 소리를 듣는다. 사이토 도산의 딸인 노히메를 아내로 맞이하고, 노부히데의 사망과 함께 가문의 승계를 놓고 우여곡절을 겪지만, 결국 18세의 나이에 오다 가를 상속받는다.

노히메濃姬 | 추정1535~ |
인근 여러 무장들에게 공포의 대상이 되어 '미노의 살무사'로 불린 사이토 도산의 딸이다. 오다 노부히데의 아들인 노부나가에게 정실로 시집간 것이 덴분 17년(1548) 경으로 전형적인 정략 결혼이었다.

다케치요竹千代(도쿠가와 이에야스德川家康) | 1542~1616 |
도쿠가와 이에야스德川家康의 아명으로 오카자키의 성주인 마쓰다이라 히로타다의 장남이다. 어머니는 미즈노 다다마사의 딸인 오다이. 후에 관례를 올리고 마쓰다이라 지로사부로 모토노부라는 이름을 얻고, 다시 마쓰다이라 지로사부로 모토야스로 개명한다. 오다 노부히데의 인질이 되었을 때 오다 노부나가와 처음 만나게 된다

오다 노부히데織田信秀 | 1508~1551 |
오와리의 실권자로 오다 노부나가의 아버지. 1541년 미카와노카미에 임명되었고, 1544년에 미노의 사이토, 1584년에 스루가의 이마가와 요시모토와 전투를 벌이며 세상에 이름을 떨친다. 이마가와 가의 인질로 가는 다케치요를 납치하여 자신의 인질로 삼는다.

사이토 도산齋藤道三 | 1494~1556 |
마쓰나미 모토무네의 아들로 교토 니시노오카에서 태어났다. 미노의 슈고인 도키土岐 가문의 중신 나가이長井 씨의 가신이 되었다가 도키 씨를 몰아내어 미노 일대를 수중에 넣은 효웅梟雄이자 재기 발랄한 미모의 소유자로서 병법의 달인이다.

히라테 마사히데平手政秀 | 1492~1553 |
킷포시의 사부로 오와리의 멍청이라 불리며, 노부유키를 주군으로 등극시키기 위한 반 노부나가 파의 모반에 전혀 흔들리지 않고 노부나가를 옹호하다가 결국 노부나가에게 충심으로 간언한 후 자살한다.

≪ 용어 사전 ≫

가로家老 | 가신 중의 우두머리.

가미시모袴 | 무사의 예복으로 소매 없는 가타기누와 같은 색의 바지로 이루어짐.

가이도海道 | 교토에서 해안 지방을 따라 에도에 이르는 일본의 중심지.

가타기누肩衣 | 어깨와 몸통만 있고 소매가 없는 무사의 예복.

가타비라帷子 | 안감을 대지 않은 여름옷.

갓파河童 | 물속에 산다고 전해지는 어린아이 모양을 한 상상의 동물.

고소데小袖 | 옛날 넓은 소매의 겉옷 안에 받쳐 입던 속옷. 현재 일본옷의 원형.

고쇼小姓 | 주군을 측근에서 모시며 잡무를 맡아보는 무사.

고와카幸若 | 무사의 세계를 소재로 한 무곡舞曲.

고지弘治 | 일본의 연호(1555년~1558년). 덴분天文 후, 에이로쿠永祿 전이며 고나라後奈良 · 오기마치正親町 천황의 시대

나가모치長持 | 뚜껑이 달린 직사각형 궤.

나기나타薙刀 | 긴 자루가 달린 칼로 주로 무가의 여자들이 사용하였다.

남만철南蠻鐵 | 16세기 무렵부터 일본에 들어온 제련된 쇠.

노바카마野袴 | 옷자락에 넓은 단을 댄 무사들의 여행용 하카마.

뇨보호쇼女房奉書 | 천황 측근의 여관女官이 칙명을 받고 써서 내리는 문서.

다네가시마種子島 | 포르투갈 인이 전한 화승총.

다이리비나內裏雛 | 천황 부부의 모습을 본뜬 한 쌍의 인형.

다이묘大名 | 넓은 영지와 많은 부하를 둔 무사의 우두머리.

다케나가丈長 | 일본 고유의 종이 이름.

렌가連歌 | 일본 고전 시가의 한 양식. 보통 두 사람 이상이 단가의 윗구에 해당하는 5 · 7 · 5의 장구와 아랫구에 해당하는 7 · 7의 단구를 번갈아 읊어나가는 형식. 대개 백구百句 를 단위로 함.

로조老女 | 쇼군이나 영주의 부인을 섬기는 시녀의 우두머리.

부교奉行 | 행정, 재판, 사무 등을 담당하는 무사의 직명.

슈고守護 | 지방의 치안 유지 담당관.

아시가루足輕 | 평시에는 막일에 종사하고, 전시에는 병졸이 되는 최하급 무사.

아쓰모리教盛 | 무사가 인생의 무상을 깨닫고 불문에 들어간다는 설화에서 유래한 노가쿠의 하나.

오리와케おりわけ | 상투.

우치카케打掛け | 무사 부인이 겨울에서 봄까지 입는 예복으로, 띠를 둘러 입는 긴 옷.

잇코슈一向宗 | 일본 불교의 한 종파인 정토진종淨土眞宗의 별칭.

자센(가미)茶筅(髮) | 남자 머리 모양의 한 가지. 머리카락을 뒤로 모아서 묶고, 끈으로 감아 올려 짧은 막대처럼 만든 뒤, 그 끝을 흐트러뜨린 모양.

하카마袴 | 겉에 입는 아랫도리. 허리에서 발목까지 덮으며 넉넉하게 주름이 잡혀 있고, 바지처럼 가랑이진 것이 보통이나 치마 모양도 있다.

《 오다 노부나가 연보(1534~1570) 》

◈ ─서력의 나이는 오다 노부나가의 나이

일본 연호	서력	주요 사건
덴분 天文	**3** **1534** 1세	5월, 오와리의 나고야 성에서 오다 노부히데와 정실인 도다 마사히데의 차남으로 출생. 아명은 킷포시.
	5 **1536** 3세	1월, 기노시타 도키치로(도요토미 히데요시), 오와리의 나카무라에서 출생. 4월, 이마가와 요시모토가 가문을 이어받는다. 7월, 덴몬홋케天文法華의 난.
	6 **1537** 4세	이해에 미노의 사이토 도산이 사이토 사콘노타유 히데타쓰라 칭한다.
	7 **1538** 5세	7월, 야마나 우지마사가 오우치 요시타카大內義隆에게 패한다.
	9 **1540** 7세	6월, 오다 노부히데가 조정에 외궁 건축비를 기증.
	10 **1541** 8세	1월, 모리 모토나리毛利元就가 아마코 하루히사尼子晴久를 격파. 6월, 다케다 노부토라가 아들 하루노부에게 추방되어 이마무라 요시모토 밑에서 은거한다. 7월, 호조 우지쓰나北條氏綱(소운早雲의 아들) 사망. 포르투갈 선박이 분고에 표류.
	11 **1542** 9세	1월, 아사이 스케마사(나가마사의 조부) 사망. 8월, 오다 노부히데가 미카와의 아즈키사카小豆坂에서 이마가와 요시모토를 격파. 사이토 도산, 주군인 도키 요리나리를 미노의 오쿠와 성에서 쫓아내 오와리로 추

일본 연호	서력	주요 사건
덴분 天文		방한다. 12월, 마쓰다이라 다케치요(도쿠가와 이에야스), 오카자키 성에서 출생.
12	1543 10세	2월, 오다 노부히데가 조정에 히라테 마사히데를 보내 궁전의 보수를 위한 영조비를 기증. 8월, 포르투갈 선박이 다네가시마에 표류하여 총포를 전함. 11월, 모리 모토나리의 삼남 다카카게隆景가 고야카와 小早川 가문을 계승. 노부나가는 이 무렵부터 파격적인 행동을 하여 멍청이라는 별명이 붙여진다.
15	1546 13세	4월, 우에스기 도모사타上杉朝政가 호조 우지야스에게 패배. 이해 노부나가는 후루와타리 성에서 관례를 올리고 오다 사부로 노부나가라고 개명한다.
16	1547 14세	7월, 모리 모토나리의 차남 모토하루元春가 깃카와 가문을 이어받음. 8월, 모리 모토나리가 은퇴하고 장남 다카모토隆元가 모리 가의 주군이 된다. 9월, 오다 노부히데가 미노에 난입하여 사이토 도산을 공격하다 패배한다. 10월, 다케치요가 인질로 슨푸에 호송되던 중 납치되어 오다의 인질이 됨. 11월, 사이토 도산이 기후 성을 공격하다 패퇴. 이해 노부나가는 히라테 마사히데의 도움으로 처음 출전한다.
17	1548	2월, 노부나가가 히라테 마사히데의 주선으로 사이토

일본 연호	서력	주요 사건
덴분 天文	15세	도산의 딸 노히메와 결혼. 12월, 나가오 가케토라長尾景虎(우에스기 겐신)가 가문을 계승한다.
18	1549 16세	7월, 프란시스코 사비에르가 가고시마에 상륙하여 그리스도교 포교 시작.
19	1550 17세	5월, 제12대 쇼군 아시카가 요시하루足利義晴 사망. 9월, 선교사 사비에르 상경. 이 무렵부터 노부나가는 이치가와 다이스케에게 활을, 하시모토 잇파에게 철포를, 히라타 산미에게 병법을 배운다.
20	1551 18세	3월, 오다 노부히데 사망. 노부나가가 가문을 계승한다. 9월, 오우치 요시타카가 스에 다카후사陶隆房의 공격을 받고 패하여 자결한다. 10월, 선교사 사비에르가 일본을 떠남.
21	1552 19세	1월, 우에스기 노리마사上杉憲政가 호조 우지야스에게 추방되어 에치고의 나가오 가케토라에게 의지함.
22	1553 20세	윤1월, 히라테 마사히데가 노부나가에게 간언하고 자결한다. 4월, 노부나가가 사이토 도산과 쇼토쿠 사에서 회견. 9월, 나가오 가케토라와 다케다 하루노부(다케다 신겐)가 시나노의 가와나카지마에서 싸움. 다케다 신겐이 무라카미 요시키요를 에치고로 몰아낸다.
23	1554	2월, 쇼군 아시카가 요시후지가 요시테루로 개명.

일본 연호		서력	주요 사건
		21세	이해 노부나가는 내란으로 고민하나 진압할 방법이 없음.
고지 弘治	1	1555 22세	4월, 노부나가가 숙부 노부미쓰와 제휴하여 오다 노부토모를 치고 기요스 성의 성주가 된다. 7월, 나가오와 다케다의 제2차 가와나카지마 전투. 10월, 모리 모토나리가 이쓰쿠시마에서 스에 하루카타를 죽임. 11월, 나고야 성주 오다 노부미쓰가 가신인 사카이 마고하치로에게 살해되고, 노부나가는 나고야 성을 하야시 미치카쓰에게 지키게 한다.
	2	1556 23세	4월, 사이토 도산이 노부나가에게 미노를 물려준다는 유언장을 쓰고 이튿날 요시타쓰와 나가라가와에서 싸우다 전사. 노부나가가 원군을 보냈으나 이미 때 늦음. 8월, 동생인 노부유키와 하야시 미치카쓰 등이 노부나가와 이나후에서 싸워 패하고 항복한다. 이해 이복형인 쓰다 노부히로가 사이토 요시타쓰와 제휴하여 기요스 성 탈취 시도.
	3	1557 24세	4월, 모리 모토나리가 스오와 나가토 두 지방을 평정. 11월, 동생 노부유키가 슈고 다이 오다 이세노카미 노부야스와 짜고 다시 노부나가에게 반역. 이에 노부나가는 병을 핑계로 노부유키를 기요스 성으로 유인하여 암살한다.
에이 로쿠 永祿	1	1558 25세	9월, 기노시타 도키치로가 노부나가를 섬김. *엘리자베스 여왕 즉위(영국).

일본 연호		서력	주요 사건
에이 로쿠 永祿	2	1559 26세	2월, 노부나가가 상경하여 쇼군 아시카가 요시테루를 알현. 3월, 노부나가가 이와쿠라 성을 공격하여 오다 노부야 스를 추방하고 오와리를 평정. 4월, 나가오 가케토라가 상경하여 쇼군 아시카가 요시 테루를 알현. 5월, 가케토라 입궐.
	3	1560 27세	1월, 바쿠후가 가스팔 빌레라에게 포교를 허락. 5월, 노부나가가 이마가와 요시모토를 오와리의 덴가쿠 하자마에서 기습하여 죽인다(오케하자마 전투). 가을, 노 부나가는 '구마노 참배'를 구실로 상경하여 도키치로 에게 철포의 매점을 명한다.
	4	1561 28세	5월과 6월, 노부나가는 미노에 침입하여 사이토 다쓰오 키의 군사와 싸운다. 9월, 나가오와 다케다의 양군이 가와나카지마에서 싸운 다. 이해에 기노시타 도키치로가 네네와 결혼.
	5	1562 29세	1월, 노부나가가 마쓰다이라 모토야스와 동맹한다. 4월, 농민 반란이 일어나 롯카쿠 요시카타가 교토 지역 에 덕정령德政令 포고. *종교 전쟁(프랑스).
	6	1563 30세	1월, 모리 모토나리가 이와미 은광을 조정에 헌납. 3월, 노부나가의 딸 도쿠히메와 마쓰다이라 모토야스의 적자 다케치요(노부야스信康)가 약혼. 호소카와 하루모 토 사망.

일본 연호	서력	주요 사건
에이 로쿠 永祿		7월, 노부나가가 고마키야마에 요새를 쌓고 미노 공격의 근거지로 삼음. 마쓰다이라 모토야스가 이에야스로 개명. 8월, 모리 다카모토 사망. 미카와에서 잇코一向 신도의 반란이 일어남 *명나라의 척계광戚繼光, 복건성에서 왜구를 격파(중국).
7	1564 31세	3월, 노부나가가 아사이 나가마사와 손을 잡음. 7월, 미요시 나가요시三好長慶 사망. 8월, 가와나카지마의 싸움. 노부나가가 이누야마 성의 오다 노부키요를 죽이고 오와리를 통일한다.
8	1565 32세	5월, 쇼군 아시카가 요시테루가 미요시 요시쓰구, 마쓰나가 히사히데 등에게 살해됨. 11월, 노부나가가 양녀를 다케다 하루노부의 아들 가쓰요리에게 출가시킴.
9	1566 33세	5월, 노부나가가 조정에 물품을 헌납. 7월, 노부나가가 오와리노카미가 된다. 윤8월, 노부나가가 사이토 다쓰오키와 싸워 패한다. 9월, 기노시타 도키치로에게 명해 미노의 스노마타 성을 쌓는다. 12월, 이에야스가 마쓰다이라에서 도쿠가와로 성을 바꾼다.
10	1567 34세	3월, 노부나가가 다키가와 가즈마스에게 북부 이세의 공략을 명한다. 5월, 노부나가의 장녀 도쿠히메가 이에야스의 적자

일본 연호	서력	주요 사건
에이 로쿠 永祿		노부야스와 결혼. 8월, 노부나가가 이나바야마 성을 공략, 사이토 다쓰오키는 이세의 나가시마로 퇴각한다. 노부나가는 이나바야마를 기후로 개칭하고 고마키야마에서 옮긴다. 9월, 오다와 아사이의 동맹이 성립되어 노부나가의 여동생 오이치가 아사이 나가마사와 결혼. 10월, 마쓰나가와 미요시의 동맹군에 의해 도다이 사의 불전이 소실된다. 11월, 오기마치 천황이 노부나가에게 오와리와 미노의 황실 소유 토지의 회복을 명한다. 노부나가가 가신인 가네마쓰 마타시로에게 주는 임명장에 '천하포무'의 도장을 사용한다.
11	1568 35세	2월, 노부나가가 북부 이세를 평정. 삼남 노부타카를 간베 도모모리의 후계자로, 동생인 노부카네를 나가노 씨의 후계자로 삼는다. 4월, 고노에 롯카쿠 씨의 가신 나가하라 시게야스와 동맹함. 이 무렵부터 아케치 주베에(미쓰히데)가 노부나가를 섬긴다. 9월, 노부나가가 오미를 평정하고, 상경함. 10월, 노부나가가 셋쓰, 이즈미, 사카이, 야마토의 호류 사에 과세함. 아시카가 요시아키, 15대 쇼군이 됨. 12월, 다케다 신겐이 슨푸를 침공, 이마가와 우지자네는 엔슈의 가케가와로 도주한다.
12	1569 36세	1월, 노부나가는 미요시의 3인방이 쇼군 요시아키를 혼코쿠 사에서 포위했다는 보고를 받고 눈을 헤치며 상경하여 셋쓰의 아마자키에 불을 지른다.

일본 연호	서력		주요 사건
에이 로쿠 永祿			2월, 노부나가가 쇼군 요시아키를 위해 새로운 거처를 신축. 4월, 궁전을 수리하기 위한 비용을 헌납한다. 8월, 노부나가가 군사를 이끌고 북부 이세에 침공. 9월, 기타바타케 씨가 노부나가와 화친하고 가문을 노부나가의 차남 자센마루(노부오)에게 물려주기로 약속한다.
겐키 元龜	11	1570 37세	1월, 노부나가가 쇼군 요시아키에게 5개 항의 글을 보내 간언함. 2월, 오미의 조라쿠 사에서 씨름 대회를 개최. 3월, 노부나가가 쇼코쿠 사로 이에야스를 방문. 4월, 노부나가가 에치젠의 아사쿠라 요시카게를 공격. 아사이 나가마사, 롯카쿠 쇼테이 등의 반격으로 노부나가 군이 교토로 철수한다. 5월, 노부나가가 기후로 돌아가던 도중에 지타네 고개에서 저격을 받는다. 6월, 노부나가가 이에야스와 함께 아사이, 아사쿠라 양군과 아네가와에서 싸움(아네가와 전투). 9월, 혼간 사의 미쓰스케가 궐기하여 셋쓰에 출진중인 노부나가와 싸움. 아사이 나가마사, 아사쿠라 요시카게 등은 혼간 사와 호응하여 오미에 진출. 노부나가는 히에이잔을 포위하고 불을 지른다. 11월, 이세의 나가시마에서 잇코 신도의 반란. 노부나가는 오와리의 고키에를 공격하고 동생 노부오키를 자살하게 한다. 12월, 오기마치 천황의 칙명으로 노부나가가 아사쿠라, 아사이와 화의한다.

옮긴이 이길진李吉鎭

1934년 황해도 출생. 1958년 서울대학교 사회학과를 졸업하였다.
일본 문학 작품 및 일본 문화에 관련된 많은 책들을 유려한 우리말로 옮겼다.
주요 역서로는 가와바타 야스나리의『설국』, 이마이 마사아키의『카이젠』,
오에 겐자부로의『사육』, 기쿠치 히데유키의『요마록』,
야마오카 소하치의『도쿠가와 이에야스』,『사카모토 료마』등이 있다.

오다 노부나가 제1권

1판 1쇄 발행 2002년 8월 7일
2판 3쇄 발행 2024년 3월 5일

지은이 야마오카 소하치
옮긴이 이길진
펴낸이 임양묵
펴낸곳 솔출판사

주소 서울시 마포구 와우산로29가길 80(서교동)
전화 02-332-1526
팩스 02-332-1529
블로그 blog.naver.com/sol_book
이메일 solbook@solbook.co.kr
출판 등록 1990년 9월 15일 제10-420호

한국어판 ⓒ 솔출판사, 2002

ISBN 979-11-86634-59-2 04830
ISBN 979-11-86634-58-5 (세트)

나가시노 전투 병풍도
오다·도쿠가와 연합군이 철포를
이용하여 다케다 군을 격파하는 모습